# 我們・一個女人

顏敏如 著

# 【推薦序】從女人眼中看見男人，構成了「我們」

石芳瑜

男性視角的歷史小說，女人多是陪襯或提味的角色，烘托出大歷史中的His-Story。但女性視角的歷史小說必定有男人，因為從女人的眼睛望出去，男人依舊是巨大的身影。男人是天，是情感也是時代造成。

涉及台灣史的小說，一般從有較多文字史料的大航海時代寫起，所謂的台灣四百年，到底要篩撿哪些片段？顏敏如女士大膽地選出三個女人，代表「我們」：十七世紀的海盜平姑、明治時期台北榮町的藝旦玉英，以及日治末年的童養媳阿琴。她將這三個時空與背景各異的女性故事互相交織，濃縮了千千萬萬個女人的一生。

為什麼是這三個女人？我想是因為這三個女人都身不由己，多少有點像台灣。「無父」是一個關鍵，命運也就必須由他人擺佈，可是又因為沒有父親撐起的一片天，這三個女人也就格外堅韌。

性格豪邁、作風強悍的平姑愛上了海盜頭子，拋棄丈夫，回到她自小熟悉的船上生活。在官府的默許下與郭命過著亦盜亦商的生涯。然而，隨著官府政策緊縮，生意日下，遂與丈夫度過黑水溝到台灣謀生……

玉英則是醉仙樓的著名藝旦，她愛上了客人阿朗，而後才發現了對方異議分子及共產黨員的身份。隨著戰爭的到來，情郎亦一去不復返……

至於離現代最近的阿琴，則出生在日治時代後期，小時候被父親送人當童養媳，與沒有感情基礎的黑源成家。國民政府遷台後，阿琴同時得要適應新的都市生活與新的時代，與丈夫辛苦養家。偏偏孩子一個個出生，又一個個過世……

三個女人，三種命運。若以時代來推斷，平姑跨過黑水溝，走進的其實是一段黯淡的台灣史；玉英的淒美浪漫，或許可以從她的藝妓身分探知一二；而阿琴理論上應該是從黑暗的戰爭中走向光明社會才是。但讀完了小說，才發現若從愛情的角度，作者其實給了三個女人不同的命運悲喜。

若以真實歷史人物作為虛構的出發，說起明鄭時代的海盜頭子與他的女人，我們會想到風流的鄭芝龍與柔弱可憐的田川氏，可是顏敏如卻創造了一個癡情的海盜與刁鑽的海盜婆子。

提起藝妓與政治人物，我們想到的或許是帶有浪漫理想色彩的蔣渭水和他的妾陳甜，又或者是大家公子連雅堂與王香禪。至於童養媳，我們會想起努力擺脫命運的謝雪紅與跟隨她的愛人楊克煌。可是作者卻要熟悉台灣史的朋友通通忘了這些故事。她給了全然不同的設定，藝妓愛上的是共產黨員、童養媳也沒有擺脫自己的命運，而如此的她們又將有怎樣的結局？這無疑是小說家想像力的奔放展現，也是閱讀這本小說的樂趣。

但是顏女士給讀者的也不全然是樂趣，還有挑戰。那就是小說的敘事者是三個不同時代的女人，而作者讓她們輪流走上舞台，也就造成時間上與空間上的跳躍。這種輪流與展演的速度對讀者轉換心緒是一大考驗。作者說，這是因為某次在波士頓的一個科學博物館裡看到一堵大牆，一大厚塊巨樹的橫切面佔據整個牆片，切面上數不盡的年輪則標示出歷史上的不同年代的事件，數千年人類歷史就濃縮在這樣一個平面上。這個畫面帶給她極大的震撼，因為時間不是線型，而是混合糾結在一起。至於讀者讀起來究竟是眼花撩亂、目眩神迷，還是一如作者希望的——能讓讀者在混亂中不覺得混亂，這就要交給讀者決定了。

而身為一個歷史愛好者，過去也曾經寫過一本以愛情角度出發的史普書，當時的我就像是學生做研究，藉著爬梳歷史的過程，除了幫助自己看見台灣的過往，其實也想從中找尋小說的素材。而彼時看上的幾個時光碎片，沒想到有人把它們撿拾起來，組合成我想像不到的故事拼圖，我自然感到讚嘆。

如果有人問我，歷史是由什麼建構起來的？我會說：男人、女人、權力、財富，以及愛情。歌德說：「了解女性，才能了解歷史的真相。」因此，我總私心認為女性視角的小說，往往可以更加完整地呈現歷史的全貌。

在施叔青、平路這些前輩之後，遠在瑞士的前輩作家顏敏如，也在燈下爬梳這些幽暗不明的歷史，編織故事。人在異地，分明有許多事情可忙，可是卻選擇了這份孤獨的手工業，我想這一切，無非是出於對故鄉、對文字的愛情。

石芳瑜　作家、永樂座書店店主

# 【推薦序】We, A Woman

林麗珊

油麻菜籽很便宜，休耕期間，農家會在田裡隨意拋撒，任其隨風而定、隨運而生，等到黃花正艷時，就犁平埋進土裡當作有機肥料。這很像傳統遵守三從「在家從父，出嫁從夫，夫死從子」、四德「婦德、婦言、婦容、婦功」的女人，無怨無悔犧牲奉獻與修德慎言整齊勤勞的精神，所以，女人常被說成生來就是油麻菜籽命。

《我們，一個女人》，寫的是三個具有堅韌生命力的女性，一在北一在南台灣，另一個原想落腳美麗寶島，卻船行過頭只見汪洋。波折精彩的故事，解構式的穿插論述，加上作者具像性的生花妙筆，讓人彷彿坐在電影院裡，看著雖是三個女人的故事，卻是歷史長河裡不斷輪番上演、三個無限倍數女人們的故事，滙聚成生為女人的共同宿命：雖有眾多的我們，其實只有一個作為「他者」（the other）的存在模式。

「他者」，按照法國著名女性主義學者西蒙・波娃（Simone de Beauvoir，1908-1986）的解釋是：儘管女人與全體人類一樣，應該也是個自由而獨立的存在，卻發現自己在父權體制之下，不得不採取「他者」的身分，隱藏自己真實的慾望與聲音，努力成為男人希望的存在，所以波娃才說：「女人不是生成的，而是形成的」（One is not born, but rather becomes, a woman.）[1]。

強悍幹練的平姑，在稀鬆平常的溺女惡習中奇蹟似地存活下來，遇到海盜首領郭命，心甘情願與他一起賣命闖蕩天涯；才華洋溢、能文能唱的藝旦玉英，愛上革命份子阿朗，出錢出力卻巧遇元配，締結連理的美夢在戰亂中頓成了斷垣殘壁；童養媳阿琴與丈夫瑞源，打打鬧鬧過一生，真正相愛的人只能緊鎖在內心深處，思念成了艱難日子裡緩減苦澀的花蜜。女人究竟要如何才能擺脫依附性的他者命運，建立「自我」（Self）的價值與意義，擁有自由、自在、自主的生活？

波娃是五〇年代女權運動的精神領袖，她認為，人存在於無法自做決定的處境中，直到人勇敢拒絕陳規懂得以自覺意識做出選擇後，才能彰顯其存在的意義。而在女性的生命經驗中，由於世界是由男性所主導，女性議題是隨著父權體制而起舞，所以女性之無法自主的困境更為

---

1 Simone de Beauvoir, *The Second Sex*, 1949.

明顯。人從看見他人的存在，從「他者」覺察「自我」的存在，人們常反覆忖度「別人是怎麼看我的？」自我之主體性必須依賴他者的非主體性來完成，這也使得「他者成為羞恥感的來源」，為了平息不安情緒，人於是「慣於自欺」，這是人共同的存在處境，只是女人更深陷其中。

尤其在男女關係中，男人將自己命名為「自我」，將女人貶抑為「他者」。當一個人取消了自我，僅在別人的眼光裡才能辨識自己的面貌時，失去主體性宛如客體的存在，就註定要隨著別人的要求行動，沒有自己的需求、意見，為迎合別人而戰戰兢兢、汲汲營營，這無異於自限於地獄，所以波娃說對女人而言「他者就是地獄」（Hell is other people）。

文學小說娓娓道來易讀易懂，哲學論述畫龍點睛引導體悟。端杯下午茶，倚窗就光，仔細展讀《我們，一個女人》，流暢的敘事風格，立即擄獲閱讀的樂趣，也自然而然地咀嚼回味起波娃說的：「男人要求女人奉獻一切，當女人遵從奉命傾其所有時，男人又會因不堪重荷而痛苦」，所以，「女人自知受到她所鍾愛的男人欣賞後，應當敢於獨身自立，執著追求自己的慾望。……永遠不要指望別人，要靠自己，如果我無所事事，什麼也不幹，我自己就一文不值了！」歷史是His story，女人必須自己撰寫Her story。

林麗珊　中央警察大學行政管理學系暨研究所／教授

【推薦序】

# 魔幻・陰性書寫・語言流

陸冠州

顏敏如又完成一本小說了。我才打算將她二〇一六年十月出版的《焦慮的開羅》，其中一章「開羅事件」納入文藻外語大學新編的《現代文學（二）》一書，就接到這本新小說。

《我們・一個女人》採用散文的筆法鋪陳全文。這樣的寫作技巧，對喜愛現代小說的讀者而言，並不陌生。短篇如汪曾祺（西元一九二〇－一九九七年）〈受戒〉，長篇有米蘭・昆德拉（Milan Kundera，西元一九二九年－）《生命中不能承受之輕》、高行健（西元一九四〇年－）《靈山》等書。不過這些作者仍使用傳統的對話格式，使其在小說情節的建構上，經由插敘及補敘的安排，讓讀者輕易地掌握小說場景的轉換情形。本書則不然。它在敘事上沒有獨立成行或是由上下引號標示的對話格式，讀者必須在第一人稱的敘事主軸中，自行在段落為小說人物的談話內容加框，否則很容易略過作者精心設計的情節脈絡。

這樣的小說形式有利於作者處理書中三位主要人物玉英、平姑、琴仔以內心獨白的方式所形塑的一生回憶，可謂是作者的巧思安排。我認為是一種比高行健的「語言流」形式（見高行健《給我老爺買魚竿．跋》），更加洗鍊的寫作方式，讓讀者在語境的感受上，更貼近驅使書中人物的意識延續與斷裂的內在理路。尤其在記憶變形的處理上，這種「語言流」使當事人新舊思惟的串流現象置於一種後設結構，大幅降低了作者用詞失當的錯誤率。

例如琴仔在醫院看見丈夫因與碼頭的台南幫鬥毆而受重傷的模樣，內心出現一種從未有的感受：

我彷佛飄旋在病房上方，往下看著眼前的一切。那些生活中的嘆息、爭吵、呻吟、咒罵，以及許多的刺痛與傷害，卻都和我完全無關。奇怪的是，這個突兀的離開現實只存在剎那之間，當我又踏上病房地板，就立刻回到了我自己，回到了有血肉、能感知的自己。就好像，在虛無中漂泊的靈魂一旦再度進到軀殼，思想情感似乎就從未短暫離開過。

乍讀之下，文中「突兀」、「虛無」、「思想」等詞讓我有一種錯置的感受。琴仔是一個文盲，晚年出家才識字。此處對文盲的琴仔以這種非日常用詞傳遞其內心轉折的訊息，未免太文謅謅了。後來我讀完全文，赫然發現這是對琴仔思惟串流的一種敘述，內心才散去對文本的疑慮。

本書形塑小說場景的細膩度，遠遠高於高行健的小說，也是本書「語言流」技巧的另一個特點。它充分展現陰性書寫（Écriture féminine）的魅力，讓書中女性人物的思惟特性得以具象地呈現在讀者面前。書中玉英是一個日治時期活躍於台北的藝妓，英氣逼人的平姑是一個清代女海賊，死於蔣家時代的琴仔是一個來自澎湖的童養媳。作者書寫三人情節所使用的符號系統，明顯互有不同，加上小說場景的時空跨度又大，細心的讀者應可看出這有賴於作者對相關文史資料的用心考究，其前置作業量必定十分龐大。

本書第三個特色是意圖形塑一個容納所有不幸女人心底祕密的先驗空間，故使「我們」與「一個女人」在書名上並列。一般說來，建構小說人物的先驗空間，又稱存在空間（existential space），其情節具有一種三元結構，藉以讓讀者體會主要人物X應有不受Y的阻礙去做Z的自由（X is free from Y to do Z）。這樣的三元結構雖然成為作者敘述玉英、平姑、琴仔坎坷人生的套路，但她在本書的「前奏」與「後曲」處添加了魔幻寫實（magic realism）的敘事要素，使得時序排列與空間維次任她調動，讓讀者在一個畫面裡就可看盡所有女人的不幸遭遇。這樣的創作手法令人感到相當有趣。

本書第四個特色是再一次展現顏敏如以文學構面關切社會議題的人文精神。上一本小說揭示二〇一一年之後，埃及社會擺盪於民主與高壓政治的窘境，這本新書寫的是近現代台灣與清代中國東南沿海社會底層的女性故事。或許是女性的受苦題材讓顏敏如的心情沉重，讓我覺得她在情節設計上有點放不開。例如平姑死於清軍炮擊的橋段，給我一種惡有惡報的老派設計感；琴仔與黑德的外遇情節，也缺乏情欲層面的刺激畫面……

看來我已不知不覺被《我們．一個女人》捲入其跌宕起伏的情節之中而有了移情心理。這正是優質小說的特徵。有機會，我也想在文藻《現代文學（二）》的遠距教學課程介紹這部小說。嗯，又有得忙了。

陸冠州　文藻外語大學應用華語文系助理教授

# 自序

曾寫過一小文，題目是「我很快樂」，內容大約是：

許多人喜歡住在家裡，才方便吃、穿、洗、睡，也可和家人一起哭、一起笑，在一起生活。但我不是。我有世上最大的屋頂，也有世上最大的床鋪。我不怕日晒，也不怕雪雨。我不受任何事情的威脅。我享受在平靜的湖面上慢走。兩岸的樹林自古便已存在，它們巨大而深綠⋯⋯。

接著我描述湖岸小路上慢跑、騎馬、騎自行車的人們，以及露營區裡孩子和狗的嬉戲，甚至一同下水游泳。

我在湖上碰到枯萎折斷的樹枝，也感覺魚兒輕啄我的腳⋯⋯。

最後是：

我沒有爸爸，兄弟姐妹成天跟在媽媽身後，只有我是例外。我是隻快樂的小鴨。

寫完後，唸給以色列的朋友聽，她說，我成功地騙了她，因為直到最後她才知道，在湖上漫步的，原來是隻鴨子。「妳在文章中那麼多其他的描述，讓我的理智沒有時間暢快運作，是作者玩弄讀者的成功例子！」她的說法讓我確實有些得意，當然不是因為內容如同小孩習作的短文，而是因為能以希伯來文這麼個困難的語言矇過了母語是希伯來語的朋友！

書寫，沉潛的是智識與思考，外顯的是語言與結構。沉潛與外顯的內容可以有千百種交叉配對；也就是，如果把智識、思考、語言、結構看成是一張張的牌卡，它們胡亂地攤在桌上，其中的混合糾纏或者明晰順暢，完全取決於書寫者的意志與意願，而意志與意願的排列組合正是書寫者能夠掌握的遊戲空間；閱讀者大可自由選擇是否願意在書寫者創造的空間裡悠遊、掙扎、讚嘆或哀悼。

小說《我們．一個女人》的結構不同於一般，對我，是全新的嘗試，如果有人曾以類似的結構寫作，則是巧合。通常，小說最受到檢視的其中兩大要素，一是語言，一是結構。對於語言的嘗試，我已在二〇〇七年出版的《此時此刻我不在》中呈現；至於結構，但願《我們・一個女人》會達到我個人的預期，也就是能讓讀者在混亂中不覺得混亂，卻又能同時感受到滋長在混亂中的美與豐盛。

這一結構其實是一個心中塊磊隱藏許久之後的外顯與釋放。

許多年前在波士頓附近的一個科學博物館裡看到令我非常震撼的一個展示。那是一堵大牆，一大厚塊巨樹的橫切面佔據幾乎整個牆的空間，切面上數不盡的年輪清晰可見，許多年輪旁有小卡片標示出歷史上的哪個事件在哪年發生，也就是，數千年人類歷史濃縮在讓人可以一眼看盡的平面上！當時我驚呆了，腦中突然竄出一個想法：如果我是天主，是否可以在同一時間內看盡人類所有的事跡？而這種看盡，不屬於人類認知中的時空，是發生在時間與空間之外；也就是，把人類所熟悉時間與空間的界限丟棄，不論過去、現在、未來的任何地方所發生的任何事情，我都能同時一覽無疑？

平常人對時間的觀念是線形的，也許是從左到右、從右到左，從上到下或從下到上，逐漸發展推進。巨樹橫切面的那一幕卻顛覆我對時間的感覺，逼迫我重新定義時間、看待時間。自此我開始了長期的思索，如何把「一眼看盡」以不同形態表現出來？音樂應該是承擔不起這份工作了。對我而言，由音符及它們彼此之間複雜結合及不同速度進行或停歇所組成的樂曲是一大片發光發亮又色彩繽紛的簾子，有時被風吹送搖曳，有時必須頓挫皺折，卻難以提供空間上確切位置與時間上先後次序的想像，而這種想像也不必要是音樂的工作或貢獻。那麼透過影像呈現呢？當然沒問題！我所看到科學博物館中的展覽不就是一個好例子？繪畫與雕刻以不同角度或面向處理藝術家腦海中預設的層次，甚至以影音新科技輔助，在同一平面上展現不同時空以及發生在不同時空中的不同內容，確實有超越或更方便於其他媒介的獨到之處。那麼文字呢？文字是否有能力突破時空限制，而讓作者與讀者就在當下悠遊於不同時空之中呢？我怎麼讓一個方塊字的後面或前面緊跟著許多方塊字，而且每個字都能搭載不同時空中內容的意義卻又不相互干擾呢？這問題深藏我心裡多年，直到最近才有機會把我對時空的新感知，以文字，這個也許是困難的媒介，加以呈現。

《我們．一個女人》對讀者的挑戰是，閱讀中會不斷受到打擾；如同正在聽一段古典樂曲時，突然冒出山歌高唱或是軍隊進行曲那般令人措手不及。然而不論是什麼形式、什麼種類的音樂，聽過的曲調會停留在腦海中，並且記憶會寄望能夠盡快找到可以接續的那個點，因為曲調們是那麼美好，記憶必定會催促讀者追索懸浮在無形中的音符，以便再度接觸那些美好。

這書的主體是三個女人的故事。三個毫不相干的女人。除了同是華人之外，她們所處的時代、所說的方言、個人的性情與人生經歷全不相同。我讓她們輪流走上舞台，淋漓地展演自己，而這種輪流與展演的速度會是對讀者轉換心緒的一大考驗。在我的想像中，讀者可以從書的開頭、中間或結尾開始讀起，也可以任何隨性的方式跳躍閱讀。不論在閱讀當中，或者到閱讀的最後階段，三個女人的生活必須在讀者腦海中自動區隔，不會混淆。若是不幸混淆，便是我身為作者的失敗。第二種可能是，採用保守的、傳統的閱讀法，也就是分別獨立親近三個女人。若選擇這方式，就必須把敘述某一女人的片段頁數先記下，如此便可以集中專讀某個女人的一生。第三則是，先以第一種，再以第二種閱讀法進行，或相反。[1]讀者也不妨心裡想著，即便是同一女人，頁數的先後次序並不重要，因為時空不必要是線性推展，過程不需要是按部就班地發生，這就是《我們・一個女人》特意安排的結構；它必定是混亂的「我們」，卻也是過完平凡一生的千萬個「一個女人」。

一口同時吃下不同質地的食物是沒有意義的，我卻希望讀者能吃出這種沒有意義，並且思考，在沒有意義面前，什麼樣的作品才值得自己付出與計較。

讀者所經歷的，就算是我的實驗吧。

[1] 編按：有興趣採用作者建議之第二種與第三種方式閱讀的讀者，可參考全書最末所附之「頁數對照表」。

# 目次

# 前奏

噓，請不要說話，不要發出聲音。這是個巨大的祕密，它隱藏得只有我一個人知道。祕密是纖細的、善感的，是受不起驚嚇的；只要一點聲響，它就要害怕，就要逃失了。只是因為你太讓我執著，太讓我執著得放不下，如同我對自己的生命執著得放不下那般；也因此我願意和你分擔這個祕密，因為分擔是放不下之後不得不有的必然結果。

分擔也是由於我再也承受不了獨自一人對祕密的肩負，它是如此沉重，就像是成串露珠之於一支細瘦的嫩草。春天清晨原野的草毯上，每一支草總是傾綴有飽滿渾圓的晶瑩露水，只不過它們往往過於剔透，讓人誤以為它們並不存在。它們是在的，而它們在的形式不但不擾人，也根本不引起注意，卻真實地即將壓垮我這支草，這是我作為草的悲哀。所以在草支被露珠壓倒的悲劇誕生之前，我要對你述說這個巨大的祕密；也就是這一串晶亮的露珠就要不著痕跡地過渡到你的肩上，讓你扛、讓你馱。是的，這就是我的狠心。

請用你純潔的、安靜的眼睛看向其中一顆露珠，並且看著在露水中的我，以及我在泥地上的雙手。我赤腳蹲著，破舊的長衣裙勉強蓋住一半小腿。我從身旁那隻到處缺角的木桶裡，挖出自河邊搬頂來的爛泥。我兩個粗礪黑瘦的手掌快快把涼涼的軟土大片大片地塗抹在帳篷外，好讓那地不再醜陋地凹凸，也才讓人好走；這是我們遷移到新地方最後的工作，也就是在架好帳篷之後，在我第一個兒子和第三個兒子把僅剩的五頭乾巴巴的牛趕去尋找枯草的同時。等一下我還要提著空塑膠罐，和我們帳篷村裡其他女人走很遠很遠的路，去白人為我們挖的深井前排隊取水。現在我正憂心，不知道我的第二個和第五個女兒能否在樹叢裡找到什麼可以在火上烤一烤的果子或種子？

可是，不許笑！你當然明白，經歷這樣的事情，我必定不是第一個，也絕對不會是最後一個。像我，和中年經理談戀愛的年輕女子怎麼數得盡？只是我的愛人不同於一般，否則我怎麼可能大方情願地跟著把兩個孩子名字刺青在膀臂上的男人，來到少人親近的山裡仙境？前天黃昏時我們下了大船，上了小巴士，經過多少小時的顛簸，半夜下車後才踏上難走的山徑，最後到達似乎四周全被巨樹大岩堵死，找不到出路的祕境天堂。這是亞馬遜河開頭沿岸山嶺叢林裡一個隱藏著的山窪，讓當地人闢成了度假天地。幾間小屋漆上搶人眼的鮮亮顏色，經過濃密樹葉篩選的日光伸長了細腳，正在四處輕舞點跳。屋內是張一躺上就要不害臊地作聲的大床，兩隻壁虎在牆上忙著覓食，紗窗外是探縮著黑頭的小動物。沐浴室裡，水管從屋外儲水桶接了進來，站在這窄小空間，除了可以看到自己裸露的身體之外，還能從木板間隙讓眼睛跟著池中青綠的落葉上下浮沉。就在這個所有認識我們的人都不知道的地方，我們醒來時做愛，我們睡去前做愛，我們在天然的大池子裡游泳後，正當通體潔淨舒泰時，更是瘋狂地繾綣做愛。天氣溼熱，小天地裡沒外人，我們就是亞當與夏娃，赤裸而有些羞恥。赤裸而有些羞恥一直都是甜美的由來。

不要對我扮鬼臉，更不要耐不住性子，我要過渡給你的祕密也不過才剛開始。而且一定要早上八點以後，其實九點也不算晚。不要誤會，我說的是晨間從斯德哥爾摩城裡駛往機場的地鐵。太早的地鐵車廂裡太過擁擠，我不能上班。得到這結論只需要兩天的時間，簡單得如同幼兒在紙上劃線段。在上個世紀那個遊行抗爭的年代，我和其他半個地球的女人們一樣，額頭上綁條布帶子，捲髮長過了腰。我們喜歡赤著腳，喜歡不穿奶罩，喜歡在男人堆裡一個混過一個，如同他們歡喜把床墊舖在地上，並且在床墊上一個個地愛我們一樣。我們許多人開著就要掉出輪子的拖車，載著拾來的毯子和鍋子，在野地裡共同生活。我們生自己的小孩，也養別人的小孩，而且發覺，是否是自己的孩子和是否是別人的孩子之間的差距，其實並不大。我們高唱愛與和平，當然也實現愛與和平，並且五十年來從不間斷。現在的我，每天八點以後踏上開往機場的地鐵。車廂裡，人不多，正適合工作。我先立正站好，從衣袋裡拿出口琴隨意吹三個音，然後我開始唱：

When I find myself in times of trouble, Mother Marry comes to me, speaking words of wisdom, let it be, let it be......。

我一邊唱一邊輕輕踏步。我的聲音微弱而沙啞，不礙事，人人認得這首歌。我上班的工作就是提供人們找回美麗過往的線索。唱完後，我又在口琴上隨便吹三個音，然後拿出自己手縫的小花袋，走向一個個的乘客。滑手機的人連頭也捨不得抬，只有拉著購物車的太太向著張口的花袋丟下幾個硬幣。我走到下一個車廂，又是三個音，又是踏步，這次我唱：

Hey Jude, don't make it bad, take a sad song and make it better......。

你看到我沒有前胸後臀的扁平身體，裹著牛仔褲的兩支細瘦長腳撐住一個極短頭髮的腦袋，緩慢著步伐向前面車廂逐漸走去；走遠了，當然你也聽不到我的下一首歌：

Country roads take me home, to the place I belong, West Virginia, mountain mama......。

三個音，小花袋……。三個音，小花袋……。

而這顆露珠比其他的都大，是不？現在你不僅要看，更要豎起耳朵才行。聽到妹妹的尖叫聲時，我正在後面空地上餵雞。妹妹這種悽厲的叫聲對我太過陌生，那是巨大恐懼與絕望的總和！當我跑到屋前，看到爸爸的頭已離開身體，他被切斷的脖子正湧出大量的鮮血，滲入塵土，像蛇一樣地在泥地上蠕動前去！持槍的男人早已把妹妹的雙手反扣，命令她跪在地上；現在就輪到我。男人們控告我們不是真正的穆斯林，而正義的伊斯蘭有責任去除假穆斯林，以便張顯真主。他們把媽媽的全罩黑長袍脫去，一件件撕裂她的衣褲。押著我和妹妹的男人，一手托住我們的頭，使我們不能張嘴，並且正對著媽媽被壓倒在地的方向，另一手強行撐開我們的眼皮，所以我們必須眼睜睜看著媽媽赤裸的可憐身體在土塵裡艱難地扭曲。那些男人很髒！他們的長鬚、衣服、鞋子都很髒。他們這麼對待媽媽，更髒！一個男人把媽媽的頭按在地上，托住她的下巴，使她張不開口，其他男人脫在泥地上的長褲吃滿穢土，他們一個個輪流在媽媽被踢開的雙腿之間歡喜地顫抖，他們的嘴裡悶悶地發出奇怪的聲響。所有這一切在盡乎無聲中進行。噢不！原本有雞啼、鳥鳴、羊咩的山村，現在只聽得到我們的嗚咽聲，以及男人們來自地獄的黑暗笑聲；而我們長長不斷的淚水，早已流到村外和溪水會合。後來，他們喝令全村的女人和小孩走很遠很遠的山路到另一個有人住的地方。我不知道他們把妹妹帶去哪裡，對她做了什麼。他們把我關進一個黑色的房間，脫去我全部衣裳，然後一個進來，一個出去，再一個進來，再一個出去……。我覺得自己非常髒，和他們一樣髒或更髒，需要許多許多水才能洗淨我自己。可是，沒有水！我只能以指甲摳撕皮膚，才能以血洗自己。他們說，我的皮膚受傷了不好賣，所以拿布條綁住我的雙手，把布條塞進我的口。我只能在他們的捉弄裡沒有知覺地躺著，在黑暗裡想著媽媽明亮的眼睛，像星子那般美麗的眼睛。很久以後，另一些持槍的男人把我們救回原來的村子。有時，我坐在石頭上，懷抱小羊，安靜地看著雞仔滿地跑。有時，我會無緣無故全身抽搐並且揮拳踢腿，盡聲大叫，喉嚨裂了乾了，卻停不下來。每當我患病的時候，他們便把我抬到床上，隔鄰的婆婆總是坐在我身旁，以她粗糙的手掌摸摸我的臉，拉拉我的手，並且如同唱兒歌那般反覆地說：可憐的孩子，可憐的孩子，我可憐的孩子……

不夠？你看不夠、聽不夠？你願意以自己的身體去活一次或幾次？行！就請試試吧。試試鑽進這三個女人的生命裡，她們不過是無數露珠其中的三小顆。當你變成她們之前而把她們放在手心近看時，千萬要摒住氣息，否則就要把她們吹走了。……

# 一個女人

我們。

手腳伶俐些，翠鳳，妳昨夜太多眠夢沒睡飽？我等下還要唸歌，還要練筆，還要買膨粉，還要早去場子。妳這樣腳慢、手慢，時間都跑得沒看到影子了，事情被妳耽誤，看妳怎麼賠還給我！翠鳳皺著眉焦急地幫我編髮辮。我的頭髮又長又多又滑溜，確實不容易上手。我嘴裡叨唸著，其實知道是自己心情不好。至於為什麼心情不好，卻也說不上來。唉，心情不好，難道還要有個道理？

你介紹來的鄉下婆慢吞吞，好看不好用。阿久的那個比較年輕比較乖。這翠鳳倒是讓我想起前幾晚埕中戲院裡的那些日本婆子，她們身子短短，穿著寬衫又加上燈籠褲，還好衫上繫了條黑帶，免得看起來像粗桶子，只是帶子又嫌太寬，整個人活生生被截成兩段。她們總是在舞台上沒命地轉，衫褲一同外飛，人就更看不見了，活像是幾個球在台上滾，真是笑死人。還有，她們頭上燈罩樣的帽子和那支舞根本不配，沒效用。手上拿的看不出是竹子還是木頭的棒子，比呀比，甩呀甩，不知是打蟑螂還是打蒼蠅？要不是念你一片誠心真意，我也懶得跑一趟去看這種戲，不但不讓人心中爽快，我還幾次閉上眼睛，不敢看下去，就是替她們覺得不好意思。

現在從鏡子裡看到自己的這套寶藍金衣是我們這區藝旦間裡的唯一。誰會想到把九分褲的下擺也繡了金？別人延著對襟上的繡邊帶不過細細一條，我特別要右側金線伸長到對邊腋下再順著上身曲度回縮到腰枝上。平行的金線忌諱粗，線間距離要夠才容得下幾個不正形的花朵樣。右襟盤釦其實是延展到右肩花的蕊心。我把自己的想法交給王師傅裁做，他從不失手。這布料金線可是我和翠鳳跑了幾家店才定奪下來的，王師傅手工細，讓人信得過。他說我大膽，對服裝老是有不著邊際的想法；我說他膽大，敢接我這繁瑣挑剔的工。他早熟知我的尺寸，量身也就免了。他做工好，我錢付得快，幾年下來，也就有了交情。

通常，除了前額疏疏的瀏海，我的黑髮完全後梳。在瀏海根，也就是專出主意泉源處的開始，才稍稍攏起。翠鳳把我的後髮中分，各在側邊梳起一個髻之後，我要她去準備小吃。鏡中的自己讓左髻上陷入一支花釵，讓耳尖墜著兩串小粉珠。

我的眉毛細緻，兩頰瘦削。我的鼻尖微揚，嘴唇片薄。你獨自上樓來時，我正在廳裡端坐，抽長煙。我不言不笑，兩眼睥睨。

把人客說是像潮水無聲息地一寸寸近逼，倒也不盡然。約是黃昏起倦鳥歸，人家屋裡燈開始一盞盞亮閃時，陸續有人來走動卻是實話。有時兩三個，有時一小群，哈腰、欠身、禮讓一番進得屋來，總是有些吵鬧。熟客愛有固定廂房，就連哪個位置，靠門、靠牆、靠窗，或應不應該、可不可以靠著某人坐下，也都分際清楚，就像是座位前放著隱形的名牌，從來不坐錯。紙門向左向右，一下拉開，一下拉闔，好菜上了，好酒開了，菜味酒味薰開到房頂上、衣服裡；煙一根根地敬我敬你，全室迷茫，如同在場人的心思，也正好遮掩了他們的心事。有的鶯燕早已坐熱了席子，有的鶯燕這才飛了進來。

初見面。王課長、張科員也在場。他們對我總是玉英小姐玉英小姐地叫。人人站得有些拘謹，卻又故做輕鬆。沈主任介紹你時，恰巧阿久遮了我一邊身，所以只能看到你半件灰西裝，連臉也不得見。結果，是你在我對面坐了下來。這一坐，竟然坐成了千秋事。緣份原本沒有規矩方圓，偏偏你的事、我的事卻由法定來阻擾。法由人定，我的傷痛由法定，那麼是誰以他的法定了我的傷痛？又為什麼那個誰要定我的傷痛？

阿久吹洞簫。我總是要她小肚縮緊些，吐氣微力些，簫聲一旦蓋過我嗓子，人客就要皺眉了，因為聽不出唸的歌有什麼春意、有什麼哀怨、人生又有什麼糾結。皺眉的通常不是常客，所以對待他們要格外慇勤。常客不但清楚自己要聽什麼，聽熟歌時還點頭、搖頭，輕拍大腿，嘴唇喃喃應和。

香煙的白霧與熱菜的騰氣跟著我悽愴的慢板在房裡迴旋。如同一道道不安靜、不甘心的幽靈纏繞人的眼耳，鑽進人的心肺。一遭渾噩。

孤棲悶，懶怛入繡房

房空青清

床空席冷悶煞人

昨瞑一夢

…………

沈主任左手食指中指夾煙段，另三指扣住碗沿轉了手腕啜口清酒。其他兩人偶爾交耳，他們吃菜。只有你，一動不動張眼睜睜地瞅。你看我白皙蓮花指的比劃，你看我細細藍的眼線，以及睫毛徐徐張起如一片待揚的帆。你從我口吐白字裡看到我灰黑的過往與未來。於是你不加思索地開始疼惜我。於是你引我毫無保留地跨出錯誤的第一步。

再多擠點吧，我已經看到黑黑的頭髮了。妳不是想早點知道這孩子是男是女？多給點力，馬上就看到了！

瘦女人扁在床上，整張臉比撕下又揉了幾次的日曆紙還皺。和她平坦的軀體相比，挺著的肚子活像座小山。接生婆換了個姿勢，在女人用力的同時，往腳的方向推她的肚子。兩個女人試了幾次，就在稍微喘氣的一瞬間，嬰孩滑出了娘胎，哭聲薄弱。怎麼樣了？木板床上的瘦女人氣弱地問。她身旁的被褥灰撲，就要聞出破舊的味道來。房裡算是料理過的，短了一隻腳的櫥子讓小木塊給墊高了些，也就和另外三隻腳站平了。在竹桌子上蹲著的水壺並不孤單，圍繞著它的是些舊紙張和說不出原來裝過什麼的空盒子，以及兩隻倒叩著的陶碗。竹椅子常握的地方，給磨得深棕晶亮。

老天爺這次發慈悲心了？女人的問聲正抖著。不成，女的，又是個女的。瞎了一眼的蔡婆嗄著嗓子說。瘦女人頓了頓，似乎就要流下淚來。那麼就依著我們的相約，照規矩辦吧。女人認命地說。她不像是正在期盼孩子出生的快樂女人，說是她急著要把事情辦完以便交差，還更貼切許多。蔡婆是這行的老手，當然了解規矩；不但了解，甚至有她自己的一套。她把女嬰緩緩浸入原是給出生兒洗身的溫水裡，頭朝下，無聲無息，盆水裡連顆小氣泡也沒。眼睛還來不及睜看世界吶，這女娃！倒也簡便俐落，蔡婆辦事也不是頭一遭，先後順序她清楚。盆子裡的女嬰連著臍帶就擱在一旁的泥地角落裡，蔡婆回身料理沙啞哭嚷著命苦的瘦女人。她擦了女人的身體，順便也抹了抹床板、床沿，兩件舊上衣全成了血布塊。才剛脫胎，妳就別傷自己了。不是淹了、埋了就是賣了，也不只妳這一家，有錢的還不是照做；長到十七八，又要聘金又要好看，我們這裡，鹹風、鹹雨、鹹菜的，養女兒，貴著吶。蔡婆忙不迭地安慰著女人。這接生婆安慰人的話，幾十年來不重複，那叫真本事。不多久兩個女人同時聽到嗦嗦啐啐的聲響，以為是鼠子進了來。女人太弱，抬不起身來看究竟。蔡婆站了起來，睜著她昏花的右眼四處瞧，一剎時卻嚇得跌坐在床沿。女娃還活著啊！

這是娘告訴我的故事。她說我出生時也不過貓嬰一般大，沒得死，一定是有什麼天大的事等著我去完成。娘希望我一輩子平順，有好日子過。平姑我後來雖是死得淒涼，一生卻從不幸負任何人。娘親待我特別好，總說我是地后轉世，專門來給她好報酬。我倒也順著她的意，一長就長過了夭折的年齡。只是，我從不識得爹。爹是正當我在泥地上嗦啐地掙扎吸進天地第一口氣，而他在海上抓著船沿木桿拉屎時，賊船恰好撞上，一個大震盪，瞬間掉入夜晚黑水裡淹死的。

讓開，讓開，我來了！我來了！划槳在舢舨間裡穿梭是我八九歲時已經練就的絕活。人人知道，海裡的寶能換來更多陸上的寶。兩個姐只會和娘在場子裡擺攤賣菜，能有多少進賬？活，就要活得有個樣子，不能老是像那蚯蚓蟲子在泥地裡鑽，這應該是我還在娘胎裡就明白的道理。娘常說，我就像是爹的替代，是撐起一家的樑柱；這讓我聽得快活。想要淘到更多海寶，能夠熟悉操作舢舨就是重要的竅門。說起駕舢舨，這灣裡沒人能閃得比我快；要絕是，看點不看面！有些人嘴皮鋒利，腦子鈍，他們只想趕快到岸邊，所以眼睛死盯著找哪個墩凹還有空隙。兩個眼珠子就往一個方向看，怎能知道自己四周的間距以及其他舢舨的動靜？要訣是，只要鎖住方向，腦中有個定點，中間的穿插和前後進退必須靈活有度才行。有時離岸遠些不代表到不了岸或到得比別人晚，端看如何在兩船或五船間擺弄自己的舢舨。一旦舟子滿了魚獲，人人搶靠岸；海寶必須新鮮了才能賣好價錢。聽老灰說，他爹可講得明白了，我們這水灣古時可是御蝦的供應地。抓了蝦運到京城送入皇上金口也不是隨便哪個水灣子就做得到。他爹又說，當今灣子雖仍有出路，可惜搭肩倚背，萬般勾結，少人富，多人窮，灣裡人就少了塊脊柱骨，怎麼也站不挺直，哪能出得了漢子？總之，在他眼裡，積極些走動活絡市場互通聲息，倒成了罪過了。我看老灰他爹的腦筋死到地裡去了。只要能活命，只要能把木房打掉蓋磚屋，搭肩勾結不也是個道理？難道他讓瘸了腿的自己在巷弄裡賣燒包就快活了？上不了清靜寺陡梯，還不得要老灰去背，他就有幾個叮噹錢請得起人抬轎？回頭看我自己，大姐家那口子是個補鍋的，二姐的，專給人修墓，日子早釘死了，只有我還能四處活跳。除了不能站在舟沿往灣水裡撒尿之外，有什麼我幹不了的？

潮汐退漲，水來水去。這灣子是我成長的地方，真要埋骨在這裡，倒是有些悶人。只要心煩了，我就往山丘上走，而那些該死的土狗也竟然膽敢不離腳地跟著。說牠們該死不但沒詛咒的意思，還真是發了慈悲心。瘸腿的、爛眼的、瘦成了只有個狗架子的也就罷了，還有隻拖著那不知道是什麼翻轉出屁眼的爛肉，蒼蠅圍著牠死命地轉，光是嗡嗡聲就要把人給叫瘋了。我一路撿石頭一路丟，這些惱人的畜牲才陸續散開了去。上山的路不見得不好走，不知為何，這處就是少人來。也罷，閒言酸語我還聽得不夠？這裡實在清靜了。穿越石磚拱道，再一級級走過長長的階梯，一旦上了來開頂，我就像換了個人似的；化成一陣風，或是成了穿上風的精靈，都是最能令我開懷的想像。不遠處的土台凋剝得厲害。石崩，頹圮，零散，淒涼。不知當年遙遠的怒火衝天來自何方，從這土台又傳向何處？這事不勞我多心，唯一的好，就是能夠在這山巔蓋座美屋面向大海！我從未停止在心裡這麼盤算。我要在修葺龍鳳的亭台上眺望舢舟的朝往夕來。我只要看著初陽如何染紅灣水，不必和人爭搶下網的好水位。我只要看晚間迷茫的村火點點，不必在濃腥的爛溝裡縫補破網。那時，所有忌恨、對峙、謾罵終歸風塵，永遠飄離這烽火台。古時遠處的火閃必定因著某人的焦急；焦急其實不必，也與我毫不相干。能怎麼活下去，而且能怎麼活得體面，才值得細細算計。

發光的白日掛在頭頂上燒。幾個男人蹲在土岸邊，身下的海水懶懶拍打苔牆。油污混著水草，卑微得默不作聲。男人們的寬袖不飄，沒風啊，就是熱！管子該修了。一個男人開口說。他啜著老高的嘴，要人循著他示意的方向看去。他那神情讓人以為冒著不規則氣泡的管子似乎遠在天邊，其實離苔牆也不過幾公尺。他邊說邊伸手從右邊男人嘴唇上搶走短了一截的煙。兩人的大草笠撞了兩下，又靜默了下來。透明的白光蒸著男人們發了皺的黑皮膚，也蒸著太陽自己。風是熱跑了，浪怎麼捲得起來？這個讓人昏睡不成的午後，靜極了。岸頭上的粗草繩、大簍子、黑衫布全都讓火氣晒得死沉。

來了！另個手握長索的男人突然發聲，指了指從遠處小丘岩探出半身的船隻。蹲著的男人陸續起身。

琴仔，妳還不回去，要在這裡晒死死喲？妳如果晒到頭殼空掉，我怎麼向妳大阿母交代！蹲在棚下的蓆子上，大草笠幾乎把我遮掉，阿母怎麼還是看得出來？一定是我等得睡著，腳無意間伸直了去，才被阿母看到不久前她買給我的紅拖鞋；所以是拖鞋的錯！還有，我不喜歡拖鞋的氣味，阿母說是我腳流汗才引出來的，我卻覺得是拖鞋讓我流汗。不穿，不流汗，沒味道，我喜歡赤腳走遍家裡家外，到碼頭來不行。給太陽炒過的白沙太燙，必須走著跳或跳著走；通向深水的木板橋上常有鐵釘，彎彎的，長滿銹，我的腳總是避著它們；還有，斷裂的貝殼也可怕，像刀，這時候的紅拖鞋就是好伴侶了。海邊的鹹溼味腥得很，紅拖鞋的氣味怎麼抵得過？其實是白沙把腳汗吸乾了吧。

昨天桂枝和我在簷子下畫囝仔時，就說大阿爸的船要入港了。桂枝一直把女囝仔豎起來的的頭髮畫得太高，卻把腰畫得那麼細，頭不就要壓斷身體？太難看了！桂枝怎知道船要回來？消息早就掃過全村子了，妳太小，不懂。我偏懂！就是那種很大的船，中間有個大洞，只要一掀開木板蓋，白煙立刻衝上來。男人們赤膊、赤腳，戴大笠，穿短褲頭，把一箱箱的白金魚抬出冒煙的洞。冰水、汗水就像小小的白金魚，亮花花在男人身上亂竄。跑慢的汗珠子，滾動幾下也就在男人黑得發亮的軀體上蒸發了；快的，像急雨，打到甲板上還要往上彈跳。

村裡人都知道，大阿爸從小就給出去了。不過，他和生母有緣，常回原家，阿母東阿母西地喊。生父？早死了！大阿爸出道早，幾乎是還穿著開襠褲就懂得要吃就要賺。他十三歲開始挑磚頭。先是一擔一擔地給人一趟一趟地挑，肩啊、手啊、腳啊全結了硬厚的醜疤，勞苦在他身上做了標記。大阿爸的命是拼來的，生活是搶來的。十多年後他動動口擺擺手，差使著讓人提、讓人挑，還讓人給他生母起厝，起了間大厝。大阿爸的阿爸抓魚。抓小魚放小船上。天氣好時，小船滑著出港，天氣不好，小船顛著出去。大阿爸的阿爸，有時滑出去顛回來，有時顛出去滑回來；人人這般，代代如此。可是大阿爸不同。他除了讓人挑磚頭之外，還整大船。那是島上大事，所以多人大忙。上架、油漆、加油、添水、加冰、還要買夠米菜肉。船一旦穿上新裝，肚飽胃足以後，便載著岸上人滿心的期待與焦慮緩緩游向深水。只要出了島，船在海上是一片葉，究竟是滑是顛，大阿爸管不著，心也不繫著。沒人知道他天天上香和神明做了什麼交易，無論早晨亮明或是晚間漆暗，只要日子不顛倒著過，他就氣閒氣閒地等著船再進港。聽說大阿爸常對人講，整船就像整命，船出去之後，回來之前，沒人知道船去了哪裡，發生了什麼。人的命不也一樣，出生以前，死了以後，沒人知道命去了哪裡，做了什麼。所以啊，大阿爸說，還看得到船、看得到命的時候，就要對船好、對命好才行。

等船流浪夠了，一進港，大阿爸就和一群男丁踩著大腳，快步到碼頭邊上。魚抓不抓得多，聽船員說話的聲音和他們的動作就能猜個七八分。船一靠岸，粗索環上大鐵墩，船上抓魚的、陸地上準備載貨的、老闆、伙計、大娘、小姨、毛頭孩子、看熱鬧的姑婆、大嬸，彼此間顧不得把話說清楚，出貨就已經鬧轟轟地開始。大阿爸瞧著，瞅著，手腳一癢，他也剝衫捲褲下船幹活。口叼著煙，他一腳踏船身一腳踏木樁橋，幾乎看不見的煙火花和輕灰速速掉進船橋間的碼頭水裡，和油污水草一起浮沉。橋上站著幾個戴斗笠的漢子，這一串螺絲樣動作的男人不停地左承右轉，把一箱箱的死冰魚放到牛車上。大阿爸隨後趕到魚市場時，貨早已整理就緒，正等著他批價。魚裡不能有蝦，貝裡不能有魚，貨要割得明白清楚，這是頭家大阿爸的規矩。

一次兩次無數次，一年兩年無數年，大阿爸發了！他的大船們總也不廢不沉，無論是顛是滑，船游得挺直，連一些偏斜也不肯。大阿爸在大洋游魚身上起了大厝，也在魚工們大日頭底下的汗水裡過著他閒閒的人生；而且一連養了四個兒子，在人們群起對他恭喜連連以後，才是阿姐和我。再後來，大阿爸的小孫子只比我晚落地三個星期，大阿爸不但常去看孫，不看我，還把我給了村底黑源他家；因為大阿爸覺得，媳婦和牽手同時生囝仔臉上掛不住；因為他認為，人到中年晚上還要抱個女人睡，顯得羞恥顯得貪，哪怕那女人是自己的妻。所以只有我到黑源家當童養媳，大阿爸才能在人前站得莊重。

我一身的長白洋裝。我走在空空的黑廊上，腳下的木屐不響。手臂上躺著裹白布的囝仔。我兩行淚涔涔，淹閉了號不出來的嘴。那是種隔世的離奇，無邊際的白浪翻騰在眼前，耳旁成堆的大眼睛不眨地瞪著。我小腿肚邊的裙擺風翩翩地吹。

許多年後我也養過四個孩子，一男三女呀！怎麼還是小小身子就斷了魂？怎麼大阿爸的四是「是」，我的四是「死」？是大阿爸的四個兒子在幾十年前就吸走了我四個孩子的靈精？我欠誰債了？欠債要這麼還？大阿爸，你還我四個囝仔啊！

他們家今天在熱鬧，一個早上還兩次差人來請，你帶琴仔走一趟吧，免得對人家的誠意失禮。我那些布衫不體面，哪好意思去。阿母這麼交代黑行兄。她拿著木梳，抓起我的頭髮往上一攏，橡皮筋圈了兩三下，一支棒糖模樣的小刷子就在我頭頂上站了起來。阿母把我套上一件洋裝，身前幾朵白花，身後幾朵藍花。這衣漿得硬了，刺得我脖子發癢。乖點，別把衣服弄髒，妳大阿母才不會怪我沒看好妳。阿母在扣我鈕子時這麼說。我不知道什麼是吃熱鬧，也不明白大阿母的家為什麼那麼遠。我走得熱又渴。原本在下村還有屋子的影可以追著走，我和黑行兄一下右一下左，注意要找陰影的地方落腳，後來出了村子，石子路上就沒得遮陰了。我真是走不動了，蹲在地上拗彆，黑行兄只好揹起我來。身體黏著身體，我們都燒得厲害。二兄的背發燙，我的臉發紅。天藍得鳥都沒，風不來親近，只把自己吹遠了。

顛狂的暴雨打得皮膚發疼。呼嘯的是汪汪大海，長草斷身似地劇烈搖擺。大颱風天，月娘躲得不敢現身嬌嗔。四道黑影在草叢中快速前進，各個手上握有鐵器，腰上也繫緊粗麻繩。他們是船底鑿洞的好手，心存默契不發一語。他們下手的對象是進島彎來躲避颱風的貨船。這兩艘紅毛船已靠岸三天，就是沒膽子出海跟風拼，跟命拼。三天時間夠他們四人打探，船有多高，吃水多深，船上有幾人。貨，當然是看不見了。從時節判斷，這些紅毛鬼必定打算順著海峽往東北方向走。繩子在大石塊上盤了幾圈，他們手腳麻俐，摸黑下水。要是趕得走在黑暗裡咆嘯的大風，四周必然一片悄靜。他們潛入一小陣子，探頭出水面呼吸，再潛入，再出頭呼吸，十來次後收工。他們上岸、解索，迅速隱沒在狂風草浪中。

還有妳，阿琴。別看妳阿爸是個教人識字的先生，我敢賭，他祖公仔也一定有些是專門偷海賊的海賊。光頭伯邊吐魚骨頭邊重重地對我說話。桌上東西這麼多，怎麼我只看見赤裸裸的骨頭？雞骨頭、魚骨頭、鴨骨頭、豬骨頭，長長短短，橫躺豎躺。還有更多更多不斷從大人們的嘴裡吐出來、掉下來、滑下來。我們這島實在是寶。古早時候啊，單單是這些避風船的貢獻，每年就可以讓我們免出海好幾趟！隔壁桌的阿叔大聲地說，也沒忘了要比劃手腳。黑行兄和其他男孩在埕上比劍，跳來跳去，跑這跑那，留我獨自和一群不認識的人在一起，我突然感覺孤單。對面坐著的是剛才拐著她的小腳走來的阿婆。阿琴，我看妳是越大越漂亮了，等一下妳大阿母看了一定很歡喜。阿婆說話時臉皮皺皺。他們說那是我阿嬤，卻不是大阿爸的生母。阿嬤隔著大桌告訴我，大阿爸的生母住了他起的大厝沒幾年就歸天了，村人說她沒福份。生母把大阿爸給了皺皺臉的阿嬤，後來大阿爸雖然給了生母一間大厝，她卻沒能住得久，註定苦命。又有其他人這麼說。我看著阿婆混濁的眼睛，聽她重覆同一件事情，卻不明白她究竟說了什麼。

我把裙子拉了拉，就怕生了折折惹阿母不高興。旁邊的光頭伯右手拿箸，左手的食指中指夾煙，其他三指端碗，大口大口地喝酒。妳阿爸是個教書先生，有什麼用？唸詩識字，歹賺吃啦！妳看，妳看，妳三個阿兄都沒人繼承他。光頭伯轉頭對我說話，嘴裡的酒氣不往我身上噴，多麼討厭！他吸了幾口煙，把痰清上喉頭，重重地在地上吐了一口。他撣煙灰時，一小顆火粒蹦到我袖子上，炙出一個小黑洞，我氣得哭了，哭不止。哭黑行兄拋下我自己玩樂，哭我坐在高凳子上跳不下來，哭我袖子上的黑色缺陷。我哭我的熱與害怕。大阿爸家我不會再來！

叫妳收個碗筷這麼慢吞吞的，妳討皮痛啊！妳不知道還有多少事等著，是不是？我看，妳是明明知道，偏偏要看我能忍耐妳多少。妳心裡有幾隻鬼，還以為我不懂？別人好吃睡，就妳一天到晚心鬼特別多。多學點，對妳有好處，免得將來別人不用操煩三頓飯的時候，妳卻淒慘落魄……。只要阿母提起她的尖嗓子，我就雞皮疙瘩一顆顆立起。而她的竹條像西北雨點一樣密集打在身上時，我就像個木頭人，不閃不躲死釘在原地。我眼看地板雙唇閉鎖，不求饒也不哭泣。我的不聞不動如同在她的肚火上添油，阿母認為我不哭、不求饒，就是膽敢向她挑釁！小我兩歲的阿久不同。阿母的細竹條就像石頭師布袋戲裡蔡將軍的飛劍。石頭師怎麼挑它，蔡將軍就怎麼跳著追，人看了，還以為是蔡將軍在耍劍。阿母一舉起細條，阿久就跳著搶阿母手上的竹條，以為搶成了就不用受打。可憐阿久一邊左右閃躲，一邊設法搶細竹條；她怎麼搶得過，不就是更多挨幾下打！

我慵懶著，喃喃地把記憶往外挑，你卻兩眼發光挺胸直坐，細細地把我的話嚼出汁來。你說，細竹比擬成飛劍，靈活靈跳；你說，我明眼冰心，難怪詩作得好。唉，你說這說那又如何？我們這種人，拿什麼跟菜仔、跟蜜蜂比？菜仔有地可落，蜜蜂有花可採，它們有目標地過日子。我們雖是有盼沒盼地活，卻不敢奢想，連偷想也輪不到份，因為想只會勾引出失望以及對自己的訕笑，因為想的背後躲藏著一片白霧茫茫。

那天我正渾噩噩地瞌睡。外頭雷雨交加，少少的自動車不再呼嘯。斗大驟雨拍打在柏油路上，聽久了竟然不覺得吵；就是悶著，整條街悶著，整個樓悶著，整個心也不得不悶著。翠鳳耳尖，聽見急敲門，她讓你上樓來。你淋透了雨，微喘著氣。摘下帽子時，帽簷上的積水攤溼了一小處木板地。我可以暫時在這裡避避嗎？你渴求地問。眼裡都是情。我這小間，一大一小兩臥房、一客廳、一餐室，多個人不多，少個人不少。今天雨著，應該不會有人上門，你就待下吧。

你的妻知道嗎？你輕輕搖頭，彷彿她知不知不干你事。還是我正希望，全天下你只讓我知道，因為我是你唯一的女人？怎麼不講呢？她有先天心臟病，講了，怕有萬一。剎那間，我從是你唯一女人的陶醉，回到你有元配的事實。我的心一震，像一顆掉了地的米粒那般彈跳。你第一次受威脅？好幾次了，聽說這回真要下手抓人。男人辦事我不懂，你也不說明白，只能為你憂心。也許我因為要享受為你憂心，所以總是聽不明白你的解釋？怎麼連你寫字也要避避日本警察？你只聳聳肩，不答話。有機會我介紹你和保安廳長喝酒，應該就可以不用時時受怕。你點點頭，笑了笑，似乎安了神。

你坐著。我坐著。我們距離彼此不遠不近。你交腿坐在低矮的彈簧沙發上。我的木椅座淺而高直。這椅不讓背駝的人坐。我把兩腳併放在踏板上。安安靜靜。

你曾說我的性子不向人低頭。其實不正確。我低頭，向你低頭，而且我只向你低頭。正是阿母的竹條教我不彎下脖子的。脖子要細要挺。細挺的脖子是給男人看的。她說。我們姐妹幾個，自小就得穿襯了裡子的高領衫。脖子一直，背也跟著挺了。哪個男人願意花錢請來個駝背女？阿母總是說得明白，說到骨子裡的明白，讓人莫辯。我們是怕著阿母的細竹條長大的。那怕，隨時隨處跟著，鬼一樣，穿牆穿夢的，讓人無處躲。

教琴的先生坐在我的右側，阿母坐我左邊。每當我按錯點，勾錯一根弦，阿母的竹條就會立即在我指頭上潑辣起來。阿母越打，我越緊張，越是錯得厲害。指頭顫動，心也跟著卜跳，心跳緊了，指頭只好抖不停。她已經不錯了，阿尾姨，這地方食指要同時勾住兩弦，其他三指往外翻，不簡單吶。先生可憐我，為我求情。阿母不理會，她死命地認為不打不成材。等到先生走了，我又可以好好呼吸的時候，卻聽到阿母說不給我飯吃。妳還好意思吃？只有豬才會只吃不做事！

立賣女為養女斷根字人，重浦寶與街許登財，同髮妻江氏有親生女子一口，名喚寶鳳年登四歲。今因家務窘迫，日食難度，夫妻相議，先問房親伯叔兄弟侄等，皆無力承受，即願將此女出賣，外托媒引就……隨將此女同媒送交付張碧吟前去改名為養女。茍如他日長大，不合家教，亦不得配賣。從此一賣千秋，割藤永斷，登財夫妻不敢阻擋異言滋事……此係二比甘願，各無反悔，口恐無憑，今欲有憑，立賣女為養女斷根字一紙，付執為炤……

尿桶有我半個人高，實心木，重！要做、要操，要不然就教不會。這是阿母的金言。她對自己這麼說，也對我們這麼說，更對外人這麼說。誰不知道阿尾姨調教出來的查某囡仔人人搶著要！是的，那個尿桶重。阿母收我做養女以後，指派的第一件工作就是每天清早把尿桶從她房裡拿出，把尿倒在廚房後面的小水溝。

清晨時分，嬸婆就會踱著她的小腳碎碎步到房裡來，一一把我們搖醒。每天如此，人人習慣。冬天就難了。冷冽的空氣總是等著我們緩緩移出暖和的被窩後，立即一把攫住。我們抖顫顫地梳洗、穿衣，彼此幫忙紮辮子，一天就這麼開始。

廚房後門有個門栓，高度大約和我齊眉。把栓子用力向右移，門開了，一條連接幾家鄰居的小溝就橫在眼前。我必須兩腳張開跨著溝兩旁，才把尿徐徐倒入。那天或許阿母夜裡多尿了兩次，桶子特別重。我照例先拿開蓋子才抱著尿桶往廚房走。阿母總說，小孩子眼睛明，清早不准點燈。四處灰黑一片，一不留神，踢到桌腳，桶子倒了，尿液流了滿地，也潑了我一身。

那天早晨，我一次次拿抹布吸尿，擰進木桶裡，拿出去倒。當我以清水擦拭整個廚房地板以後，身上的衣服也半乾了，全是尿騷味。阿母就此罰我倒尿桶。一倒十三年！

我們老大來了，老大來了，往邊裡站，往邊裡站唷！三個男人吆喝著走過市場第一馬路，轉著頭東看看西瞧瞧。那個賣柑橘的趕緊把板車推向路旁。幾個乞丐忙著彎身，還以為他們真給那三個爺們行最敬禮，原來是正撿起掉了地的柑橘。這些男人走路還真有型，那樣子就像努力要把自己的瘦身向左向右兩邊推甩開來那般，以為可以充胖些、壯大些、讓人多害怕些。單從外貌、口音就知道是外地來的。他們確實是讓人警戒。市場人有意無意地看著，除了我以外，應該少有人明白他們的意圖。

前幾天不又停了一艘，就在斜彎處，挺大的，三帆。灣裡進不來，泊在岩丘外，各事項都得靠小船辦了算。這事我平姑可在行了。水灣裡哪個人能把舨子搖得過我？加上眼明眼快，當那船的桅杆還在天邊貼上一小點時，就被我盯住了。合算著時辰，幾時靠了來，幾時泊定了，我當然清楚，當然搶先划到了他們的船沿。我的舟子雖小卻不礙事，我的大嗓子生來這是要讓這些人聽到的。喲，怎麼了？我們的眼睛是給尿掩了，還是看糊了？怎麼這灣裡管事的竟然是個小娘娃！沒錯，看清楚了，我平姑就管這灣裡的事。聽著，我的性子耐不了一頓飯時間，想要撈些好處的，現在就拉我上來。位置在我之上，讓我必須仰著頭講話的，只有我娘才配。繩索放了下來，我先給大元圍了一圈，讓人給拖上了，我也才把自己圈住，三兩腳蹦登蹦登，一下子就上大船。以前不是有個賴塗嗎？他不幹了？我前腳後腳還沒站穩，就聽到有人問。賴塗死了。我亮著嗓子說。季風來時，他趁人人躲上了陸地，以為可以獨獨撈一筆，沒料到被大風一巴掌打到大岩上，舨子扁成了片葉子，還碎得不像話。他自己，不就肉身子一副，當然是肝腦塗地了。這就叫老天有眼，懂吧。我張著嗓子簡單敘述，大船上的男人全聽得一愣一愣地。我繼續拉開著喉嚨說。聽著，你們要啥有啥。除了米、食、機具，吃喝拉撒全可包在我身上。死了的人，也可以料理。你們拖出來，我給找個好地葬，找塊好碑刻幾個好字，讓他的女人日後有個地方可以哭去，總比面對汪洋痴呆好，清楚了？多少個海上粗人圍著我，各個半敞著黑身子，一臉一臉比醜地閉著嘴，看樣子是聽明白了。嘿，就連那事？突然一個聲音冒了出來。沒錯，就連那事也得靠我平姑指點。你們應該明白規矩，白天便宜晚上貴，生的熟的自己挑……。男人就是受不住挑逗，就連這幾句話也讓他們來了興致，各個饞得快流出口水。還有兩個竟然膽敢向我摸來。我眼睛一瞥，身子一縮，放聲喊：大元，上！原本坐我腳邊的狼狗跳了起來，男人們退了兩步，一臉驚嚇。我把繩索逆勢一拉，一把扯住了大元。見識了吧，誰還敢再喊我小娘娃！

日子去，日子來，娘老說我這麼野，有天要吃虧的。我說娘，妳就別瞎操心了。我有大元，歹事上不了身的。大元一直睡在我出生時死躺的那個牆角，地母庇佑了我，當然也會庇佑大元。我們同受了地母的照顧，加上我給牠取了個好名，大大的元氣，我們成天綁在一起，刀槍不入！

大元是我在烽火台邊撿來的。那天灣外突然起大風，我快手快腳搖舟，一下溜了回來。空出來的時間當然要上台去。風挺大，雨倒下得畏縮。我穿越石磚拱道，再一級級走過長長的階梯，遠遠就看到什麼東西在圓台底下緩緩蠕動。走近瞧，原來是隻剛出生的狗仔，就巴掌大。我輕輕將牠拿捏在手裡，眼睛還沒張開哩，一派甜蜜。想不透，狗娘怎會跑老遠把狗仔子生在這高台上？就生這麼一隻？如果不就這麼一隻，其他的狗仔跟狗娘呢？回家了？家在哪？在水溝邊，垃圾旁？忖了忖，突然我明白了，這狗仔是讓狗蔡婆給遺棄了。雖然我明知狗娘用不著接生婆，自己給個答案，沒人管得著。我二話不說，把狗仔帶回家。折了幾塊抹布給牠圍著、墊著，就放在我該死沒死那角落裡。我每天給狗仔熬魚湯喝，剔掉魚骨給牠鮮魚肉吃。大元長得奇快，不出幾個月就脫胎成一隻俊美的狼狗。毛色光滑，眼睛明亮，聰敏機靈。牠跟前跟後在我身邊繞，跟乏了就四處蹦跳。不知不覺，大元和我成了最親密的伴侶，就連娘後來給我安排的剃頭陳也比不上。那剃頭鬼對我雖好，卻萬萬比不上大原來得知心。我們同受地母庇佑才活了下來，太懂得要彼此珍惜。

這灣裡就只有我帶著狗出外幹活。清早，大元總是早我一步跳上舢舨。牠坐一邊，我站另一邊。旭日照得牠的眼發亮，牠的深棕短毛在微腥的晨風中顫動。有時我們相互看一眼，又各自忙著心事去。每當我拉網上舨子，大元便等不及地四腳忙踏，豎起耳朵，搖著尾巴，注視著發出閃閃金光蹦跳掙扎的大魚小魚。一旦滿載，大元會識相地退到小角落，甚至侷促在船沿，讓出一些位子來。幸好牠平衡力足夠，掉下船的次數不多。

我認定大元是生活中唯一的知心，牠忠誠而無所求。我可以看見，舢舨載著我和大元直上雲霄暢遊，和著悠揚的仙樂一會兒飄上一會兒飄下。眺望底下汪洋白波浮沉，大船小船逐浪遊蕩。天際嫣紅卻又四處平靜。我和大元，好的盡收，壞的盡除，全是地母娘娘的賜予。

不該有雨的時節卻連續下了幾天，讓人措手不及。屋前的路泥濘。阿母把兩個大陶缸添滿水後，囑我記得洗靠著後房牆角的那桶衣服。阿爸和大兄去了大島，一時不回來，所以衣服少了些。先洗妳我的內衣，懂吧。每天洗衣前，阿母總要再囑我一次。她和在轉角的阿丁家講好了，去挑些土回來補路。阿丁家前陣子改厝，到現在廊子下還有個土堆。阿母鏟了兩擔挑回來，直接倒在屋前的望海巷，以腳踏實了，好走路。

趁水清時，洗了我和阿母的內外衣，男人的衣衫總是髒些。平平是去做山種甘藷，女人小心不把自己的衫褲當擦布，男人天生不懂得要想念太陽曝曬洗後衣服的清潔味。特別是那討厭的黑源。我總是等水混了濁了才洗他的。他身上的布塊不做遮蔽身體而是包泥裹土用的，哪有人這麼穿衣穿褲的。家裡衣服總歸是我洗，他根本是存心出世來折磨我的。

那天又要在場子上的大鍋裡煮臭肚魚，我和桂枝相約著去看看怎麼做。說是喜歡看，也不見得。阿母在家做裁縫，我沒什麼可幫忙的，閒得慌。我們都知道在大太陽下煮大鍋是要熱死人的，不過仍舊要去。也說不出原因。或許查某囡仔喜歡和別人不一樣？

我們到達前，遠遠看見幾個大人在場子裡忙上忙下。熱氣在陽光裡顫抖抖地晃動。就要沒料了，趕快再拿些牛糞片來。灶旁站了三四個男人，聽不出是誰說話。兩個男孩一轉身跑走了，也不知道他們去哪裡找牛糞片。魚灶上大鍋裡的竹籃中正滾煮著無數臭肚魚，灶旁地上的大竹板面遍排煮熟的魚等著要晒乾。早已劈妥的柴段陸續丟入添火，紅通的灶口一寸寸吞下粗糙的餵養。我問桂枝，把魚煮死和讓魚晒死有什麼不同？桂枝抓起上衣下擺，邊擦額頭上的汗邊反問，我到底是吃煮魚還是吃晒魚？

熱極了，男人敞胸露臍，恨不得脫下一層會感熱的皮。女人們正相反。她們戴笠包臉穿長袖上衣，裹得只剩下兩眼，就是怕晒黑，不美了。女人費心讓自己天天白著、嫩著，比起就要熱熟了還重要太多。人人安靜地在汗水中沐浴，只工作不開口，話是不得不才說的，就像是連說話也要增熱似的。煙薰得厲害，我不住流淚。桂枝和我相互看了看，不用說出口，彼此心裡明白。我們跑離開魚灶，立刻有股風吹了來。究竟是去摘天人菊還是玩跳房子？我們商量著。

那是片連接天海的茂綠色氈草田野，菊子們在陽光下綻放，在微風裡搖曳。我們越跑近，紅菊外沿的黃暈越像似旋轉著往外擴大，不斷擴大，最後成了一個個小太陽，跳上了天空。那麼多小太陽噢，不住地浮動，左旋右轉，亮晃晃，金黃一片，讓人看不清、摸不著。我們跑著、跳著、叫著、笑著，汗水在臉上、手上、腳上，在身體各處滴著、墜下。我們避開大刺刺的仙人掌，輕輕折下紅花的細莖。一朵兩朵三朵十朵，後來我捧了一叢菊子回家。在洗衣的廊子下我把紅菊斜放在盆子裡，倒進幾舀子的清水讓它們涼快。

咱做人要認份。阿母無來由地突然說。她正在補黑源的長褲。黑源在學校和人打架，右邊褲管全裂開了。在這島上做山討海，雖然辛苦還有飯吃。別人在大島起厝，外表好名好聲，我看，不穩，可以撐多久沒人知道。妳大阿爸有辦法出大船，也不是人人都那麼好運。阿母停了一下，又說，阿爸去大島南部的城裡教漢字之前，也沒和她多商量，還好早先跨海去那城的鄉親幫忙租到離港邊不遠的屋子。妳阿爸是個拿筆的，在我們小島上不夠賺吃。我了解他去城裡找事的想法，不過，也是因為大島南城早就有厝邊的人過去，他也才動了心，要不然在我們島上這裡做一點那裡做一點，也還餓不死。聽說他不缺學生，卻時不時要和日本警察周旋，唉……。後來阿爸讓大兄和一些打算到南城找出路的年輕人一起渡海。人說大兄一路吐到上岸，在阿爸那裡攤了幾天才出外找事做。阿母不休不休地講，我有耳沒耳地聽著，也不關我的事，很快就忘了一大半。

下雨了。阿母說我瘋。說我吹鹹風、吃鹹水、配鹹菜長大，怎麼一下雨還往大海邊上跑。難到鹹不夠？其實我心裡有個篤定。我知道那雨從古早下到現今不曾一刻停歇。太陽露臉把雨晒成金線，月娘現身把雨亮成銀線。雨一直在海上、在山丘、在村裡的小路上，從未離開或再來。現在雨以它原本的樣子滴滴落下，我能不去看？小時，我說雨的故事給桂枝聽，她不信。現在的我，許多事只說給自己聽。又下雨了。我撐起黑傘走了出去。巷子兩邊的咾咕石牆是更好看了，有的部分讓雨滲得深，有的滲得淺。滲多了水的貝殼彷彿又可以活著在灘上悠遊，滲少了的，也許正渴著。轉幾個彎，多踏上了幾個水窪，我直直向大海走去。站在灘子上，浪水淹了過來，腳下沙子跟著它退去，酥酥癢癢，腳也陷深了一些。我就愛腳的酥癢與深陷，是不受打擾的一人遊戲。

風吹得緊，雨下得涼。我把領子立起，把傘抓穩。深灰大濤汪汪浪浪撲面而來，我有些害怕，也有點歡喜，卻萬萬沒想到有個在大岩石後窺探我的你。

除了嘩嘩雨聲，一切靜寂。你坐著。沒有說話的意向。我知道，你看到了我緊閉的嘴唇以及下垂的眼簾。你有些許不安。你不開腔，我是決不先開口的。畢竟是你上了我這樓來，不是嗎？我們彼此賭氣？怨恨？那麼，你為什麼還是一次一次地來？我為什麼仍然一天一天地等？還是，沒有結局的事就不必多說？究竟過了多久？一個時辰？兩三分鐘？唯一的改變是越大的雨聲，雨下成了一塊水布簾子。這裡淹水嗎？是你良久沉默後的第一句話。那麼不著邊際，那麼無關痛癢。我不作聲。只是沒料到，這不作聲竟然成了你必須回應的邀請。你緩緩站起來，輕輕走向我。睜著眼睛看你越來越近，我的心跳加快了，我從你眼裡看到灼熱的欲望。

我們身著羽衣，手牽手，不住地飛，穿越雲朵，四周霧茫。那光，清白和煦，我們沒有前程可以照亮，白光只是和我們相依飛翔。羽毛飄上了眼耳，不必拂去，它們不擾，因為我們失去了知覺，我們是比紙片還要輕盈的兩道仙靈，終於可以毫無世俗牽絆地自己決定方向……

你俯下身來，極輕極輕地將你的唇貼上我的唇。你在我的唇上左右摩挲，然後你直起身子，回坐到沙發上。我感覺到，你對我有更多要求卻集力克制。我們閃躲彼此的目光。阿母選了個好地方，這裡不淹水。我聽見自己在白光茫霧裡這麼說。

秋日正好，不那麼晒了，我的心雀躍起來。就走一段吧，翠鳳。今天先生雖然改了幾個字，卻也對我誇讚連連。多麼美麗的感覺。阿朗介紹的這位瞎眼先生確實有過人的造詣，不但能通曉我的心意，經他增潤或者剔除或者補替的字眼，就是能讓句子變得活脫，躺著的也要立起來，多了色彩就更不用說了。我一下子對翠鳳講了這麼些，不知道她聽懂了沒。我始終不明白先生的過人處怎麼積累而來，他家中也不供著佛祖菩薩呀。先生失明是二十多年前頭殼燒壞的結果。眼睛燒瞎了，心肝被老天省下來，所以還能收幾個學生賺幾個錢。這是先生親口說的。

他今天興致特別好，要我磨墨讓他寫幾個字。那張邊旁精雕著花鳥的大檀木桌旁有許多他早已讓人裱好的捲軸，大大小小長長短短一大落。先生一側身，兩手捏捏握握，從捲軸的厚度就能知道哪捲適合寫幾個字。一陣探索後，先生抽出一捲攤在桌上。黃邊還是紅邊？是艷紅的，中間還有金絲片。我回先生的問。正好！先生說。然後低頭想了想。我為妳寫個隸書吧。他右手把筆沾飽墨汁，左手的指頭碰觸捲軸邊緣測量寬度長度。沒多久，「秀外慧中」四字輕鬆完成。下了日期落了款，先生才收筆坐下。寫字之前，除了讓我為他取水之外，先生自己磨墨。時不時他把墨從硯上稍稍提起，試試墨的濃度。整個過程，先生不說一句話，書房安靜，只偶爾聽見幾次外面自動車的聲音。再多等一下，全乾了，妳才捲回去。先生微笑著對我說。眼前這一手俊俏好字，讓我感動莫名。可是你看不見我，怎麼知道我是「秀外」呢？憨查某囡仔，我當然看不到妳的鼻目嘴，不過，我聽妳講話的用字、聲音、語調、快慢，還有妳一動一靜傳到我身上的風和氣，就知道妳看起來怎麼樣。而妳一定知道，看起來怎麼樣和生成怎麼樣並不相同，這就是妳的「慧中」。妳了解？

從先生住的巷子出來，我和翠鳳走在騎樓下才不會晒日頭。我們走過布莊、香火店、柑仔店，賣冰的小販推著腳踏車載著冰桶叫賣。翠鳳眼快，看到對街有個戴斗笠的，擔著兩大竹簍木瓜。我讓她去買兩個來。熟透了，沉甸甸的，聞起來香。走著走著，我們來到畫報攤。我隨手撿起一本翻翻，看到藝旦刊登的個人廣告。有的照片圓形，有的是橢圓。圓形裡的人像較小，就看到個頭，橢圓形的較大些，算是半身照，卻都印得差。有的臉印白了，有的印黑了，更有的花花灰灰看不清楚。其中有一個，不但介紹生平，還訴說自己是養女的苦楚。所有人全都註明本名、住所、趣味及電話番號。曾聽阿久說，同做我們這一行的，有人登廣告招客；我原本不信，現在是親眼見到了。一個十七歲，一個十九，兩個十八歲，還有一個是二十一。怎麼全住太平町？怎麼全會北管、南管、打麻雀和愛觀劇？阿母教我們姐妹的那些，她們也都懂吧。只有一個在趣味嗜好上標示了讀書。我呢？要是我刊了廣告，是否該把作詩這項也填上了？當然妳要這麼填！我知道，阿朗，你一定這麼說！不過，妳不可以這麼做。沒廣告，妳的人客就已多得讓妳沒時間見我，一旦刊登，我該怎麼辦？這話是我代你說的。想到這裡，我不禁暗自臉紅了。我把畫報徐徐放下。

細婉、哀愁、憂鬱或是上品味、良家、氣質，這些字眼穿梭在畫報日文廣告裡，卻一路尾隨我不停。我和這些姐妹真是如此這般，性情細婉、哀愁、憂鬱，卻又必須強調出自好家庭，有上好的品味與氣質？還是台灣男人、日本男人喜歡，而逼迫我們滋長出或是裝扮出這些質地以滿足他們的需求與期望，好讓展現他們自許的氣概？那麼他們的妻室呢？或是他們的姐妹以及阿母們呢？所以男人身邊的女人都要練就讓自己委婉、細緻的功夫？

我們是一群花朵般的年輕女子，如火如龍聲勢浩大。我們闊步昂首鄙視世俗的羞辱以及小巷裡的污穢。我們唾棄男人的垂涎，踏踤大街上的偽善，擊潰命運的操弄，並且從此不再害怕！我們是一群花朵般的年輕女子，如火如龍聲勢浩大，從此不再害怕！

有件事我是明白的，日本人不愛台灣女人以手把擤出的鼻涕甩到一邊去！

我們走走、停停、看看、摸摸，逛街總是讓人感到爽快，因為逛街讓人分神。遠遠地，我們看到一個矮小瘦猴樣的男人在一個架起來的木台上踱來踱去，旁邊圍了一堆人。小男人穿著一件灰棕色的短衫，一件八分長的寬管褲，手裡拿著個小鍋，嘴巴大聲喊叫些什麼，直到我們走近了才聽得清楚。多少？多少？大聲點！再大聲點！什麼！這種價你也敢出？這鍋乾脆送給你了，你敢要嗎？不懂世事！再來，再來，圍過來，看過來，我的東西好，不怕你出價喲！……看到這條腰帶沒有？真皮的，蛇皮做的，一條包你用三世人。什麼？我騙你？喂喂喂，要是不識貨，你就不要站在這裡黑白亂亂說！啊，來來來，大家來，趕緊，趕快，手腳俐落，好東西不你等啊。……太擁擠，圍了兩三層，全是男人，沒有我們的份。踮起腳尖也只能隱約看到台上那男人腳下雜亂的物品，夾火箝、鍋鏟、香爐、陶罐、洗衣板、青花碗、竹筒、鐵鍊……有新有舊，可有可無。走吧，翠鳳，這裡不關我們的事。

❋

說是三個人並不正確，其實是四個。當中一個短矮又乾巴瘦，卻是肌肉結實，走起路來輕而不飄。這就是你第一次讓我見到時的樣子，郭命。你一臉沉著、黑著，看著就知道是海上來海上去的人生。那三個吆喝著的，嘴巴裡全有窟窿。這倒也不是什麼新鮮事，海上人少有嘴裡沒幾個黑洞的，能把牙保全了的，也用不著出大海去討生活。這三人嘴裡有窟窿倒是不妨礙喉嚨的乾吼。不只是賣柑橘的趕緊閃一邊，讓幾個要飯的有機可乘；販柴的讓吆喝聲給震了一下，正在整理的柴塊落了一地；有的塊子是先扎到他腳，一個小反彈後才躺下的。市場上人們的注意力被這一陣小騷動吸引了，反而忽略你這矮小持重的。你這人，生就一副賊眼，順溜順溜地，犀利的眼光四下一掃，什麼人在什麼位置做些什麼事，全看進了眼底，爬上了後腦勺子，刻進了記憶裡。這當然是多年海上生活練就的，不都是為了生存！

你們走動著穿過市場，打算到我平姑店裡來。說好聽了，就是我請你們來的。先前我上了你們的船，啊，那船上派勢倒是讓我吃驚！這灣裡灣外我上過的船不少，就沒見過這麼乾淨的甲板。所有物品器具不紊地堆疊擺放；應該蓋著的絕不開口，應當綁著的，繩子絕不鬆弛。木板地洗得黑亮，硬要大元在這裡拉屎撒尿，牠也一定覺得不舒泰。將近十來人把我圍起來的陣勢，不是一般商船上看得到的。我強做鎮定，一旁的大元給我壯膽不少。我雖然有些忐忑，直覺上卻認為機不可失。

至於我這店，得來全不費功夫。當初剃頭陳託人來說媒，說什麼他二十好幾了，身體乾淨，沒染病；說什麼性情不毛躁，不會打妻小；說什麼收入雖算不上讓人眼紅，溫飽卻絕不成問題；說什麼他爹單傳，不會有窮親戚來找麻煩；說什麼他死心踏地就中意我平姑，卻是害羞不敢啟口等等的。娘點頭了，我也沒意見。陳胡的模樣一點也不討喜。不知怎的，他就生了個歪鼻，鑲在那兩片厚唇上，怎麼看都讓人舒爽不了。還有，他小時摔斷了右腿，沒治好，走起路來不住地搖晃。我最主要是看上這家剃頭店。陳胡繼承他爹的手藝，所以沒有不繼承這店的道理。有了店，不需要背個高高的木架子掛上剃頭的全部家當，再加綁一個小椅頭，趕早趕晚到處喊人來剃頭刮鬍。有了店，踏實，跟在烽火台上蓋美屋的打算又近了些。

陳胡傻不愣登，容易降。點雙紅燭那夜就問明白了。怎麼看上我的？因為妳漂亮、有形又潑辣，看得人全身發癢。說著說著就騎了上來。是啊，陳胡的人生簡單。

那是我們這裡少有的二層屋。挺大。一樓讓人吃飯喝酒，想過夜的，才給上二樓。跑堂的是店主的表弟張陸奎，他一人招呼五六桌不成問題，只是滿位的時候不多。來光顧的常是外地人，有的路過，有的來做買賣，也有的是迷了路，一下子回不去，來討吃的。張陸奎的鼻子比狗鼻敏銳，總能嗅出誰有那個需要，誰是純吃菜、純喝酒。這屋，白天熱鬧，晚上就難說了。一樓燈火通明是一定的，二樓的小光小亮並不一定理所當然。張陸奎說他銜命表哥，知道我人面廣，特別來請我合作，只要來人露個口信，說是我介紹的，他不會少了我的好處。這事不難，也不花本錢，我也樂得有個小副業做做。你船上的那些窟窿嘴，郭命，就讓我一批批地往二層樓送，皆大歡喜。

當你把姓名報上來時，我倒是挺吃驚的。不論是官船、商船、賊船，主子的姓名不都是給包了又包，縫了又縫，藏在船底角落裡了？你說你心誠意誠才把真姓名報我知。可是當時我怎能料到，你究竟是真心還是胡扯瞎說？有件事我可是心明肚明。一進到我店裡，你那雙順溜的賊眼就未曾從我身上離開過。大船補給需要長時間，你和手下來過幾次，然後你技巧地打聽我不搖舢舨的時辰，獨自上我店裡來示好。陳胡把你那長得可以藏蝨子的頭髮唰地一下子給剪了，並給你理個舒爽頭之後，他便領著大元外出撿吃的去。剃鬍的工作就交我辦。在給上皂泡時，你沒完沒了地扯。說，我帶狗上船時，雖然你遠遠望著，不過我怎麼和兄弟們說話周旋，你可是聽得一清二楚，一字不漏。那時你就對自己說了，這女人有來頭，兇悍又講道理，而且身體前後渾圓，正合胃口，你得想法子弄上手。你休想！我可是人家明媒正娶的，除非我自己願意跟，你總不能把我搶了去。這事要告官的！你聽了不發一語，從褲袋裡慢慢翻出一個紅布角，待整塊紅綢全掏出了，你手一抖，布攤開，我驚呆了——三塔旗！

這，怎麼得到的？我睜著大眼問。不是得到的，是我給出去的！你清楚地說。我頓時明白過來。我明白，能把大船及弟兄條理得乾淨服貼的，是給出令旗的人，而不是伸手哈腰向人討令旗的角色。我會心甜美地微微一笑，你一把擁我入懷。當然，那時的店是老天特地空出來專給我們兩人的。那天夜裡，灣水冰涼。在靈透的月光裡，我把舨子輕緩地盪了出去。就在我的舢舨上，大元代天見證，我們成了露水鴛鴦。正當你趴上我身子的時候，高照的明月晶清，在月娘裡，我看見了烽火台上通體亮紅的華美大屋。那是上天給的許諾，現在就要藉著你郭命來完成。

阿母，阿母，誰把我的紅菊撒在地上了？還沒來得及進屋，我只一腳踏上了木檻便大聲問。遠遠就看見紅菊們出了事，我跑進側邊開敞的廊下才看清它們是怎麼樣躺了一地，卻也只能哭著明知故問了。我似乎看見那些活蹦蹦在藍天上轉圈跳躍的小太陽一個個掉落，沉了，垮了，一動不動。小太陽上的每道光芒被扯下、踏扁，紅黃色交疊著枯萎。原本撐著太陽的梗成了被輾壓彎折的小手臂。那盆清水裡只零落地漂著幾片葉子。真正的屠殺戰場是盆外的水泥地。

我當然明白誰敢這麼對待我。一定是自從我來到阿母家便已開始。黑源長我幾歲，就是專門出世來等著欺負我。我和他命裡相剋，偏偏在一個房子裡住著。他總是愛捉弄。我坐在椅頭仔上喝粥，他會突然轉個彎來抓我頭髮，等阿母斥喝了，就逃得不見狗尾巴。他會拎著蟑螂鬚，把我最害怕的蟑螂在我眼前幌幾下，然後突然把那麼醜的蟲從我後領口放入，我失聲大叫，揮手頓腳，在原地打轉，以為可以把蟑螂轉出去，沒料到那蟲卻在我前胸後背亂竄，我嚇瘋了，直到阿母把我的上衣脫下。那蟲飛了，我早已氣得頭臉燥紅，哭嗆得鼻涕再也止不住。「突然」其實是說得好聽，黑源根本是故意！他非要這麼欺負我才心裡歡喜。

黑源吶，你乖乖聽阿母講一句。你要對小妹卡好一點，不要猴腳猴手，動不動就愛捉弄她，你要我對她大阿母怎麼交代？阿琴這個查某囡仔，水又乖巧，是你點燈仔火也找不到的好媳婦。你再這麼對待她，別日她嫁了你，不給你洗衫仔褲，不給你煮三頓，到時候，我看你要怎麼辦……

阿母這話我聽了幾次？三次、五次、八次、二十次？從不懂事的五歲、六歲，聽到把這話當玩笑的十一、十三歲，再到聽了以後就要躲到棉被裡哭的十五歲、十七歲……

出來吧，黑德。你從岩石後箭一般地衝出，直直向我跑來，跑過了我，跳過幾個浪頭，向那從我手中讓大風吹往大海的黑傘游去。我不認識你呀，黑德。在灰了半天邊的無人海灘，一個應該是屬於我個人的，從望海巷直直走下去就能到達的海灘，為了一把飛天下海的黑傘，你終於暴露了自己。

我把傘收了，你禮貌地說。張著的傘很難帶回來，風浪不小啊。我看著你奮力划動兩隻手臂，好不容易跟上翻了身的傘隨著浪頭上下浮沉。你抓著傘游回灘上，我的好多話卻只能擠在牙齒縫裡，驚訝讓它們脫不出口來。你慢慢向我走來，終於停下，低頭站在我面前，全身溼透，水珠子不止息地從你頭髮上衣服上滴下。你側著頭，不敢正面看我。你把傘遞還時，我才發覺你冷得不住發抖。你身後是無限延長的海岸線，淘淘浪水，滾成一條白色花邊，有時連綴，有時隔絕。放眼四望，天高地廣，我突然覺得自己逐漸渺小，你卻正在不斷擴大，大到可以包容我的一生。你卻也正在遠離，遠到連在夢裡也不肯露面相認。

我偷偷看著妳很久了！

咾咕石牆，有些黑，有些灰，也有些土黃。有時從牆下長出綠葉黃花，有時就在牆中冒出一處鮮紅。有時太陽豔照，有時風雨煽動。偷看我多久了？幾天？一個月？高圓瓦樑下的平牆上鑲了一面窗，窗上櫺線是個壽字別形。聽人說的，我不識字。別形溫柔，墨綠安穩。向天地討命總要謙遜。不只，我偷偷看著妳已經有幾年了。你嚇人，我不信！還有石屋上簷頂邊緣的彩陶貼花。綠葉瓣厚實，天人菊一旦上了色，竟然是黃比紅強豔了。你說，村裡人全知道我註定是黑源的妻，你不可能違逆所有人的篤定認為。所以你忍下來了？所以我忍下來了。枯枝參天，沒有雲的藍天像清夢，少了激昂，更無言。

花宅就這麼些人，我怎麼從來沒見過你？村子雖不大，妳就固定走那幾條路，加上我故意避著……你說，你害怕和我正面相視。只要一看，就已經是個懲罰。所以月月年年，故意靠近，卻又避著看、躲著看、偷著看。我不能明白，為什麼一個人為了躲避另一個人而選擇走過廢棄的土角石堆，走過狂草怒長的露野荒田，走過斑剝頹樓，走過倒塌的磚石與破碎的瓦片？我不信！

我不信！直到那天發生了那件事……

如果不是那天在永樂廳裡發生，我還不知道事情已經進展得相當棘手。頭髮和高跟鞋都黑得發亮。她們的頭髮一定全抹過油才能那麼服貼。合身的袍子長到腳踝。衩開得高了，袍子下再穿見長褲才不會出錯。每人手中有把扇子耍著，忽而張開忽而闔起。手腕彎幾下，扇遮面，然後彼此交錯轉圈。一手把扇高舉過頭，另一手以手背插腰，回一個側身時，膝蓋小彎兩下。十個女人在前台柔順嫵媚，後台的樂師盡情地讓樂器發響。佈景上的紅磚屋開有兩扇窗。左邊那扇有著一道道的斜木板，算是半開窗。右邊卻是毫無遮攔，直讓人看見屋內牆上的半幅竹子畫和桌上的半隻黑花瓶。再過去，這窗的右邊是扇緊閉著的二扉門。屋前的老樹蒼勁。

正當我們看得入神，從大廳邊門悄悄進來幾個日本警察。你先注意到了，阿朗。你原本坐得挺，看到警察四處望，就把身體往下滑了一些。這時我才深深感受到你從未對我說出的恐懼。在昏暗的表演廳裡，最多能看出觀眾是男是女。除非警察走到各個人面前，否則不可能看清長相。你藏匿自己必定是出於長久以來綳緊精神的警戒。難道除了在雜誌社工作，你還有我不認識的一面？你究竟是誰，阿朗？

快去老福的店裡叫些四人份的酒菜來，翠鳳。豐富點，要好酒，妳聽到了？我一邊梳頭，一邊特別交代。不曉得是否和她聽到老母生病的傳話有關，最近翠鳳做事總是有些失神。我打開梳妝台鏡子左邊第二個抽屜，拿出嵌有黑珍珠的髮釵，小心斜斜插入後髻中央免得勾破細網子。這釵子是人送的，聽說很有些價錢。或是貴，或是便宜，我只管飾品配不配衣服。你只說要介紹兩位重要的朋友，其他的也沒講清楚呀，阿朗。前天你交代翠鳳把話帶到，現在我就依指定的時間做準備。

無盡的峻嶺霧氣迷茫。一刀砍下，萬血飛濺。獸的怒吼在山林裡撞遊迴盪。遭欺壓的頭目領著受逼迫的青年，踏著鬼神步伐，駕著山嵐衝下山谷，轟隆取下不義的首級。飛機的毒瓦斯與重炮的轟擊敵不過老樹們支撐著自縊身體對族群的生死召喚。迷漫煙霧，穿射，尖叫，號泣，混亂。敵人比河邊的石頭還多，我們反抗的心志比賴以生存的山嶺更加堅實！

你和朋友們依時到達。我端坐在客廳等著。翠鳳領著你們三人上樓來。初見面，我從椅子上站起來，卻驚訝得忘了款待人客的禮節。你的朋友，一個是名喚阿杰的年輕人，皮膚黝黑，精瘦，看得出是鄉下來的做田人。另一個約四十多歲，日本人！你介紹說，這位是小泉先生，時常往來台灣、日本之間，是個成功的生意人。我們四人都站著，都有些不自在，都不知在彼此行禮之後應該如何接續。你不是一直躲著日本人嗎？阿朗，怎麼現在來了個日本朋友？而那個叫阿杰的，看他的樣子，絕對不是有能力上我這小間來的人。這是怎麼回事？阿杰一直低著頭，不敢看我。小泉先生把眼光投注到先生寫的秀外慧中四個字上，盯住不放。正當不知所措的無聲填滿客廳各角落時，老福店夥計在樓下的叫門聲也就顯得格外清晰。

那時我還不懂事。聽說那些搭建講台的是組合的人。我們鄉下沒什麼大廳堂，只能向廟裡借又粗又長的竹竿。把竹竿劈出縫才能夾住稻草和甘蔗葉，然後綁在一起成了竹柱子，立起來圍著，就有了臨時牆，上面用帆布蓋著可以遮太陽。講話的所在拿磚頭墊高，架上竹子，鋪上木板。反正一切都是臨時性的，能做多少算多少。過年時放假，許多小孩在台上蹦跳，很快被大人罵下來。組合的人又搬來長桌長凳，分主席席、來賓席、臨監席、旁聽席等等的。前兩席是給組合的人，後兩席是日本人坐的。我家隔壁的長工拿些糖果來分，還問，臨監席、旁聽席要不要也放一些。有人大聲說，就看那些日本狗吃不吃！長工猶豫了一下，給前兩席多些，給後兩席少些。我聽見長工對擺桌子的人說，給日本仔留點面子才不會歹看。

雞翅鴨腿下了肚，加上兩杯好酒，又有你的鼓勵，阿杰卸下了不久前的青澀，手腳比劃講得興奮，沒有停下來的意思，和剛進門時完全是兩個樣子。他在鄉下的經歷，我從未聽過，也從來不知道人間有這麼個和我生活完全不相干的世界。阿杰現在不但敢看我，還有時是專說給我聽的樣子，直著眼睛對我說，而我也真是把他的話聽出了滋味來。

組合工作的報告包括工作時間問題、煙酒專賣問題、地主收租問題、出資問題、土地劃分等等，很多，很複雜。這些都是我後來才慢慢懂，也和他們一起行動，成了組合的人。阿朗的協會幫我們很多忙。他們是讀冊人，頭腦好，來我們村子演講時總會提到，我們農民真可憐，日也做冥也做，每天就只能吃蕃薯簽配醃瓜豆豉。穿不像樣，住不像樣，收成交地主，政府又要扣重稅，要養父母又要養牽手和小孩，盡賺盡無，生活怎麼過？還有，我們鄉下子弟讀冊也不能讀得高，限制一大堆，做牛做馬沒有未來！……啊，太爽了！我們聽到這些一定大聲拍手，連那些日本監官的制止也根本不理。日本人就是來佔我們台灣人的便宜。日本人的工作輕鬆卻賺得比我們多。工廠裡，比日本好的台灣技術員，他們的薪水還比不上那些吃閒飯的。為了不讓日本人找麻煩，我們還要剩東剩西，省些錢給他們送禮。天下有這種道理嗎？接著又是一大陣鼓掌，停都停不下來。我們就是喜歡聽這些話，都說到我們心裡了，協會的人講得實在好！……

那麼你就不僅僅是給雜誌社寫稿子而已，阿朗。我糊塗了，也感到些許害怕。還有，小泉先生又是怎麼回事？他不但聽得懂阿杰，甚至聽得興致盎然。他和你究竟是什麼關係？他是日本人，為什麼支持阿杰對他自己日本同胞的指責？如果他是成功的生意人，那麼阿杰的說法、你的雜誌社和他之間又有什麼牽連？如果他們和你沒有深厚的關係，你怎麼可能把他們帶到我這裡來？這些疑問與糾結突然充塞腦子，讓我感到焦躁。我時不時望向你，以為可以有些答案，你卻和小泉先生一樣，只顧著聽阿杰淘淘講話，我頓時有些被你冷落的感覺。

不只這些，日本政府對台灣人的壓制和剝削不只這些！這次是小泉先生說話了。許多台灣人祖先留下來的開墾地被移轉給日本的退休官員，農民失去農地，生活無以為繼。蔗糖是台灣出口大宗，這行業裡也有許多不公平的事例。製糖會社有自己的專權區。在這些區域內種甘蔗，收成後不可外賣，也不可私下製糖，連自己吃也受到禁止。會社自己設定量秤，自己定價，不但沒有外來競爭也不受任何監督。會社還勾結派出所，只要農民一抗議，他們立刻抓人，也不給辯駁的機會。不論是在日本、在台灣的組織，我們共同的目標是打擊資本方的剝削，為無產階級的廣大民眾討回公道！現在我們的工作越來越難推廣，因為當局的眼線遍佈各地，我們的人員必須四處躲藏。所以請問玉英小姐，我們可否暫時以妳這地方作為聯絡處？過一陣子風聲鬆了些，就不再繼續打擾。說著說著，小泉先生突然站起來，向我深深一鞠躬。我嚇呆了，也匆匆起身回禮，卻一句話也說不出來，只能張大眼睛直直看著你，阿朗。怎麼不事先告訴我一兩句呢！這事太過巨大，太過突兀，我完全沒有準備，所以不知道該怎麼回覆，才能不傷到自己也不傷到別人。

今日風和透心涼，想我平姑樂洋洋。這是夢境中的夢境。無論如何我不願意在這個夢境中醒來。我和大元身在一個大氣泡裡，霧稀茫，輕白，隨風飄送，旋轉悠哉。我們出不去，別人進不來。我們不吵人，也不給人吵。時間就此停頓，多好！你給了剃頭陳兩大條金，說是為我贖身，那可是你們男人的事，要你也拿出兩大條給娘，就是我的事了。沒料到你郭命還真是龍王龍母的好兒子，我張了嘴跟你要，也還來不及閉口時，你便二話不說，讓人端了個大托盤，上頭鋪了條紅綢巾，那肥肥壯壯的金條舒泰地躺在綢巾上，沉甸甸地。紅色金色相輝映，照得娘的粗皺臉還發了閃亮。果真市場裡要飯的、討錢的看了，怕不流下幾桶口水？這些當然得夜裡進行，給巷子口到巷子尾的老粗魯們知道了，娘還能有好日子過？我辦事向來俐落，就在百里外，我讓娘悠悠容容往北遷了出去。補鍋的，修墓的，兩個姐姐家裡娘會有什麼安排，那可是她們女人的事了？

道別了我那不見得順遂的過去以及瘸了腿的原配丈夫，我終於上了大船，而且還是用不到吹掉蘆葦絮的力氣。現在我的膀子比櫓槳還粗，個子比桅桿還高，整船上下哪個不是身前身後老闆娘老闆娘地叫？這船、這天、這海，哪樣不是我的？艙裡櫃上的絲綢布匹，哪段不是我的？櫃下的陶瓷樟腦，哪簍不是我的？就連那些擄來的命，又有哪條不是我的？沒料到你還給我做足了面子，郭命，迎我上船的那天，據說是除了關在籠子裡的，全部人都站了出來，當然也包括你那些猴兒猴女猴姨猴太的。就像粗釘打進了石樁子，我這老闆娘的位子可是穩實得很。

大元的日子倒是過得無聊。以前在我那小舢舨上，網裡抖出來的鮮魚蹦跳，魚鱗反射陽光閃閃發亮。大元一看到我撈起網子從不例外地又吠叫又轉圈。不知牠是因著魚兒掙扎著拍打才跳躍，還是因著鱗光的招惹而興奮。唯一確定的是，大元愛魚，牠是吃魚肉喝魚湯長大的。大元愛魚是命定。大船上沒蹦跳發光的魚，有的是大繩索、大木桶、大鐵鎚、大炮筒。氣味不對，顏色不對，感覺不對，這些死懶死懶的東西怎能配得上大元天生的興旺？在大船上牠也只能有時溜到船底去耍老鼠了。人人知道我對大元像對兒子一般地疼著，有意討好我的，也一定討好大元，至少在我面前就是這麼個做法。只是大元不傻，誰對牠真好，誰對牠假意，牠心裡明白。而真心待牠的一定懂得要先把魚刺給剔了才遞給牠肉吃。大元自小就是跟我膩著，雖不致於亦步亦趨，不過你要和我相好還得看時辰啊，郭命，否則讓大元縱身一撲，瞧你這瘦猴，哪是大元的對手！

你和弟兄們很過得去，你也不把架子端得高，任憑各省各路來的人散漫自由。工作能交差最重要，這是你的最高指示。你自己卻有時躺在艙裡床上吸鴉片，每天也只喝幾碗粥充數，能不乾巴瘦？你娘忘了給你生個胃口不成？至於那鴉片煙，聽是聽多了，卻從來沒見識過，直到你逼我嚐幾口。那黑黑臭臭的東西有什麼稀罕？為了不掃你的興，勉強吸了兩口，哧！嗆死人！下回即使你跪著求，也不會有結果。妳不懂，鴉片這東西提神又能治病，重要的是，要壓得過它，而不是讓它給壓了，否則人就整個廢掉，也不再有人生不人生了。哼，聽，這就是你瘦精猴的金言！卻似乎也有些道理。要三塔令旗能在四海吃得開，絕對不是稀巴腦子做得到的。給令旗可是端個頭顱等著官爺下斬的工作啊！有次你嚴肅地說。看來，你和別人不同，郭命，你壓得了鴉片！

這水路是從東北延伸到西南，妳懂吧？我點頭。其中包括四個國家六個關口。妳懂吧？我搖頭。上了大船，過日子就不能全順著我的意思了，大元也不再能成天繞著我轉。工作完了，弟兄們敞開衣服讓肚皮吹海風的時候，大元就會在甲板上衝著飛過的海鳥跳蹦個不停。就從我不懂的地方開始，郭命，你教我看海圖、測水文、觀星象，告訴我每個港口的規矩和特點。你記憶可好了，哪裡可以撒野放肆，哪裡必須謹慎避開；什麼貨物內容必須和什麼價錢定位咬合，在哪些關口之間的海域可以和什麼船隻在什麼時候進行交易，以及敵船、友船的可能位置等等，你一絲不苟說明清楚，也著實花了好些時間。我越聽越入味，越學越來勁。我從大字不識一個，直到能舉一反三，也有時竟然把你問得沒能回話了！原來學新，可以讓人如此歡爽！好似你在雲端給我開了一扇門，郭命，門內世界精華多彩，豈止讓人樂而忘返！我心裡的世界逐漸變得沒有邊界。沒有邊界意味著少了熟悉的色澤、氣味，更少了可以想像的模樣，正如屬於我和大元的氣泡，雖是不出不進，卻也無邊無際。我突然不確定自己到底在哪個點上，悠忽間，不確定不也和沒有意義等同了？直到現在我才明白，這水道真是嚇人地狹長又寬大，相較之下，家裡那水灣也不過是個洗腳盆，更不用說水道之外的其他汪洋了。

那麼官船呢？你怎麼沒提？我好奇地問。總要納海俸的，不是嗎？納不納，納多少是談出來的，朝廷說的不算。妳懂吧？我皺著眉，不點頭也不搖頭。好，就這麼說吧：妳能找到一個不貪的官嗎？

兩條一起拿吧，算妳便宜一點。魚販順手抓起兩條在水泥台上活蹦的魚給看。是新鮮。我點了點頭。你把魚鱗刮刮，魚鰓也挖掉。我順口說了，也不確定他願不願意。只見魚販頭也不抬便開始熟練地操起刀來。我退了一步，免得被跳開的魚鱗黏到衣服上。他把魚兩面翻，快刮一陣，把整條魚浸到小盆，讓鱗片潛入水裡，抓出來，再刮，再放進盆裡，重複兩次，鱗片也就清得差不多了。他以刀沿翻開魚鰓蓋，把鰓拖出切掉。很快地，兩條魚光溜溜，拿報紙一捲，到我手上，魚還在喘息。

以前在花宅老家，不論殺魚或是抓老鼠全由阿母包辦，現在不一樣了，大事小事我都要一手做。去年冬天，跨海來到大島南部的高雄城，路大房子多，街上自動車、板車、人力車、自行車像梭子一樣來來去去，真不知道怎麼走路才對。我們先是窩在離阿爸住處不遠的屋子裡，合租人雖是同鄉，兩家人住一起總是不方便。我生性怕羞，總要聽到另家沒人用浴室，才趕緊進去梳洗，便所問題不也一樣。身體憋著，心情憋著，我每天擔怕地、小聲地過日子，鬆弛不下來，吃不下睡不好，連氣都不敢大聲喘，看到人還要硬擠出笑容，生活不能自己做主，一切是那麼混亂。我多麼思念在老家的日子！和阿母一起去做山，栽苗子，挖甘藷。在廚房裡和阿母撕豆纖、搓圓仔。看她熬熱粥，看她補衣褲，聽她罵黑源，也聽她哼唱哭調仔……如今，這些已不可能重現，夢也夢不回來。阿母堅持不跨海，只希望我常回去看她。

我有身孕以後，黑源和已經回老家休養的阿爸商量，向同鄉湊了些錢，阿爸自己和大兄也出力幫忙，才勉強買了現在這間日本宿舍。我們的房子低矮，兩扇木門往裡推就是橫著的一小塊空地，腳踏車牽得進來。接著是可以向左拉開的木頭門，分上下兩段，上段木框裡嵌了幾片不透明玻璃，下段的深棕色油漆剝落了些。跨一步脫了鞋才上到約是小腿高的榻榻米上，腳踏著的就算是客廳了。右側有一房，連著右房和客廳又是另一房。可以左拉右拉的紙門就在房和房之間。門都拉開了，全個屋看起來就像一整塊沒有切割的榻榻米，顯得寬大些。廚房連著浴室在後面，就是要從榻榻米房往下一小跳的那塊水泥地上。那個土磚灶，還是比阿母家的小些。再怎麼簡單都行，有自己的厝總是好。

什麼時候我從家裡的小女兒一下子變成欠了債的大肚女人？為什麼沒有人事先我和商量？已經決定了的，為什麼也沒有人事後告訴一聲？在我能夠理解一個轉變之前，下一個轉變就已等在門口。在我熟悉一個感覺一個環境之前，是不是就必須準備接受新的情況？我是海上的一葉小舟，大浪來了要游，小浪來了就漂，總是幌盪啊！

買了魚，買了玉米和其他豆腐、豬肉什麼的，我竟然還買了個大高麗菜，太重！平日我提得了，現在是順月，肚子大得很，每走一步都覺得囡仔就要掉出來了。天真熱啊，汗水滴出長衫褲，擦也擦不盡，我一步步慢慢走回家。開鎖推開大門，再開鎖向左拉開木門，脫了鞋，吃力地登上小客廳。我提著沉甸甸的菜籃往前穿過兩個榻榻米房間，才下到廚房來。從大缸舀了水到盆子裡，啊，這水多麼清涼，我擦了擦全身退熱氣。抓起小木凳坐下便開始整理剛買來的東西。洗米煮飯原本就是我在老家的工作，不過黑源帶回來的木炭不好上火，對他講了，他又不高興。

米鍋已經坐穩在灶上，我打開灶口的小鐵門往裡面多添幾張紙，並且快快煽著。木炭生出的煙越來越濃，那片不透明的白霧直直往眼睛、鼻子、喉嚨裡鑽，把我嗆得眼淚直流，止不住地咳嗽。我把扇子改往自己臉上煽，還是抵擋不了可怕的煙熏。突然，我感到未曾有過的鬱熱從身體往頭頂竄。一陣暈眩，我失去了知覺。

你怎麼來了，黑德？快走，快走，快！免得二兄要罵你，趕你出去！我急壞了，嚇壞了，你卻是一副不以為然的神情。你悠遊自在，不再皺眉，不再低頭，嘴角甚至浮現一抹讓人難以察覺的微笑。你是聽我的話，轉身走了。你輕輕淡淡地走。先是腳模糊了，身體模糊了，手模糊了，且越離越遠，越來越淡。我害怕呀，黑德！我要你回來，回來！我叫你、喊你、吼你。你卻消失了，完完全全消失了……

不知道過了多久，我逐漸甦醒，躺在地上，仍然恍惚。一股濃烈的焦味鑽入我的頭髮、眼睛、鼻子、每一寸肌膚、每一個毛細孔，或更好說，被焦味層層包裹。我側臉往上看，炭火將熄未熄。還好先前木炭沒多放，否則連鍋子也保不住。我以肘撐地困難地起身，看看那鍋飯，焦黑得厲害。我把鍋從灶移開，拿飯匙挖開還燙著的焦飯。少量的，能煮成粥的飯盛到大碗裡，焦了、硬了的只能丟到外面的餿水桶了。我又坐在小凳上，心是那麼沉。我把鍋倒過來，拿菜刀慢慢削掉厚厚的一層灰。我邊做邊流淚。是你來叫醒我，黑德，是你來救我了。你也和許多人一樣，離開老家到高雄來嗎？你好嗎？

在這充滿焦味的小廚房裡，我傷心地一下一下刮去飄蓋了滿身滿臉的煤灰。我的眼淚滴在米鍋底。每顆淚珠都把灰黑的顏色滴淡了……

翠鳳說她非回去不可。兩個多月前做颱風淹大水，她老母堅持要去巡田，卻在田埂上滑了一跤，大腿骨折，癱了！整天躺著，什麼也做不了，偏偏農家瑣事特別多，老母親邊心急邊流淚。只靠好鄰居幫忙不夠，我一定要回去照顧她。翠鳳這麼說。她急著收拾細軟，我也不好留。翠鳳還告訴我，在她三歲時，老爸在田裡被雷公打死。他是村子裡公認的好人，所以送葬隊伍拖得很長。好人遭雷劈，一定是雷公要早些接他到天上享福。村裡人又都這麼說。老母年輕就守寡，帶著她和一頭水牛種田割稻。母女倆幾十年做死做活，守著老爸留下來的一片田。後來稻田被徵收了一大半蓋工廠，母女倆才又養雞養豬把日子勉強撐著過。我就是在村子裡認識劉蔡先生的。難得翠鳳開口講這麼多話，特別又提起你，阿朗，我更要仔細聽了。記得那天我和阿母原本在柑仔店旁邊賣雞蛋，突然下起大雨來，人客跑光光，我們只好提早回家。在半路上碰到兩個年輕人，一看就知道是外地來的。我和阿母舉著竹籃遮雨，他們是頂著公事包快走。鄉下的路不像這裡的好，那兩個人都穿著白襯衫黑長褲，雖然體面，褲腳卻全沾上了泥巴。阿母好心，請他們到我們的小房子裡來，給他們乾毛巾擦頭擦臉，拿凳子給他們坐，等雨停。他們還踱到豬寮去，說是要多看看，多了解。因為篷子漏雨，母豬和小豬全躲到寮子暗暗的角落裡。劉蔡先生問我們的生活情形。雞肉一斤多少錢？豬肉一斤多少錢？稻子怎麼秤？豬仔怎麼運？灌溉的水哪裡來？割下的稻子誰來收？……他問了好多、好仔細，另一個先生就拚命記。蒼蠅環繞著我們嗡嗡飛，空氣裡全是豬屎味。我實在不好意思，讓他們城裡人在我們的小地方受委曲。兩個禮拜以後劉蔡先生忽然來找，問我要不要到城裡來工作。

我告訴翠鳳，我怎麼在四歲時被賣了；怎麼因四歲綁不出別人心目中的小腳，所以才能保留一雙比其他姐妹的還大許多的天然腳；怎麼練習琵琶、練寫字、練唱歌、學讀冊、學喝酒、學梳妝……怎麼一天天一年年吃細竹條、喝鹹淚水長大。翠鳳一個字一個字地細聽，淚流得比我還多，反倒是我安慰起她來了。

我用綢絹包了一條金項鍊兩隻金鐲子給翠鳳。太貴重了，我不能收！可是翠鳳，妳聽我說。妳有老家可回，也有老母要奉養。妳有根，就要惜根、養根，讓它更茁壯。我和妳不同，我是一賣千金割藤永斷的命。妳也知道，做我們這一途的，沒未來，只能過一天算一天……。翠鳳走的那天，一直對我小姐小姐叫個不停。她說，我真是個大好人。她不會忘了我對她的好。她要我保重。一有機會，她一定回來看我。

翠鳳走了也好，我正想怎麼讓妳這裡的聯絡處不洩露出去。現在她回鄉下，也許可以安排我們的人來接替。讓我想想再告訴妳。那天你匆匆丟下這話，便急急走了，連我要問你話的時間也不留。什麼叫「我們的人」，阿朗？「我們」究竟是誰？近來你顯得焦慮，卻永遠對我有耐心。只是我越來越不懂你，而這個不懂讓我覺得你變得遠，變得淡，變得模糊。

當一個人是這種人的時候，不可能同時是那種人。當一個人在這個時間、在這個地方時，就不能在同一時間去到另一個地方。可是當同一種人在同一時間卻身處不同的地方時，這些人的思想與行為就可能有相似之處。時間與空間的隔閡也許不是關鍵，時代的潮流與傾向卻紮實地影響不同空間的歷史進程。翠鳳和我不是同一種人，我不能體會她的豬寮雞群，她也無法明白我在某些人眼裡的無恥或卓越。然而雅雲、你和小泉先生以及許許多多其他人，生存在不同時間相異空間，卻都沒有約定地捲進時代思想潮汐裡，共同為一個單獨信念奔波。期間，有些人被拍岸的浪花擊斃，有些人讓大水沖向不知的遠方，留存下來的，是否記得被擊斃的、被沖刷的，就但憑個人意願了。這些，是我在很久很久之後才懂得的，阿朗；是我躺在瓦礫上流血不止時才頓悟明白過來的。

雅雲從唐山來。她會安排一切，妳什麼都不必說不必做。你這麼簡短交代了。雅雲和翠鳳，多麼不相同。也許小我二三歲吧，雅雲紮了兩條烏黑的髮辮，一派清純幼嫩。可是一當她說起話來，就給人完全不同的印象了。她世故聰穎，只要眼珠子一溜轉，嘴裡就會如同斷線掉地的珍珠，源源不絕地冒出好主意；彷彿腦眼嘴是連成一線的好點子製造機。有次，阿久、銀霞和我受到邀請去一個洋行的周年慶上表演。事先我們撿了好些歌，聚在一起練了好幾天，就怕有現場臨時點唱，應付不過來。當天我們約好在阿久和銀霞家等候，洋行會派車來接。還是雅雲細心聯繫，一次來了兩部車。妳們還有我一共四人，再加上樂器等等的，一部車哪夠？這是我事後褒獎她的周到時，雅雲回答的話。不僅如此，當天雅雲還機警地幫我解了圍。

洋行的周年慶就在他們的會議室裡舉行。地方說大不大，說小不小，看得出來是經過一番布置。窗沿圍上了金紙、紅紙，看著喜氣，還有些翠綠的盆栽，讓人感到清爽，不知道這些是臨時搬來還是原本就在牆邊站著。幾個有頭有臉的人輪流說了團結、服務、提升業績等等一些好聽的話，其他人就坐在圓頭椅上了無生氣地聽。直到我們上了場子，坐聽的人才有些騷動，原本空著的前兩排，一下子全填滿了。我們唱了兩首，後面幾排耐不住的人索性站了起來才看得到特別盛裝的我們。男人們真的在現場點了歌，卻也難不倒我們。像這種時候，就要感謝阿母嚴格的調教了。我們合作無間，唱得特別好，曲子的拍數、情感全都抓得穩當，連自己都陶醉了。我們從容地唱完後，他們還要去朝仙居吃料理。我們收拾妥當也一起走了。洋行包下幾大桌，全坐滿。我夾在兩個不知姓名的男人之間。先是一般的吃菜敬酒，大家一致認為朝仙居大廚的手藝一流。就是因為這裡不錯，才請妳們也一起來嚐嚐，還感謝妳們不嫌棄願意賞光。右邊的男人說。不多久，我發覺左邊的那位不吃菜光敬酒，後來右邊那位也不甘示弱地跟上。我的酒量甚好，可是他們兩人聯合攻我一個，這麼下去恐怕要出事了！正當我一口酒吞也不是，吐也不是時，雅雲突然出現在我身後。玉英姐，妳吃藥的時間到了，跟我來吧。

事後才知道，原來是你交代雅雲要注意跟盯，千萬不能讓人對我不利或對我起疑。還好喝酒的事和我對你工作的掩護無關。然而，你這不是把我拖下水嗎？阿朗。現在我除了要時時提防不規矩的男人之外，又多了要日夜提心吊膽不知從何而來的陷阱設計了。可是我又多麼高興能為你做事，能在你生活中有個重要的位置啊！

我在另桌偏著頭偷偷注意妳，後來發覺勢頭不對才趕了來。雅雲對我說明，她為什麼突然出現在我身後，假意提醒我要吃藥的原因。又接著說，妳不知道妳多迷人啊，玉英姐。雖然琵琶把妳的臉遮了些，可是妳眼睛斜向一邊慢慢下望的姿態，哎呀，連我都看得心肝上下跳呢，更何況那些外觀內裡不相一致的男人。我想啊，要是他們腦子所想的全都畫弧畫線清晰可見地出現在頭頂上的話，一定是不堪入目，見不得人的！

來我這裡的人客多了些。有時是日本人、台灣人結伴而來。這當然是你的巧心安排，阿朗，讓外人認為這些男人就是來藝旦間開銷的。那些日本同志是小泉先生的人，他們也一起來可以是很好的掩護，卻也怕其中摻有眼線。我們必須非常小心，來妳這裡的全是重要幹部。有次你特別提醒我。這種時來時往讓我越來越害怕，對你卻是越來越重要，你當然也就越來越離不開我了，阿朗。有時我問，自己究竟是誰？是每天要塗胭脂才能見客陪笑的女人？還是讓人用來掩護祕密工作的藝旦？為什麼我們就不能是簡簡單單的夫妻？阿朗你回我話呀。

那天你又和朋友來談些我不知道頭尾的事情時，我耐不住了，我下定決心要讓你把事情的原委說我聽聽。正當你上了廁所間，我快快轉到廚房，交代雅雲等到你一出來就告知，客散後，我要和你單獨談談。到了聚會尾聲，一桌凌亂，大家交相告辭的時候，你不但無意留下，也根本不看我一眼，和朋友一起走了。我恨恨地幫忙收拾桌子，雅雲洗了碗筷之後，夜已深沉，她勁自睡下。我無心卸妝，就著一盞小燈坐在桌旁。我不是了無心緒，而是不知如何整理心緒。你怎能以這種方式拒絕和我談呢，阿朗？你怎能不看我一眼就走了呢？平時我們總能夠在旁人不注意時，彼此相知地對望一眼。偏偏在我要求和你獨處的今晚，你竟然待我如陌生人！一滴、兩滴、三滴、五滴，我膝上手裡的白手絹一下子讓淚水給溼透了。藝旦的命就是如此可以隨意讓人耍著玩嗎？我從不自憐，但是我需要一個答案。正當我流淚不止，心情怨懟，突然聽到輕微的敲門聲。輕微而清楚。我下樓，隔著門問，知道是你，我立刻開了鎖。我們一起緩緩上樓來。在柔柔的燈光下，你輕輕地捧住我的臉，把我看個明白。妳哭了，玉英？就這麼簡短一句話，讓我向你撲個滿懷。多少日子來的委屈和疑慮，現在就藉著哭泣宣洩。我在你懷裡哭泣，顫抖不已。

那一夜，我終於了解你的工作以及「我們的人」的含意。我原以為，妳知道得越少就越不會對妳造成困擾，現在才知道，事實正相反，我向妳道歉。多麼美麗的話呀，阿朗。不要，不要，不要你的道歉，只要你把我時時捧在心上，什麼我都願意承擔。接著你又說，日本人來台灣已經幾十年，掠奪我們太多太多資源。佔人口比例最高的是農民，他們的土地被強佔，收成遭收刮，一生赤貧，不能翻身。如果和日本當局硬著來，只會犧牲更多家庭、更多性命，所以要不斷教育民眾，告訴他們事實真相，讓他們懂得要爭取自己的權益。當然這些都必須付出代價。還有，這種反抗行動不是我們台灣獨有，蘇聯早已有過革命，唐山本土也正在進行。至於歐洲對非洲的剝削，更是盡人盡知，總有一天，歐洲人要付出代價的。全世界的無產階級必須團結，目標就是要終結製造奴隸的資本主義。而我們台灣能走的第一步就是要把日本人趕回去！……

我聽著聽著，只覺得你的話有如洶洶大浪把單薄的我捲入汪洋，又如同狂大颶風將我吹向天際。無論大浪或颶風都讓我見識海天的浩瀚。只是，浩瀚是什麼？非洲又在哪裡呢？阿朗。我們一定要這麼過日子嗎？

這屋比船艙裡的間房舒暢多了，不但陽光照得好，透風又可遮雨。看你瘦猴一個，沒料到還真有眼光，在這偏島上蓋了這麼間好屋子，每間房大而亮，挺好！這屋背山面海，開了門，透過繁茂的樹葉間，從正廳遠遠下望，幾隻舟子在藍水上浮沉，一派太平。屋外好幾棵大樹遮蔭，夏天就涼快了。這屋的所在應該原本是個竹林子，把林子中間的竹木砍了，蓋起屋子後，四周的竹樹就好比層層護防的衛隊，站得挺直，日夜不懈怠。從廚房邊間望出去，西側的小丘上常有羊群低頭吃草。附近安靜的幾間草屋子散落，看來是平實人家，讓我安心許多。

為了不惹眼，這次只讓兩艘跟了來。其他的就各自尋找懸在外海的小島棲一陣子，幾天後再聯絡。你說，這些外懸島早年原本住著人，卻因和日本寇賊勾結，京城下令禁港、禁山、禁地，大批人往內地移，島就荒廢了下來。改了朝代換了頭，撤除禁令後，懸島才又活過來。我們選擇來這裡休息，因為安全。官兵要一個個島挨著查，太費事，懸島畢竟太多。

我好奇的是令旗，郭命。還在剃頭陳的剃頭舖子裡時，就是你褲袋裡稍稍露出的紅令旗讓我決定和陳胡拆離，而跟著你來做小的。不久前張虎給你送錢來，我才更明白了些。你堅持相信無官不貪，確實給你壯了膽，否則怎能一買十來官，他們就跟你配合得這麼讓人難以相信！現在我清楚這賬是怎麼拆的。官爺拿一成放進自己口袋裡，兩成正式報關，另兩成讓貨船主拿來跟你換令旗。不但人人有好處，貨主還有五成貨可以不加稅俸，賺頭可大了。鹽多少斤，米多少石，金多少兩，布多少丈，在官爺和貨主手上的單子可寫得清清楚楚一模一樣的。要是換令旗的單子和官爺派人捎來的封緘單子上有任何差異，那麼貨船就等著被轟了。你這船隊，郭命，三十艘八十艘的，遍佈沿岸水路，時聚時散，行蹤不定。哪艘貨船存心懞懵，你只要調動在那附近游奕的我船圍剿齊攻，那船還能完整漂移？貨不就要碎裂沈散？如果官爺和貨主繞過你而私通呢？我又問。他們敢！我的眼線可放得長了。不按規矩來，我就雙頭進行，不但密告總督，摘了那貪官的烏紗帽，也會大炮打貨船！不過，這些都事小。我當真會做的，就是把他們兩人的頭砍了，讓弟兄們當球踢。絕不玩笑！

搖舢舨營生時就聽人說，我們南灣不過是許多水灣之一，別處有更大港口更多水產的城鎮，聽得我好生羨慕，卻也沒能耐出去看看。現在這大船好似把我眼珠子拉長拉寬了，嵌進眼底的港岸、碼頭、塘沽、水灘，豈只多得不好數，還各有各的模樣與特徵，讓人經驗起來有如廟會熱鬧一般的重疊夢境，說不清哪個是哪個了。沿著海線走時，感覺上整艘船是曲折的形體，造船的人是歪著身子釘厚板架龍骨的，這當然是我自己的瞎想。穿梭在懸島間又是另一回事，船要直行不說，偏了角度也恐怕到不了。除了曾上過的島，靠岸前還得先使小舟去探生，否則大船觸礁了，被岩石割了，事情立刻變得棘手。上陌生懸島有如避閃官船，必須全體弟兄戒備。懸島的東向外側是一大片無際的水域。那種見不到盡頭的空就是令人產生畏懼的源頭。而畏懼的源頭有著更大船的往來。你說了，郭命，那些更大船航行到日本或更北，到安南或更南，買賣的貨是富貴人家擺設用的美瓷精雕，或是開脾、開胃的香料，總之是稀世珍寶。這些種種加上自己的揣想，一天天養大我的企圖。我似乎看見自己和大元乘著巨大透明的氣泡，向著畏懼的源頭飛飄而去。

娘的面現在難得見上了。跟著你，有時日子飛了飛便過了三兩月，有時，熬也熬不過兩時辰。娘有了你那對金條，下半輩子就也愁不了，這也是我膽敢跟著你的來頭。單看我那兩姐，娘的日子永遠沒指望。我是個有打算的人，只要娘的日子有著落，我也就可以放心地管自己的事。我總把日子追得緊，任何虛耗的時辰都讓人心慌。

那一天終於到了！盼了多久的日子像飛箭般從天外射來，一下子就立插在我眼前。都準備好了？你問。我重重點頭。你把事交我做主了，郭命。你的其他女人就待在下艙剝豆莢、削蘿蔔皮吧，我不會讓你失望的。我平姑從舢舨子躍上大船，憑的可是一點也不含糊的真本事。別人怎麼說嘴，不過是髮梢上吵鬧的風，讓他們說去。啟碇！你一聲令下，弟兄們全動了起來。大元似乎也感受就要有事發生，興奮地在甲板上來回奔跑；一會兒鑽到舵手胯下，一會兒在炮台下轉圈，還煞有其事地以牠的口用力幫忙拉出大繩索。天正藍，雲正飄。大船緩緩開出，逐漸離岸。一艘俊美的桅船就這麼氣派地駛入大水！幾個時辰後，風勢恰好。揚帆！我下了令。管帆的三批弟兄同時奔到桅桿底，迅速解開粗繩，他們手握繩索，嘴裡一聲聲同樣間隔地喊著，蹲下又站起，站起又蹲下，三張帆便徐徐開展上升。旁邊及緊隨在後的我船也陸續開帆。半天過後，那貨船遠遠在望。追上了！郭命。我們的船隊逐漸從旁包抄，貨船不得不停下來。天藍水平，好一陣子雙方沒有動靜，雙方都在觀望；如同獵物與獵人彼此猜疑對方會使出什麼招數。四周靜極了。水鳥不來。大元豎直耳朵，坐得挺直。要是他們願意一聲不響留下貨物，我們自然會退出一條水道，讓他們毫髮無損地離開。

只是這船大膽，在派人交涉之前已經向我們開火！轟然一聲，那炮落在我們的兩船之間。平姑，妳看著辦吧。你真是放手讓我幹了，郭命！對方或許猜測我們的陣隊並非每艘都有重炮裝備，蓄意一賭。我傳令示意，讓自己的船隊散開些後繼續觀望。當我發覺貨船的射程只到某個固定距離後，我什麼都不做，就等夜的來臨。

雲如鉛，月光弱得照不到水面。我派出五隻小舟，全載了善於潛水的弟兄。他們帶著傢伙，悄悄駛向貨船。等到他們完事回來，天已濛濛亮。第二天早晨，獵人與獵物仍然對峙著，彼此看不出苗頭。午後不久，貨船上突然騷動起來。我仍毫不吭聲，放心看戲。過了近一個時辰，事情已見分曉，貨船開始向一邊傾斜。時候到了，兄弟們，出發吧！貨船斜了，炮瞄不準了。我們逐漸靠攏，跳上貨船，斬了幾個手握長刀拼死抵抗的。弟兄們集中心力搬貨，擄到的一夥人分別送到不同的我船上，等待發落。那貨主心有不甘，一路叫囂，醜話罵盡。他說我們郭幫是骯髒卑劣的海賊，必定絕子絕孫，死在魚肚裡都還嫌便宜。這就把你激怒了，郭命。你讓人把貨主和他兩名心腹的頭顱給砍了，鮮血淌了一大片甲板，還滲進木縫裡。他們的屍體拋下海，三個腦袋整齊晾在我們船的甲板木桿上，過了大半個月，乾透了，弟兄們取下來踢著玩。大元也參加了樂子，牠追跑著的那個，腦後勺還留著一條粗髮辮……

牽著阿順走走停停，時間當然拖長了。好不容易遠遠看到幾棵大王椰，知道港站就快到了，心裡頓時輕鬆了些。雖是冬天時節，走久了仍要出汗。阿順熱得臉發紅，我趕緊把他的圍巾帽子摘了。哈瑪星熱鬧，黑頭仔車也多，人力車更是滿街跑。幾年前初到高雄時，這一區的大樓讓我震驚萬分。我貪婪地一排排看去，抬舉過久的脖子還酸疼了一陣子。記得那時剛下船，提著大小行李跟著黑源走出擠滿人的船艙，這碼頭的忙亂讓我驚奇也有些害怕。大阿爸的大船入港，我會早早到碼頭上等著，邊等邊和桂枝、黑丁他們聊天。每年看幾次大船入港，多少年下來就懂得他們怎麼工作了。我大了些以後，常和阿母透早去等別家的小船回來。船一靠穩，我和其他的小孩就啪啦啪啦快快涉水上船，隨手抓起自己喜歡或熟悉的魚，三五條串在草繩上鬆鬆一綁，提回家，三餐都有鮮魚吃。至於魚價多少，何時付錢，都是阿母的事了……

老家的碼頭上全是魚腥味。剛上岸的這港口不同，沒有鑽人心肺的海腥，卻有濃濃的重油味。這氣味在大阿爸的大船上聞得到，在我們搭的客船上更是有如不停歇的海浪那般，一波波地襲來。碼頭上人來人往，有的不穿上衣，有的不穿鞋。吆喝聲箭一樣地飛來飛去。一堆堆的貨四處放，好像沒人照顧，也看不出哪一堆屬於什麼人。還有些黑黑的大竹簍，一層層疊上了天，讓人猜不透裡面究竟裝了什麼。黑源叫了兩輛人力車。這種車窄小，加上行李更擁擠了。我們一人一車，各自把大包小包放腳邊放腿上便直奔大兄的住處。沿路看著大厝大車，我突然明白，為什麼阿爸在花宅待不下必須到高雄發展的原因了。阿爸是文人文身，在小島沒有賺頭，渡海到大城來，雖然必須和日本人捉迷藏，機會還是多些。他東省西省，省下了大兄和我們的屋房，也省給在小島的阿母整修硓𥑮石牆。只是癆病沒把他省下。幾年前他病了，病得不輕。他撐著回老家休養，並且催促我和黑源的婚事。

我和阿爸緣淺。他來大島時，我在小島待著。現在我終於上了大島岸，卻再也沒有機會了解他過去是怎麼一個人在這大城裡生活。阿爸一直對我好，從不對我大聲說話，也似乎從來不生氣。小時候，我打翻鍋蓋，踢到桌腳，撞上醃缸，他不過是拍拍我的頭，小小警告罷了。阿兄他們闖禍時，好比說追著人家的牛打，讓人告上門，或是丟石子玩時，把粗脖公家門廊上的照妖鏡打碎了，阿爸最多皺皺眉，也懶得說兩句，全讓阿母去發落。

都已經是過去的事情，只是每次到哈瑪星來就會不知不覺想起，大概是這裡離海近的關係吧。每來一次，彷彿臨海路上的椰樹又長壯了些。電線桿上的電線原本就數不清，現在似乎又更多更雜，那消防隊瞭望台也更加高聳了。郡役所的大幢二層樓一直讓我想著念著。從磚牆上開出巨大的圓拱窗，窗格是潔淨的白色，距離拱窗頂端一大段是向下開放的白色半圓線襯托嵌入磚牆的長窗，真是美極了！這一定是什麼神明指點過蓋房子的人，一般人怎麼有這新奇的想法？而那大片斜斜的屋頂上鑽出幾個也有小屋頂的窗，就像張大眼睛初看世界的小娃，更是別緻。每次來大兄家，我總會先站在郡役所對面街邊看上幾分鐘才繼續往前，拐入小街，向大兄家走去。

琴仔，妳來了，坐，坐。大嫂輕聲的、親切的招呼聲總是讓我感到暖心。大嫂是個綁小腳的舊時代女人，有著細細的眉，細細的眼，小小的鼻子和小小的嘴。寬鬆的衫褲掛在她細瘦的肢體上，顯得悠閒飄然。要是在大熱天裡看到大嫂和她的白衣衫，就足以讓人消暑一大半。大嫂遞給我椅頭仔，給阿順一張低矮的小竹椅，又倒了一碗白開水給我。先讓阿順喝兩口，我自己才啜一些。大兄看到我只點頭招呼，他正忙著給客人解釋吃藥的份量和時間。由於暈船的毛病，大兄很少回老家，也早早就打算把日子在高雄過定了。他跟著一個日本藥劑師學了一陣子，後來自己開業，也娶了好人家的女兒，日子過得舒適。

瑞源又出去了？大嫂好意地問。她坐著的有靠背的竹椅，對她顯然是大了些。她向來不願跟老家的人一樣，叫名字總要先加個黑字。她說，到了大島來就是要有個新的、好的生活，一天到晚把黑字掛在嘴上，日子怎麼亮得起來？來大兄家，當然避免不了會提起黑源的事。雖然心裡是有了準備，現在大嫂問起，我仍然感覺不舒適。不是大嫂不該問，而是我沒有可以讓人覺得寬心的消息，卻又不能不照實說。是啊，他又和阿三仔去枋寮載石頭、磚頭。生意好吧？不，不太好。現在有大台的自動車，他和阿三仔的小帆船跑不過人家的。那麼，他有什麼打算？我心想，有打算，他也不會找我商量。這事在大嫂面前不好說，我只能低下頭看著正拉著衣角斷線玩的阿順。黑源話少，也因為我不太跟他講話。說什麼呢？他和我從小就合不來，能夠說什麼呢？我和他命裡相剋，偏偏在一個房子裡住著……

他又出手打我。一揮掌，世界坍塌了。我聽見骨頭們彼此推擠而發出的哀號，以及血液在血管裡雜沓地奔跑。碗盤湯匙成了飛天的流星。木頭椅是廟裡傾倒的石柱。天快旋，地急轉，我的頭暈眩，眼睛看不清楚，耳朵嗡嗡響。我似乎聽見孩子的哭聲，只是那聲音越來越遠，越來越細，最後成了一隻蚊子的騷擾，在手臂上、脖子上，在小腿旁。我跌入白霧軟床。我輕輕睡下，闔上雙眼，世界終於一片寂靜。

又冤家了？大兄忙完後也坐下來問問我們的近況。我只能點頭。像他那樣有賺沒賺的，也不是辦法。唉，叫他來一趟，我給他說兩句。大兄說話，我只能點點頭。

放藥的櫃子一排到地，載著玻璃門的小軌道滑溜。阿順蹲在地上拉動玻璃門。一左一右，一右一左，反覆不停……

阿尾姨來過了，她要妳去一趟。我進了門，雅雲立刻對我說。阿母要什麼，我心裡清楚。這讓我的心情從陽光豔照轉眼間逆成了陰雨連綿。今天先生不但一字不改我的詩，還讓我把詩字謄寫在宣紙上。我興奮得連握筆的手也輕輕發抖。原本盤算要如何告訴你這事，並給你看看我的詩與字，現在雅雲說是阿母來過了，我沮喪得連帶回來的紙筆也不想整理收拾。

我和阿母之間沒什麼好說的。正如一碗乾冷的白飯，除了能不挨餓之外，沒有色澤，少了鹹酸，缺了配菜，吃完後，既不回味也不留香。我對她的記憶是由打罵編織成的一匹刺人的荊棘布，也像是一串未熟的青色香蕉，味道苦澀。至今，如果有惡夢，仍然是讓阿母所佔據。有次夢到她的尖嘴追著我跑，心中填塞恐懼與焦急。我跑進一個陰暗的儲藏室，裡面是一個個高圓的木桶，桶子裡的油污溢出倒出，散發令人作嘔的氣味。我再往狹窄的樓梯上跑，踏進一個陽台，旁邊的高樹枝葉繁茂，連坐在陽台上談天唱歌的人也享受得到蔭涼。就在我卸下心防，以為那厲嘴不再追趕，一轉身，阿母正擴張著她暴出青筋的巨眼瞪著我看……

真希望這人力車伕慢點跑，或根本跑不到。這話只能心裡想著，怎麼出得了口。只是我多麼厭惡阿母就要講的那些！我慵慵地坐在車裡，看到市景榮華依舊。板車上一包包的重物堆了兩三層，拉車人斜著身體往前一步步吃力地走。他打赤膊也打赤腳，頭上戴著斗笠，脖子上掛著一條毛巾。自動車轟轟來轟轟去，裡面坐著的，也許是日本高官也許是台灣紳士。有人正在打掃店面前的走廊。賣愛玉冰的小攤前圍著幾個人。真希望能把市景就這麼看下去，一派輕鬆自在，對於別人的生命，我沒有承擔也不用負責。無奈車伕敏捷，二十分鐘便到了阿母家門口。下了車付了錢，我站在四歲時第一次看到的藍灰木門前面。那時的木門顯得大，比起原家的竹籬門氣派。當時我不知道自己為什麼來到這裡，更不知道什麼樣的未來正在門後等著。現在雖然一切明白，究竟還能怎麼抗拒或掙扎？

妳來找時，我正和銀霞她們還布去了。我虛著心對阿母解釋。妳真不要臉啊，說謊也不先看情況，我就是和銀霞、阿久去找妳的！該死的雅雲沒說清楚，我心裡暗罵著。立刻又想，不對，也許阿母也正在說謊？已經不是第一次提起，阿母也要我加入戲團跳舞。別的藝旦都組了團，有上海來的師傅教，我們怎能輸給她們？表演廳大，看的人多，有什麼機會能一次把這麼多人聚在一起？況且只要看了喜歡，就會有更多人指定我們陪酒唱歌，好處多多，妳懂不懂？上了台就等於是免費廣告，能出名又有錢賺，說說看，妳到底為什麼不願意參加？也不是要妳像日本婆子露手臂、露大腿，有什麼好怕的？妳只要把自己梳妝得漂亮，和姐妹們在台上走幾步轉幾圈，有那麼難嗎？

我不是雞、不是鴨，也不是不明事理的小孩，我不喜歡陌生人把我從頭看到腳。我認為阿母把跳舞看得太過簡單，也許不像唱歌彈琴需要好幾年苦練，不過每一行都有特別的訣竅，只是外人看不出來。就像先生的書法墨寶，絕不只是提筆寫字而已。那是除了天分、苦練之外，還要能抓得到竅門；而竅門，只能體會無法言傳。老天賜下的，真要善用，那是奪不走、偷不掉的至寶。王師傅的細緻手藝是另一種美麗的工作。他說，一塊布在手裡翻著、裁著、縫著，感情也就這麼滋長出來了。聽他這麼說，我實在快活，穿他縫紉的衣服總是多份情誼。

當初讓妳去書房學讀書、學寫字、學漢文、學日文有什麼用？我跟妳講的道理，妳就想不通？現在有吃穿，也要為將來想想。妳都二十了，還能做幾年？現在不多賺點，以後怎麼過日子？想要嫁個有錢的，能不虧待妳的，還要運氣好才能碰得到。妳自己心裡有數，會上藝旦間來找的，都是些什麼人。像他們那樣花錢，就算家裡有幾棟樓也不夠！

阿母儘量要說服我，是因為人數不夠組不成團，也影響她的收入。阿母大概已經年近四十，也難怪她心急。查某囡仔時代沒有嫁人的機會，一晃二十年過去，身體能躲過病痛就應該要感謝天地。現在能存多少是多少，只求什麼時候要是躺下了，還能找個燒水煮飯的來幫忙，一生也就這麼過了。看看阿母，想想自己，真是比翠鳳不如。翠鳳有老母相依，有自己踏實的土地，就是死了也有鄰人幫忙扛去埋。我有什麼？就連苦苦等待你，也沒有我的份啊，阿朗。也不怪你。你從未欺騙我。你尊重你的原配，從未答應我的懇求收我做小。我們之間真正是相意愛，是一開始就知道不會有結果的相意愛。收音機裡不都這麼唱；為伊人，減玉容，損冰肌……這就是我割藤永斷的養女命，連簡簡單單地要一個人也要不得。親生父母為兒女勞神煩心，主意匹配。一旦成了養女，不是賣入娼家萬劫不復，就是做牛做馬讓人當驢使。

養女命薄是自古就有的鐵律。你協會的朋友不就講了個故事。古早時候，南部古城有個叫秀桃的查某囡仔被賣做養女，她天天操勞受盡虐待。她的養父母愛賭又愛錢，把十多歲，出落有如桃花的秀桃以幾百圓的高價賣給娼寮。秀桃得知消息連夜逃走，卻讓養父母及鴇母緊追在後。秀桃跑到河邊，正以為生機斷絕，恰巧有艘迎親的大木船駛來。經過哀求，秀桃得以上船躲藏。船上的新婚夫婦有意救她，新人的父母怕有餘禍而堅絕反對。無奈養父母和鴇母搭乘小船緊緊跟隨。秀桃自知命絕難逃，她跪地叩謝新人，轉身投河自盡。

養女命不如菜仔命。菜仔可以隨風飄揚，落地生根。養女卻連飛的自由也沒有。

這碼頭熱鬧、發達，是個不折不扣的生意港。水上的小商舟排了幾列，就等著和陸地上往來川流的人力車、拖板車接頭。小販的吆喝聲不斷。裝貨、卸貨的男人有的光著膀子，有的打赤腳。銜接碼頭的路面寬廣，路上的商家體面、乾淨。賣布匹的、賣鍋盆的，賣雜貨的，還有賣些給孩兒小玩意的，全都把貨品擺放整齊，一看就知道每家店必定有個費神經營的主子。靠近轉角的官家洋樓也氣派，兩扇朱紅的大門高寬厚實，派生出令人生畏的威嚴。傍晚時分，裝貨卸貨的活勞少了，吵雜聲逐漸消減，海面變寬許多。站在碼頭望向海，眼睛被夕陽倒影光芒刺得睜不開。我和長盛下午就上了岸，假意在附近轉轉看看，現在路旁小吃的油蒜香吸引了我們的胃腸。隨意坐了下來，我們要了乾飯青魚湯和幾盤小菜。我發現這小吃攤旁還停了籠子車，空的，除了四個輪子，旁邊只圍了長木棍。你這木籠子是幹什麼的？怎麼看起來向囚車？就差沒裝入戴手鍊、戴腳鍊的囚犯了。我好奇地問。其他吃客抬頭看了看我，也不說什麼。原本笑著招呼生意的小販立刻陰了臉。我看，妳是外來的。接著就爆著兩隻眼衝到我鼻頭前壓低了聲音說，妳嘴裡的這囚車就是拖運妳現在用的竹桌、妳現在坐的竹椅子用的。懂吧？懂了。我觸你楣頭，向你道歉。我低著頭，不敢瞅他地小聲說。小販這才又挺直了腰繼續幹活。

老六的店確實不好找。比在海上找朝貢船還不容易。讓長盛跟了來認路並不失算。我們在快不見陽光時鑽巷子，過長街，轉到一排平屋後的小巷弄裡，兩邊牆就要貼上了，只准單人走。小通巷嗅味四出，這應該是人家從後門、後窗倒廢水、穢物的地方。長盛你可走對了？我有些不耐地問。老闆娘，委屈妳了，就忍忍吧。我辦事從不走相同的路線，只要方向對了，總會找到的，妳放心吧。這靠海城鎮，說小不小，說大不大，由於是倚著山丘修築，不論徒步、抬轎、拉車，總要彎彎曲曲地上上下下，沒有好腳力還真不容易在這裡住著。我們拐入另一條衖子，眼看還得爬上幾十層階梯。雖是暗了天，仍舊看得出山牆上的綠色植物長得汁脆。有些枝椏長出了牆，經過時還真要閃著點，免得傷了膀子或眼臉。轉了時左時右幾個彎，一支插在大甕裡的米字旗就赫然出現在眼前。這就是了。長盛向我示意。

老六賣米、賣乾貨。紙盒包的棗子、蜜餞整齊排櫃上，蝦米、死龜、魚皮拿罐子裝著。大米、小米、乾菇、燕窩等等的，一大袋一大袋地擱地上，店面小得難以轉身。老六不愧是內行好手，我心想，他把真正的買賣隱藏在家常小店裡了。我們說明來意，看店的小差去茶館把老六找了來。他看了我們一眼，說，又有貨了。他像在問話，卻也是說給自己聽。郭爺呢？

老六斜眼看我後又問。不知道他是問長盛還是問我。老六自然識得長盛，眼前一個女流代替郭命出現，他確實得花些心思弄明白。郭命讓我跟長盛來，事情就由我接手辦。我小聲而清楚地說。老六以眼神向長盛探詢，長盛無聲地點個頭。老六從小店探出半個身子左望右望，確定連梯巷轉彎處也沒人，才回身店裡。他移開靠牆的米袋，一塊方形大木板就鑲在地上。小差識相地從櫃台抽屜摸出三根蠟燭，點燃，各給我們一支。老六以手指勾住木板上的鐵環，用力一掀，木板下突然出現一段石階。我們陸續走下，一股陰冷立刻襲了上來。這地窖頗大，光看一樓店面，絕對沒人會想到竟然會有這地下乾坤。你們來得好，現在正有空位。老六說著舉起蠟燭往深處一照，啊，我從未見過這麼個奇特的儲藏室！不只四邊牆，就連天花板和地面全都塗抹上厚厚的細綿土。這土要是從唐山運來，老六可真花下大成本了。綿土室雖不是銅牆鐵壁，任何尖齒利牙的蟲子、耗子卻也休想進得來。它高度一般，不比船上貨艙小，甚至更大些，看來的確可以再進些貨。從地板到牆頂的幾排寬架子上總共只剩十來個推疊的大布袋，裡頭究竟有些什麼，老六自然不肯透露。要是這些架子都上滿貨，也全銷得出去，這資財就更可觀了。老六有不同的貨主，我們當然也有不一樣的買商。生意經年地做，若不生事，大家也就這麼信任著，至少表面如此。你都是這麼說的，郭命。經驗教你不得完全信任人，不論對官爺、對商販。不信任畢竟是護著自己，護著身家性命啊！

這次有什麼？老六拿高蠟燭，睜大眼睛問。在我開口前，長盛就回了話。這次的黃豆、棉花、油柴全是上等的。就這些？就這些。老六聽了就不說話了。這人談不上熊腰虎背，卻也高大魁梧，是沿海人少有的身形。沉了一小陣子，老六才又偏著頭說，來點細瓷吧，大西北正缺貨，缺得緊。細瓷不好做啊，搬運起來不能摔不能碰，比侍奉姑奶奶還費勁。我抱怨著。老六立刻接腔，就是因為難侍候才銷路旺，這不正是個天生的道理！下回吧，我們在官廳裡的人應該很快會有消息。我沒矇著，事情確實如此。細瓷生產得慢，因為過程繁複，不像地上長的，樹上掛著的，只要人集得起來就可辦事。直到能夠打包細瓷上船，又是工程一樁，至於怎麼讓這些嬌貴落到我們手中，就憑你百戰的郭命也說不透！那麼目前這批貨呢？收是不收？按老規矩吧，一手交錢一手交貨。不過老六要求十天後才再確定時間，他必須先四處打點才行。

從地窖上來，天早已入了夜。老六讓小差為我們引路回碼頭。怎麼回頭路比去時路簡單太多！長街長巷全都暗著，人家屋裡倒是燭光點點。夕陽換成了滿月，柔和不再刺豔。碼頭上變得冷清，只有幾幢人影飄忽，讓人感到陌生。我們摸黑從溼滑的斜坡下到小舟，長盛握起兩槳熟稔地划。海上的夜靜得令人感到些許寒意。月亮大得好似在海面漂浮一般，就要伸手可得。不像搶搬黃豆、油柴的那一晚，不但月娘躲得老遠，連星子也把自己藏得密實。

不能靜下來的。身體一旦鬆弛，想念就要活躍，我就要想娘，把娘想得發緊卻回不了家。海上生活沒個準。餐餐吃得飽，卻不知道下一餐是否還能吃得到。只是這麼過日子還真強過搖舢舨、看剃頭鋪活潑許多。灣裡生活像死水，多少人還沒來得及長大就病死，能長成人的，也不過是往死裡活，無趣到了極點。好不容易我幫娘把那兩條金逐漸換成了現錢，還教她怎麼藏在床板襯裡，少許少許地拿出來用，免得惹人起疑來把家裡掀了。姐姐們只聽說我給娘一些生活用錢，其他的只有娘知我知。

怎麼樣？在老六那裡見識了些？他要細瓷。我當然知道他要什麼。也不想想這種貨不是到處有，即使有了，量也就這麼些。還不是因為洋毛子喜歡，有了訂貨，工坊才特別動工，外頭早就排上隊伍等著取貨。正式報官的都已經吃緊，能讓我們撈上的，也就少得可憐。所以我們得勤跑些其他的，以彌補高單價的細瓷。我回應你的話說，郭命。我倒不這麼想。你提高了聲量。以前不鬧細瓷，我們幹活，現在鬧得不像話，我們照樣幹活，總不能讓這些土罐子給綁了。有道理！我贊成！不過，去什麼地方都行，我們南灣你一定不要碰，郭命。雖然沒接腔，我明白這話你是聽進去了。其實入了南灣也只能帶些魚蝦回來，不但擾了自己、擾了南灣，還讓人在官簿記上一筆，哪值？更何況我們灣子還補給過你，我倆不也就這麼認識，忘了嗎？你在台灣外海的幾個小島上興造補給地，確實是正事。伐木的、砌牆的、挖井的、造炮台的，全都手腳麻俐，全都把工事當自己家來蓋，而這些也的確是他們的家。航行就是為了上岸，總不能一輩子在海上吃風睡浪。還好有這些陸地上的活可以替代，否則郭幫上百艘船，等著吃飯的嘴口數也數不清，你我就是做幾輩子也養活不了。能喘口氣的是，一船一家人，不想和我們一道的，就自己斟酌去。海上的事他們也熟了，需要你出面打點時自然會來求見。前人留下的老舊補給地值得照顧，修一修正好用。他們專挑的地勢易守難攻，讓我們這輩人揀便宜了。說實話，有些兵船還真是要躲著點，前陣子我們一口氣損失了五艘，這筆賬就在郭幫海事上記下了！被轟了又發火的，根本沒得救。因身體著火而往海裡衝的，和我舢舨上大元愛看的鮮魚一個樣，那樣瘋狂的跳躍，不都全是生命掙扎。船人淒厲的叫喊聲狠狠尾隨了我個把月啊，郭命。那聲音響在我心裡不在耳裡，把我的耳朵給刮了也不興作用。可憐哪！那些人。

那是個超乎想像的遠古年代。海底板塊劇烈撞擊，穿過厚層海水噴向高空的岩漿讓白晝的陽光更加炙熱，遮蓋半天的灰黑濃煙在空中逗留，許久後才飄散在湛藍海域。岩漿帶出原本經歷不到海面以上世界的水裡生物，卻不明白這場帶動其實是死亡的引導。生著出海，只能死著回歸。浮自海底的陸塊一旦突出水面變身成島，也就失去了再投入黑暗海底的能力。於是禽來了，獸來了，人也來了。這些來客生自無明，來自無處，也不經約定就在這島上住了下來，努力生存，繁衍後代。據說幾千年前這島上就有人漁撈，那是涼亭外灘的考古發現。後來人造了葉子一般的船到離岸稍遠的海面，家人朝著黑色身影揮手。他們投下自編的繩網，撈起時，一家的吃食就有了保障。再後來人造了房子一般的船到更遠的海面，家人只能在島上房子裡朝著看不見他們身影的大海等待。他們在外海扔下大而堅實的網子，撈起時，不但一家的吃食有了保障，網裡的魚獲還能賣錢買貨。又後來人的大房船，從不知處的外海帶引來自不知處的外人上到陸地。從此島上人潮的熱絡，如同他們無法想像的，遠古年代的海底魚群。

外來船上的外人生得稀奇，船上的貨也古怪，好比那辣粉以及發亮的石頭。可惜他們不是做買賣來的。天色將變未變，外來船已進到灣裡來。他們害怕，一旦颶風興起，一波波浪潮將把他們高高捲起又重重摔落在海面上，船就要裂成碎片，如同被黑源拔下的天人菊瓣。如果光頭伯認為阿爸的阿祖們也曾經是海賊，偷襲或明搶來避風浪的外船，那麼他自己的阿祖們難道不會是在夜裡潛水鑿洞別人船隻的同夥？

生活真艱苦啊！隔壁的阿七公曾經說。牛車載花生、載蕃薯，路歹，輪框常常掉。要趕牛，也要把掉出的框裝回去，一趟路要開好多時間，又熱死死！不單如此，事情完了，還要回頭撿一路留下來的牛糞，晒乾，以後摻水，用腳踩，再平舖，撒上花生殼，用手托起摔貼在牆上，兩天後乾了就是牛糞餅，可以拿來起火煮三頓。

二兄和黑源在秋冬時駛船，載著做山以後的收成去大島南岸的恆春、枋寮賣，也把一些建材、磚頭、大木柱運回來。風吹日晒雨淋，吐要出海，不吐也要出海。他們的臉黑著去也黑著回來。阿母早早就要他們運回一口棺木，免得哪天需要時，家裡沒準備，只能草草釘幾塊長木板，死人睡了也不安穩。阿母的顧慮是對的。阿爸患癆病回老家休養時，以為他的大限已經到了門檻，就要跨步進來。黑源和大兄二兄一起把棺木立了起來，裡面放一隻碗一雙筷，輪流守著，阿母也感覺踏實些。阿爸雖有時起來走動，大部分時間仍懨懨地躺著。他催促黑源和我的婚事。

阿爸和阿母沒有親生女兒，大阿母把我過繼來時，我還只是個不懂事的小女娃。近二十年過去了，突然我必須和一個從小就常打鬧的人結成連理？一直以來，阿爸阿母疼我，大兄二兄也疼我。阿母知道我和黑源常吵鬧，當兄妹也就罷了，以後來不來往就讓各人自己發落。可是婚姻事，娶錯妻、嫁錯郎，不就要痛苦一世人，阿母不敢作主，所以才問了問生我的大阿母。免聽琴仔的話！黑源生做好看，一結婚下去就沒事了。這是大阿母告訴阿母的話，也是阿母後來轉述給我的話。

阿母知道我不喜歡黑源，卻不知道我喜歡黑德，更不知道我和黑德不讓人知地一起走遍小島的每一寸土地。黑德對我真是好。春天時，每飄一次雨天氣就熱一些，我們會去後山的林子裡聊天、抓小蟲。秋天時，每飄一次雨天氣就涼一些，黑德會體貼地為我繫上他在高雄買的花巾。他還會說故事。他說，為了怕傳染，日本人把只剩一口氣的痲瘋人以小筏載到隔壁小小的無人島上，拿石塊圍起可以讓他暫時棲身的小區，放些餅乾和水之後任憑他自己生滅。那人斷了氣之後，原島人一小陣子不煮食，是為了不讓那鬼魂看見炊煙尋了回來。我聽著聽著，就不說話了。多麼無情，多麼令人傷心的故事啊！如果你是那痲瘋人，我也會斷炊，不是因為讓你尋不回來，是因為我會陪你死在那無人島上。我鄭重地對黑德這麼說。

後來我明白，老天確實有了安排，我不能不聽命。而那事，就在婚禮前不久發生，我卻完全不知道。那個晚上，我在桂枝家幫忙折紙花，家裡發生的事情，完全沒人對我提起。

那是晚飯後不久，人家都進了自己的屋。花宅漆黑一片，從屋裡透出來的微光，如螢蟲般一小點一小點地閃。風吹襲襲，大地不管人間事，它有自己的安靜。我家的大門稍稍開著，進門廳裡擺了幾張長凳。阿爸阿母和三兄弟都在，阿爸的老友黑坤伯和阿七公也來了。

你們當然都知道為什麼讓大家來聚聚的原因。我這身體，誰也不能掛保障。大的，已經不用我操心，黑行說，他要全心陪老母，我也沒話講，趁我現在還眼睛睜睜的時候，讓小的先完婚，我才比較放心。一對新人都在家裡，辦起來應該省事很多。阿爸這麼說。大家也都了解並贊成地點點頭。主意既然已定，接下來就是細節的安排。正當男人們交叉談話，分配工作，討論要請些什麼人，哪一天要做完餅，哪個時辰要敬神的時候，突然有人用力推開大門，一個少年家闖了進來。他似乎是跑著趕來，氣喘得厲害。他的鞋褲沾滿塵土，應該是在暗路上跌了幾跤，看起來非常焦急而狼狽。我是黑德，住北邊。我今天來是要告訴大家，我和琴仔相意愛，她不可以嫁給黑源，她根本就不甲意黑源，兩個冤仇人怎麼能結緣！黑德大聲這麼一說，全部人都愣了！傻了！僵了！除了黑德的呼吸聲，四周靜極了。黑德把話重複了一遍又一遍再一遍，越說越大聲，越說越急促，整個臉漲得通紅，他極力壓抑住就要掉下來的眼淚。二兄先站了起來，一把拉住黑德往外推。黑德一邊和二兄僵持，一邊仍叫喊著，他是來提親的，琴仔不可以嫁給黑源！不可以！後來二兄舉起倚在門檻邊的掃帚，硬是把黑德打了出去，關上大門。只聽見碰碰碰黑德不斷重重的敲門聲，以及不可以不可以的呼喊聲，持續良久良久……

玉英小姐，請妳寬心，阿朗很快就來。一定讓什麼小事情耽誤了，不要緊的。是啊，玉英小姐，阿朗雖然沒我們的歲數，但是他成熟，一向非常謹慎，妳不用擔心。說好了會面的時間，卻只有你沒出現，阿杰和少吉相繼安慰我，倒是讓我生疑，難道我無意間顯出焦急的神態？我總是告誡自己，絕不在你朋友面前透露我們的關係。一個文人和一個藝旦，人們會傳得多難聽？他們又會有些什麼想像？只是，他們的那些想像不正是我寄望能發生的？或許也是你希望能發生的？更或許在你的想像中已發生過無數次的？我應該如何遮掩呢？要怎麼做才能不露白呢？一個藝旦能接受她人客的要求，把自己的住處作為他和友人的祕密聚點，除非他們兩人之間有特殊情誼，否則她怎會允許？可是這特殊情誼可以是姐弟或兄妹，不見得就是男女愛情。然而有哪個男人願意花上心思來維持兄妹或姐弟之情？如此的辯說能掩得了誰的耳目，騙得了誰？如此這般，我一邊為你的遲到而焦急，一邊以我自己對你我和對其他人思緒上的翻覆來忙碌心情。

我覺得以前那種串聯最旺、最讚！少吉興奮地說。從屏東到台中新竹，一下子這裡，一下子那裡，那些日本臭狗仔忙得像在打火，我一想起來就爽！我知道我知道。阿杰立即接腔。我們那時就專門跟警察捉迷藏。我們在香蕉捆裝所高喊「土地屬於農民」、「田租立即減少三成」、「支持中國工農」等等口號，差不多有兩三百人，勢頭真焰！警察一來，我們四散跑走，他們人太少，根本沒法度，最後只抓到四個倒楣鬼。當天晚上我們幾個幹部躲起來商量，決定又動員。第二天我們再聚起來，到派出所前高喊放人，他們才不甘願地把兄弟放出來。那有什麼，你們只是出嘴嚷嚷而已，我們不一樣，我們有行動，我們動手動腳。少吉不只說，還比劃了幾下，差點踢倒一張圓椅。我們叫了百多個人，半夜把地主打算扣押的稻子全割掉，全燒光。第二天假意去現場講，夭壽喔，這麼多稻子就這麼火灰了，是誰這麼行逆，一定不好死！哇，你要是看到王家阿公阿伯的樣子，一定暗爽！那眉頭結得快出水。他們這些地主最不是人，和日本臭狗仔聯合起來欺負自己人，最不要臉！還有還有，我聽說，南部有一村為了反抗繳太多租稅，差不多全村總動員，查甫的、查某的、老的、小的全都一起來。有的抬棺材，有的搬屎桶，有的牽水牛，有的扛鋤頭，去公所、派出所遊行，又前前後後圍起來，要他們的頭仔出來說明，並且答應減稅，答應不抓人。那些了尾仔，沒路用，讓一千多個人嚇死了！

現在呢？現在這做法沒效了，要有新的辦法才行！你說話了，阿朗。你晚到，是因為從南部回來的路上，看到有頭牛被自動車撞傷，特別留下來管閒事才耽誤了。你急跨了幾步就上了樓來，還微微喘著。聽了少吉後段的敘述，你卻說了令人沮喪的實情。啊，我不管這些。如果不是其他人在場，我一定撲上去摟住你。告訴你，我是多麼擔心；抱怨你，怎麼好讓我這麼為你提心吊膽。我克制自己不靠近你，可是奔湧出來的淚水，擋也擋不住啊！我先前自己在心裡和阿杰、少吉甚至其他人的辯說，一下子變得了無意義。我的淚，人人看在眼裡，再笨的人也心裡明白啊！

日本人的監視是全省一線密布各個角落的，他們的手段，就像是讓一長列在黑暗中向前行走的人，一個個不知不覺陸陸續續消失了。這就是農民組合與文化協會面臨的挑戰。正因為我們的工作越來越困難，所以需要外來的幫助。現在有唐山和日本本土同志的參與，又有蘇聯的戰鬥路線做榜樣，相信我們的事業一定會成功！大家圍著圓桌坐著，一起聽你講話。多謝阿朗給大家打氣，少吉嘆口氣後接著說。我和阿爸，一世人在大溝邊踩龍骨車，把水打入田裡。我少年時和他一起踩，他就邊講故事給我聽。日本人剛來時，我們台灣人實在有夠可憐。日本仔拿長槍，遠遠就可以射死人，我們的義軍耍長矛、長戟、大斧，怎麼跟人家比？只能當肉在砧板上讓人剁！阿爸說，抗日義軍躲到黑黑暗暗的草寮裡，日本兵照樣一個一個搜出來。怎麼辦到的？真簡單，他們就拿幾個小錢收買不懂事的囝仔，當然很容易抓到人。等到確定所在地以後，他們先在竹林後面拿長槍掃射，然後逼近，卻不馬上進入。外面有赤焰焰的日頭，突然進到黑抹抹的草寮內怎麼看得見？如果裡面真的躲著義軍，一定會被暗算，所以就用燒的。草寮就是稻草、甘蔗葉和土塊石頭蓋起來的，哪堪火在燒？裡面的人一下子就衝出來了。日本兵也不問他們是誰，見了人就開槍。你們看，這招是不是夠厲害！我阿爸還看過躺在草蓆上的義軍。那是廢棄的豬圈當臨時收容所。村民好心拿來破帆布、破草蓆鋪在地上，把已經讓日本兵打死了或快要死的義軍抬到那裡。其中一個早就斷氣了，不知道誰把家裡破爛得不成形的棉被拿來給他蓋上。另一個還在喘氣，頭上辮子割得亂糟糟，整個臉被打得分不出眼睛鼻子，左上臂的一大塊肉翻了出來，一隻腳從膝蓋以下斷了，彎到外面。阿爸還說，那時常有一些大土坑，裡面全是抗日義軍的屍體，腳斷、手斷、腰斷全雜亂堆在一起，還有好幾個沒有身軀的斷頭！

你們說了一陣，嘆氣一陣，又說了一陣，又興奮一陣。阿杰、少吉走後，你對我坦白講了。正是因為一開始犧牲很多人，武抗才發展成文抗。文抗的結果也是一個個被打、被關、被虐待，因為這四十多年來生活進步，內奸出賣自己人的例子隨著增加，這是最令人痛心的。說著說著，你卻突然接不下去了。你的痛心和沮喪全讓緊鎖的眉心與緊閉的雙唇透露得一五一十。其實這事多麼容易明白，阿朗。我和姐妹們外出逛逛時，街邊的洋樓、衣服店、百貨店、柑仔店、醫院、藥房、五金行、布莊等等等等，一間連一間，一家接一家，眼睛看累了，雙腳走乏了，卻不是因為犁田、造磚，也不因為編竹簍、打稻穀。誰會不願以看洋服、選柑橘的腳酸來取代插秧、趕牛的疲累？誰不願走長街、看戲耍、看遊行而偏要守在鄉間犁田、鋪瓦，並且忍受雨天的路泥濘，豬寮貓屎的臭氣沖天？兒時的鄰居玩伴生活習慣再熟悉不過，他阿母的烤蕃薯味何時往東飄何時往西竄，就是捏著鼻子也聞得出來，怎會不知阿強或阿聰和什麼人交往，他多久回家一趟？只不過說說誰在哪裡，就能讓生活立刻變得輕鬆，這等方便事不做，豈不頑固愚昧？所以，好生活讓人出賣朋友，讓人心盲了，阿朗。難道好生活不能和心不盲牽手併肩嗎？為什麼好生活需要人拿盲心來換，阿朗？你為什麼只嘆氣不說話了呢？

你們是蝸牛啊，再不動，當心我摘了你們的頭餵狗！一堆人，把長辮子盤上了脖子，有的站，有的半蹲坐，有的就把自己擱在甲板中央兩隻小船的右側，弧了個圈，賭得昏天昏地，煙抽得一根接一根。圍繞他們的煙雲比廚娘炒大菜時的油煙還茂盛，當真燻得可以烤魚。他們一聽到我吆喝，坐著的速速站起，站著的一律往大元身上看，就怕牠聽令撲上來。前些時候，我已經指給他們看天邊的紅橘彩霞。氣候就要變了，船上、船間、船底的東西全要固定好，否則讓火炮桶、大輪框撞瘸了，就別想在水上討生活。大海飆浪時，我會把大元關在房裡。一開始牠會賭氣地吠叫，等風速轉快浪頭的高低差距拉大時，牠也就慵慵地伏在地上，無聲息地和大夥兒共同承擔恐懼與不舒適。

我平姑天生是大海的女兒。大風起時，我會站在船頭，握著降光了帆的桅桿，任憑冰冷海水潑打我一頭一臉一身。鹹溼的味道穿入我的耳孔、鼻孔、眼孔。我放鬆全部經脈肌肉，隨著船身的顛簸而上下起伏左右擺動。我的身體從溼冷直到失去知覺。我成了巨浪的一部分，在汪洋中痛苦掙扎就要一躍登天，卻讓幽冥而深不可測的廣袤海底緊緊拖住，直到我被馴服，直到颶風遠颺，我頓失支助而消失在海平面上。

果不其然，不多久風力轉強。我帶著大元仔細巡看全船。我們的船氣派又堅實。整個船身有如用力下壓的手背。中間低些，船頭就是指尖，雖高於船腰卻有個凹下的出口。船的後段就是手掌連接手臂的高聳處。船尾最高，不但不像凹陷的船頭，更有粗實的木欄圍起。船腰和船尾之間最傾斜的部分是個阻斷前後的木頂大房，隔出不同的小間，有許多面向船頭的窗子及幾個木門。航向的儀測，星距的演算，氣候的預探，以及哪人是否顯出和官爺勾結而出賣我們的跡象，哪個賊幫何時和哪個賊幫新近聯合等等，船的航向以及所有和我們營生有關的動靜，全在這裡完成。大房與船尾之間是個不蓋頂放雜物的地方。什麼人拿了大釘、大鎚之後可登上幾級木梯，走過大房頂，再下梯到船腰。緊急時，在房內可聽到弟兄們快速跑過房頂縱身躍下的聲響。

我讓兩個兄弟跟著我和大元下到底層。這裡除了船的機件還有些個牢籠，關著擄來的船商或小村小鎮裡呼風喚雨作威作福的人。我讓他們把尿屎桶從鐵格遞出給跟來的弟兄，讓他們把穢物從小桶倒進大桶裡。這麼做是為了避免船晃盪得厲害時，尿桶倒了，污髒了他們的暫時棲身處。就這麼簡單的事，兄弟間竟然傳得風風雨雨。有人認為沒有必要對這些人仁慈心軟，他們不過是換錢的工具，雖然不一定換得過。即使換得過，錢來之前還得管他們的吃喝拉撒；換不過了，少不了一場拼殺，會損失多少自己人也說不準，哪好就這麼人我不分，讓那些關在籠子裡的得好處了！在我眼裡，這些全不是個說法。牢房清潔了，對這船有何損失倒是說出來聽聽。船底的重油氣味和機件運作的吵雜聲音，沒空氣沒日光，若是還得加上成天聞著屎尿味，在這裡工作的弟兄就遭詛咒了？難道非得多招來小蟲蠕蛆折磨人不可？還有，我們要的是錢，這些人是貨，貨全了，好拿錢，這條數自古就是這麼算的，多舌的人到底懂是不懂？事情由我領著做，份量自然不同。這些關在籠子裡的人看在眼裡，讓他們以後傳出去，就說郭幫在道上分得出理義，就說郭幫只對賺錢興子濃，絕不為難其他人，並且只要衝著他們的要求辦事，好說好理，好聚好散，人生一場。我的理由一出，大夥兒也就安靜下來。我輪流招來拿大桶倒屎尿的，也就理順心順了。

船搖的時候，總是不知不覺會憶起，我曾經怎麼在南灣老房子前的樹下戲弄那隻可憐的螞蟻。原先是蟻群走上掉下的一片葉子，我拿起葉子轉圈，螞蟻一隻隻被甩，最後只剩下一小隻在葉子上。我裝了一盆水放葉子，再把盆子左右搖。水濺出盆子，葉子激烈晃盪，小螞蟻伏在葉上一動不動，不知它是暈了、是死了？現在船也正大幅地左右擺動，郭命半躺著抽鴉片煙，不知他是因著擔怕而安定，還是真習慣了？我覺得自己是葉片上的螞蟻，無所適從也充滿恐懼。船翻了、淹了、死了，也就算了，卻可惜了這一船的貨。這次不是從別船搬過來的，這次可是有人訂了成批的好木家具讓我們下南洋去做成好買賣的。那樣的桌、那樣的櫃、那樣的椅，我平姑見識了！所有的尖角全做成圓弧，薄薄多色的貝殼嵌入紅木。紅木又好似上了層透明滑漆，怎麼撫摸，怎麼舒適，怎麼愛惜。啊，突然間好貨竟然比人命還值了。這又是個什麼道理？

一開始我就覺得那不是掛日曆的好所在。厚厚一本躲在紙拉門盡頭和衣櫥中間的小片牆上，成天照不到陽光，難怪日子總是過得陰暗。黑源認為什麼都應該省著用，連牆面也不例外。日曆除了讓人一天投向它一眼，知道什麼時候過中秋，什麼時候過元宵之外，不再有其他用處，日曆掛那裡，不會錯，妳沒賺錢，不知道賺錢的艱苦，就沒資格講話。紙門一往左邊推到盡頭，一定會撞到日曆，用力些，還會把日曆撞下來。把日曆掛在阿爸阿母相片下面，不也可以？我不服地說。妳查某人，懂什麼。日曆掛那麼低，坐在客廳沙發上的人，頭一仰就碰到了。妳不懂就不要亂亂講，免得讓人笑。說完，黑源隨便把昨晚吃剩的花菜、白帶魚、豆子放進便當盒，再挖一大口飯，壓上蓋子，拿小方巾綁著，就跨上腳踏車走了。他夏天回老家捕丁香、臭肉，其他的日子和阿三仔到枋寮載貨。我當然知道，收入不固定，他也不好受，卻也沒辦法。老家有太多人移到這大島上，能夠在那裡討吃的越來越少，形勢比人強，也只能一年一年忍著過。

阿彩就睡在鋪著小被子的榻榻米上。我輕輕地盤腿坐在旁邊，小心不吵醒她。這孩子咳得厲害，好不容易睡去，就要睡得飽睡得足。她每咳一聲，我的心就要重重地跳一下。現在看著她均勻的呼吸，我暫時不害怕。阿順、幼卿、阿彩都是我生的，他們的呼吸是我給的。到底是我燒的有紫雲和花草紋的床母衣太多，還是印著床公、床母的紙錢燒得太少？七星媽沒保佑，還是沒氣力保佑？我給阿順把尿的日子還沒過盡，幼卿也還沒長到可以梳辮子的時候，就都死去！我緊緊抱住懷裡的孩子，他們怎麼一個又一個，先是斷斷續續，然後停止呼吸？他們熱燙的身體為什麼逐漸冷去？我流淚的眼睛靜靜地看著他們，我疼惜著他們，可是小小的胸不再起伏，握著我指頭的小手鬆開了去。慢慢鬆開就意味著慢慢離去。我輕輕地推又重重地搖，他們卻不再醒來，不再亮著眼睛看我，不再張著小嘴幼稚地笑、幼稚地哭。他們在我身體裡面的移動讓我感到神祕又興奮。他們對我乳房的吸吮讓我豐盛又踏實。這些感覺都還新著，都還沒退去。可是阿順和幼卿為什麼騙了我一場？為什麼他們奪走我全心全意的照顧，留給我刺心的痛以及黑源的不諒解？兩個孩子讓病燒死了，阿彩是否就要代替他們喊我一聲阿母？噢，是的，現在她正深深睡著，呼吸均勻。我暫時不再害怕。等在牆角的病鬼一隻隻精神旺盛，隨時就要一躍而出搶走我的孩子去作伴。我必須不軟弱，不害怕，不擔心。我必須堅強兇悍，才能嚇走病鬼，才能讓黑源不認為我不盡責。妳整天看小孩，還能把小孩看死了。妳到底在做什麼老母！我怕黑源兇我，我很怕他兇我後又打我。人吃五穀，哪有不生病的？妳家那黑源也太不講理了。春美為我喊冤，卻也只能說給我聽。安慰我並不夠，那個傷害我的源頭必須除去，我對自己說。可是該怎麼做？我能讓孩子再活過來？死了孩子的也不只你們一家。好運沒死的，有多少是留下來自己養？還不是有很多都送給了人家！春美為我辯護，卻也只能說給我聽。

春美是我在市場認識的。那是下雨過後，有些路段變得泥濘。還好不是穿拖鞋，否則啪啦啪啦，小腿一定被泥水噴髒了。到了市場更糟。從魚攤上流下來的腥水，從肉攤上流下來的血水，全都和雨水混淆一起。晴天時可以避開這些髒水，下雨時，能多踏上一小塊突起的地面，就能多一次免得浸到污水裡。當我提著半滿的菜籃，皺著眉頭，小心看著地面走路時，突然聽到有澎湖腔的女人讓菜販把她買的兩把菜用草繩穿起來綁好。我覺得好親切，便上前打招呼。我們很快就聊了起來。

春美比我大了好幾歲，也比我們早來高雄十多年。她丈夫在水泥廠上班，和黑源一樣，每天要騎很遠的車才能到達上班的地點。水泥廠就在半屏山下。遠遠望去，蔥鬱山林中有一大片被挖得光禿。不知道半屏山的名字原來就有，所以年復一年挖得理所當然，還是因為把山挖空得厲害，才不得不這麼叫？妳都不知道，一開始是搬水泥，一包一包的，多重啊！一回來，一身軀都是土粉。可憐，為了賺錢就要認份。現在卡好一點，大部分時候坐在小間裡記東西，夏天時，還可以吹電風。春美嘩啦啦地告訴我她丈夫的工作。她講話大聲，人直爽，也貼心。我從小和阿母的三個兒子一起長大，和大阿爸家的親姐姐也不親。原本還有個桂枝，搬到高雄以後，除了忙著過日子，哪有時間想其他。現在我把春美當阿姐，心裡有話就向她講，心頭也舒活許多。春美家離我家，說遠不遠，說近不近。在夏天，走起來實在遠，冬天時就剛好。第一次去找春美時，才知道我們兩家之間有個棉被店。那時我揹著阿彩，她正哼哼嗚嗚無來由地哭著。我看到打棉花，實在覺得新奇，便停下來，站在棉被店外廊下目不轉睛地看著。老闆扛著的木架以繩子綁著，在他肩上、腰上圍了一圈。緊繃的細繩挑得一朵朵純白的棉花蹦跳，彈打所發出的特殊輕響讓人想像，打棉花時就連旁邊的空氣也跟著跳了起來。過了好一陣子，我才發覺阿彩不哭了。我回頭，卻是看不到背上阿彩的臉。妳的囡仔喜歡看我彈棉花，不哭了。老闆笑笑地對我說。他也不停下來，棉花繼續彈，空氣也不住地跳。往後只要阿彩哭不停，我就抱她去看彈棉花。

我用糯米、酒、麻油、雞做成的飯擺在榻榻米床的一角敬床母，點好的三枝香就插在兩塊榻榻米紅邊之間的細縫裡。香快過了的時候，我雙手捧著金紙和床母衣齊眉拜了一下，才拿到已經先準備好的鐵桶裡燒。鐵桶就放在上到榻榻米之前進門的地方，只要風不大，燒灰不至於飛得到處都是，較好整理。求床母不夠。春美說。我帶妳去求佛祖。妳命好，不像我生不出小孩。只要多求幾次，佛祖一定會保佑。小孩病死，妳也沒辦法，是不是？妳家黑源也不需要太強求。人命天註定，這麼簡單的道理，我就不信他不懂。

春美帶我來的這個寺廟離水泥廠不遠。從大馬路上轉進小路，走不多久，有座短短的水泥橋。橋和馬路連得好，如果不是兩邊的鐵欄杆，沒人會覺得自己是走在橋上。倚在欄杆邊下望，不是什麼小溪河，只是條大的臭水溝。溝裡淤塞得厲害。鋸斷的樹幹、沒捆好的稻草、腳踏車輪胎、幾隻死雞、雜亂的垃圾……還發出一陣陣臭味。這裡的路沒舖上柏油，風飛沙很多。只要一陣風吹過來，就要把眼睛閉一下，免得沙子進到眼裡，不好受。

跨過特別高的門檻步入大殿，一陣涼風襲來，我精神一振。金身的大佛端坐中央，垂目半閉，莊嚴慈祥。青煙環繞柱香，輕輕上飄逝去。春美抱著阿彩，指給她看這看那。我在大殿裡繞了一圈，才知道金佛後面是一道長廊。大殿原本就比一般房子高出許多，陽光照不進廊子更顯得幽深。我買了香和金紙。向桌上正燃著的蠟燭借火，點上三枝香，我跪在高斜的墊子上，抬頭望著金佛，希望他保佑阿彩能平安長大。

仙境，還能比寺廟後山好多少？黃花在樹巔綻放，野鳥在草邊低鳴，歡跳是蚱蜢也是猴子。高樹枝椏伸上遙遠的天空打算抓取雲朵，卻讓彩虹笑傻了。我的孩兒沒來，我的乖孫在這裡玩壞了而哭泣。我真的害怕了，我害怕忘記老家的魚腥以及旋轉出小太陽的天人菊。以為是到達了終久的寧靜，不料世俗仍是追著來取笑。上師說，少年情愫是空無。我問，能不能在這後山藏我空無的少年情愫在花樹之間？仙境，還能比寺廟後山好多少？

分不出是白霧還是青煙。濃密。從雲朵裡飄出女子。全身長白衣、長白裙。她的長黑髮披散，卻不見顏臉。一大片田，正採收。男人女人穿白衣戴白草笠。擔挑白色的鳳梨、白色的竹子。女子伸出雙手，透明，粗糙手心上的黑線如細枯枝飄浮。一陣惡臭隨風來，女子捲曲在透明母豬旁邊，身上蓋著幾朵白雲棉花。女子站在河邊，過了一些時候，她移到河的中央，逐漸化成水在河裡。青煙裊裊升起。茉莉花香四溢。

玉英姐，妳就別生氣了。明白的人明白，不了解的人隨他們去。妳就是封得了他們的嘴，也管不了他們的腦袋，不是嗎？反正大家彼此不認識，醫診室的人也不會跟著妳回來，事情做完就回家，乾乾淨淨兩不相欠。不知雅雲是安慰我還是對我說教。這樣脫掉衣服的檢查不就是對我們姐妹最大的侮辱？對那些賣身的，還有個道理。我玉英的身體不是給人看的，不是給人操弄的。是不是我們做這行的就是好欺負！還有，現在又多來個什麼事務所，洋行必須透過他們，才能請我們去唱曲子、陪吃酒，介紹費就進了事務所的口袋裡，白白送到官家的荷包了。我更加明白了，阿朗，你和朋友們的忿怒出自何處，你們的工作又指向何方。當我坐在房子裡啃甘蔗後，因為沒擦淨甘蔗汁招來螞蟻而懊惱的時候，種甘蔗的人正是一身粗布衣打赤腳，在田裡砍甘蔗忙收成。削去了長葉又交叉橫直的甘蔗，躺在木板車上讓水牛拉著去秤重，卻不能自已依照成本訂出賣價，而是由製糖會社決定對他們來說一點也不公平的價錢！現在我終於了解，你和朋友們看到了什麼不公正，經驗了怎麼令人氣憤到吃不下飯、睡不著覺的事情！做田人透早出門，一鋤一鋤翻動土地，受了傷敷了藥，要算幾文錢？踩在泥漿水田裡，一株一株地將秧苗插地，日頭晒昏了，坐在田埂喝口水，要算幾文錢？大片箣葉折了捆了，也為了不讓葉子箣油染褐了衣服，所以光著上身拿扁擔挑起，要算幾文錢？茭白筍堆上牛車，兩三個沒人看的小孩爬了上去，覺得坐在筍子上有趣，卻被一同運走了，他們阿爸阿母的焦急又要算幾文錢？想得越多，我的害怕越深。你和朋友們面對的是官廳。官爺怎麼知道老百姓要什麼？他們不認識田裡的工作，怎麼知道種田人需要多少錢才能起一個灶？多少錢才能養豬公以後拿去拜拜？多少錢才能給小孩買甜糖，讓他們穿著改自阿姐、阿兄的衣服長大？那麼阿朗，你們怎麼讓官廳知道這些？官廳知道了，也會聽老百姓的話，願意讓他們過過比較不愁苦的日子嗎？我的害怕變得巨大。因為害怕的緣由更加清晰。正如遠處走來一個人，起先看來像阿尾姨，走近了就確定是阿母。除非阿母死了，我怎麼能不再害怕？那麼阿朗，除非官廳關門了，你和朋友們怎能不生氣？所以，你們就要去關官廳的門？

妳就消消氣吧，玉英姐，我們該走了。去晚了，人多，怎麼看遊行？我心裡悶著，官廳的規定不敢不從，誠實聽話的結果竟然是對人尊嚴的侮辱。從醫診室出來直到家裡，總覺得濃重的消毒藥水味一直跟著我，原先的好興致早就化成了一道白煙。看不看遊行再也不重要，雅雲卻非得要拖著我走。

這街呀，真熱鬧！平時是自動車、人力車、腳踏車、板車來去的大路，行人只能走在路旁二層樓下的走廊裡，今天卻都改了樣。除了延街或跨街的電線仍然高高掛在木桿上之外，走廊空了，行人和從各處湧來的人群佔駐了大馬路。原本不應該走的地方突然可以走了，原來不可以做的事情突然變得理所當然，真給人奇異的感覺。各種車子不見蹤影，最多也只是人力車、腳踏車夾在人群中看熱鬧。彩帶、旗幟滿天飛舞，鑼鼓陣、舞龍隊的後面跟著手拿柱香的男女老少。兩邊樓上的招牌沒人注意，因為今天不趕時間也不買東西。人人眼睛就專注在路中央的隊伍。男人戴帽女人撐傘，牽著孩子或抱著孩子，也有些穿著和服的男女，他們的衣布長到腳末，腰間繫著粗帶。他們是日本人，也不全是日本人。有些台灣人改成日本名做日本人，就像那個王課長。他改了姓名以後就不再來點歌、喝酒。阿久說，王課長到城北找日本藝妓去了。我們洋行、商行的人客中也有台灣日本人，他們升了職等，講話更大聲。今天我沒心思看遊行，心裡直想著你和你的朋友，以及你很敬重的小泉先生。我真想問你，阿朗，那些台灣日本人知道剮除蚵仔肉之後，把蚵仔殼運去丟掉需要多少錢？還是，他們知道晒穀場上飄散在空氣裡的稻殼乾草香又值幾文錢嗎？

今天為什麼有遊行啊，玉英姐？……

這天，海上太平，有件重要的事情正等著。讓他們來就海比我們去就山安全許多，對吧，郭命？你無心地點點頭。我明白你的盤算。錢拿了，人放了，我們究竟該往南還是往北全得靠風向定奪。往南容易碰上官船，往北卻離貨源太遠，這事果真費思量。你有些煩憂，我也不太安定。

大元呔了，吠得挺兇，還不住地來回踱步。有時大元真是比站哨的還管用，我放眼四望，原來從西北方向緩緩飄來一艘較小的內海船，正是我們等著的。船靠近了，上來了五個人，全背著大米袋。我們的人站成一排待命。長盛的手下上前問話查看，確定他們是循定鎮的人，而且沒帶傷人的傢伙。弟兄向你說明白了。接著驗收袋裡的銀錢，前後兩遍。點數的人沒說話、沒表情，只對你咬了咬耳朵。你下令把籠子裡的人帶上來。六女，二十五男，共三十一人，一個不少。怎麼你們袋裡的不對數？你沉著臉問。我這才發覺事有蹊蹺。背銀錢五人的其中之一開了腔：他們說，有兩個人，你絕對不會放，又說，到你郭命手上的，不是殘就是死，籌了錢也沒用。不是死就是殘？說得好！傳話回去，我郭命生來就只愛錢財。看清楚了，這些人可養得好，不但不生病，一兩肉也沒少。我是做買賣的，講信用。他們認為誰會殘著回去，我就作殘給他們看！把那兩個該死、該殘的名字報上來！快！五人的其中之一聲小囁嚅地唸出名字後，三十一人中的一個壯漢子和一個養了鬍的立刻衝出，打算往海裡跳，卻被成排待命的弟兄給截了回來。要剁腳還是剁手兄弟們自己決定！你的語聲一落，淒厲的叫喊立即響起，鮮血流紅甲板。看到的人，別過頭去，連大元也被惱得呔叫不停。

老天賞了個大臉，這五袋銀錢算是滿載了。風往南吹我們就跟著往南走，如同一般乖巧的海人。你下了決定。今天不碰官，哪天不碰官？老是避著，怎知道這個或那個官到底是買了我們的賬了還是不買？風日正好。水靜帆揚。海上時日有如在陸地上討生活，要拼著命幹才有得吃喝。討喜的是，上了海就能漂離開老輩人的限制，漂離開習俗桎梏，心靈能夠自由無限才是真道理。

聽好了，平姑，還是讓人把妳娘、妳姐往閩南遷吧。就怕我們這夥人裡的幾個把我們賣了！有天，你突然對我說。挺認真的。難道你聽得了什麼消息，郭命？有些膽小又敗祖、敗家的，給朝廷送上妻小，再加上船隻械炮，就為了討賞。這麼忙著敗德，不正給官家添主意！我們擄人等贖金，官家可以擄下親人讓我們投網啊！你說得有理，郭命。這事讓我想了一兩天三四夜。把娘、姐移了，事小，只是這不也就表示，我在烽火台上築大屋的夢想跟著成了魚兒嘴裡的氣泡？哪個港口比得上南灣？白天，舟子遍佈水面，如同掉地的玉蘭，瓣子乘著風四處飄揚，給藍天釘上了小白點。夜晚從山丘下望，燈火延著碼頭開展。從西南彎進西北，弧了一圈，再往東伸長了去。灣裡小舟舢舨上的漁火明滅浮沉，恰巧映照天上繁星閃爍。沒有哪個港口比得上南灣，郭命，沒有哪個港口比得上南灣。這事連大元都明白啊！

彼此對峙著。商船和我們。我們不開炮是恐怕傷了船上的貨。他們不開炮是因為知道沒有不交貨的理由，卻又不甘心毫無抵抗拱手讓人？多少艘兄弟船圈住我們和商船，這批貨註定是要到手了！正當你喊話勸降時，郭命，似乎是從空氣中生出來的數艘官船，正靜悄地從各方包圍外層；形成了我們和商船在內圈，兄弟船包住我們，官船又堵住兄弟船的特異景象。起初，在圈內的我們並沒察覺，朝廷竟然肯為一艘孤獨船派出船隊保護。直到第一聲炮響，我們既沒看見落點，你也正罵哪個沒接到命令而隨意出手的禿驢時才驚覺，原來炮彈是發自兄弟船的外圍！放眼望去，沒有兄弟船受損，回頭一想，才知道是官船發了斜炮，警告！自此，陣仗改變了。兄弟船對我們退防，官船成了他們的新目標，我們則直接和商船損上。原本是我船必贏的態勢，現在必須重新調度。

一旦下了決定，炮彈就不再躲鎖在炮筒裡。它們轟隆隆衝上雲霄又穿入水底。火焰爆天快速如萬蛇飛竄。嗆人鼻喉的濃煙四散廣大水域。人的眼目就要給黑灰遮瞎。上得了敵對船的，必定一陣廝殺。悽慘的叫聲灌滿耳腦。一場大對決在靜靜的海面上開展，不怕天也不怕地。生與死對各自心儀的人悄悄做了揀選。如同花開了必定要花落，上船的人也必定要下船。只是，人該怎麼下船並不能全由自己做主。

官船沉了四艘，剩一艘撞塌右前板的，不知還能撐多久。郭幫的船沉了一艘，三艘會在海上漂成鬼船。船沉人亡，一了百了。三艘半死半瘸地在海上任憑漂流，誰能救得了？船上的人，有的掉下海，屍首不見；有的給燒死、刺死，有的斷腿、斷膀躺在船首、船尾、船沿、船底，竟然連呻吟也棄他們而去；直到血流盡，人也就斷了氣。在陸地上發生的，在海上一點也沒少，不都是為了自己的與子孫的生活上戰場？暴狂的風雨最是鍾情遭棄的噩船，它們可以不受阻撓地盡性凌虐，把奄奄船隻打上崖壁，不但看著它們號啕崩裂，更是高聲讚嘆自己不遭到反抗的威力。不論遭遇惡劣氣象的鞭撻，或是受到平靜海面的善待，鬼船終將分散解體，一塊塊、一片片沉入海底。也許數十年後一支長了鏽的大鋤頭讓在岸邊修船的木工大叔撿了去，他卻不明白，這鋤頭曾經是鬼船上的海人拿來劈柴煮飯的用具。

交手後才知道，原來這商船沒重炮武裝，也才需要官船的保護。那麼，究竟船主許了什麼好處，能讓官家派出船隊特別護航？只是官爺失算了，遲了。他也許曾掂量，郭幫是一兩船一起行動，也許是三五艘。官爺不懂的是，同時指揮數十船不是難事，你郭命就有這般能耐！我們的戰利是白花花沉甸甸的日本白銀！正當郭幫難船和官船潰陣敗亡時，如同拿著筷子夾起盤中大肉，我們上了商船，接收商船，並且和其他兄弟船從容駛出那片充滿是非的海域。

我聽到開外面木門的聲音，接著是踩住方形鐵框把腳踏車往後拉的聲音。一定是黑源買米回來，我得趕緊把米缸裡的剩米倒出才能裝新米。我把鍋子放地上，正要把米缸傾倒時，黑源已經抱著一個大米袋上到榻榻米直向廚房走來。妳就不能先把米倒光，就不能先準備好？妳以為這袋米只有三兩重？小聲點，行不行？我剛給兩個小孩洗澡，剛把美慧放進搖籃裡，別把她吵醒。黑源把綁著的繩子解開，一手把袋底朝上拉，另一手把袋口的一小部分放入米缸的上緣，刷的一聲，雪白的米立刻裝滿一大缸。

等一下阿三仔會來吃飯，妳要準備一下。怎麼現在才臨時講？市場下午全收了，我到哪裡去把東西變出來？不要囉唆，隨便就好。就在這時候，本來已經睡得安穩的美慧突然哭了起來。原來是趴著桌沿在紙上亂畫的阿彩，什麼時候從椅子上溜下來，然後整個人壓在美慧身上了。我趕來時，搖籃左右擺盪得厲害，阿彩的兩隻腳還在搖籃外晃著。她就是嫉妒妹妹能躺在搖籃裡，常偷偷地爬進去。還有一次她把搖籃晃得太高，繫著籃子的鐵釘折彎了，掉了下來，她自己也連同搖籃摔在榻榻米上。現在我搧了阿彩一巴掌，她的哭聲立刻蓋過了美慧的娃娃嗓子。黑源把阿彩牽出去了，剩下一個哭鬧的嬰兒和一頓沒下落的晚飯要我發落。我抱起美慧，拿背巾包她，揹在我的背上，再去開菜廚的門，東看西看，除了一碗肉燥、半條魚、蔭瓜、豆腐、花生之外，就只有灶上躺著的一把奄奄一息的菠菜了。美慧的哭鬧讓我更加心急。別煩惱，我教妳，就煮飯湯！水放多些，容易飽。他們看是飯湯會多添一碗，就更飽。我揹著美慧向隔壁的阿珠求救。在她的婆婆午覺醒來之前，阿珠快快塞給我雞蛋、玉米和一些豬肉。我謝過她。鬆一口氣地趕緊回家。

阿三仔講話像打雷。他的腳不安份地一下子擺凳子上，一下子擺凳子下。每換一次姿勢，客廳裡那張不穩的桌子就震動一下。我在榻榻米上的低矮飯桌餵阿彩，讓他們男人拿一大鍋飯湯就著高桌子吃。每當桌子一震動，我就抬頭看一下，就怕那鍋裡的東西灑出來。

我們這裡也不比你老家輕鬆。阿三像對著聾子一樣地大聲說。應該是黑源告訴阿三在小島上抓魚的事，現在阿三也要黑源聽聽他的苦難。我十四歲就上船，什麼都不會，只好煮飯。船上煮飯哪有那麼簡單，更何況是煮給十二人吃。我四處問，有人說，份量是一人一碗米，水要浸到第二指關節。韮菜花能吃嗎？也同在船上的鄰居阿強說，不行，不能吃！我不信。去問船長。船長大聲地吼著說，你呆啊，當然可以吃！我當然聽船長的。船長吃了，阿強敢不吃？還有，煎魚，有人說，要大火、多油。我就偏偏放醬油，這樣才會赤紅赤紅。要不然船長會罵：煎什麼魚，你是煮白水啊！飯要是煮焦了，慘！死定了！一船十二人，十一個人罵我，最後連我也罵自己，怎麼生來就是這種死人命！入港補給到尾的時候，大家一起去爽，我一個人卻要去整貨，鍋碗瓢盆調味料，買米買鹽買水……說到水就真艱苦。船在海上走，看到島就歡喜。有的島難起落，上了島也不一定能找到水源。缺水時還要看天公下不下雨。下雨了，就用帆布袋接雨水。怎麼不用桶子裝？當然是因為桶子佔地方。說到佔地方，就我煮飯的最可憐。兩鍋三鼎一個爐，連轉身都沒辦法……

兩個孩子睡了。掛蚊帳時才發現一支鐵釘掉了。我讓黑源來釘好。

我去過很多港口，就是哈瑪星上好玩。阿三仔繼續說。一到晚上，廟口前就一片燈海。吃的穿的用的，要什麼有什麼。人一大堆，來來去去，有夠熱鬧，真趣味。還有透早的魚仔市，管理得也不錯。大家都想搶碎冰冰自己的魚，才能早點拿去市場賣。不過，警察都眼睛金金一直看，大家碎冰一鏟一鏟地拿，誰也不敢亂來。還有啊……阿三仔從日落說到月升，也還沒有要回去的打算。

兩個男人不住地抽煙，嗆人的味道飄得四處。我躺在內房蚊帳裡，為兩個女兒也為我自己搖扇子。八成快下雨了，空氣總是憋著不清朗，讓人有股衝動，想拿把剪刀把空氣剪開來，才能清爽些。一隻蚊子嗡嗡地飛，非常惱人！我確定牠在蚊帳內不在蚊帳外，卻也懶得起身拍死牠。只是，我怎麼突然想到了你，黑德？你還在花宅嗎？還在那個夏秋開滿天人菊，颱風天時就有巨浪拍打岩壁的熱熱小島嗎？阿爸生病時我嫁給黑源。你對這事再清楚不過。每當我從高雄回花宅，你看到我了嗎？在碼頭，在魚灶邊，在望海巷？在那一大片一大片的天人菊叢裡？我當然看不見你，黑德，不都是你偷偷地跟著我、看著我嗎？就在你因為要追回我的雨傘而現身，而我們可以彼此相跟、相看的時候，為什麼我們害怕讓人跟、讓人看？是因為全村的人知道我有婚約在先？是因為兩個人自己要走在一起不成體統？什麼人的體統？婚約是在我不懂事時已經訂下，為什麼我懂事以後不能按照我的意願改變？為什麼要讓兩個合不來的人生活在一個房子裡？誰得到好處了？誰多賺錢了？又是誰可以長生不死了？

立了棺的第二年阿爸過世了。那時我們初到高雄不久，我也懷了胎，卻要快快趕回。現在阿母也跟著走了，才兩個月前。我把美慧託給阿珠，把阿彩託給春美，和黑源回去一趟。送葬人長長一列，在小徑上蜿蜒著。天空藍而高，及膝的長草在大風裡不住搖擺。我哭著送阿母，走過曾經和她一起做山的小丘時，傷心突然變得千斤重，我一下子跌坐了下來，久久不能起身。上一輩就在眼前這麼凋零啊！為什麼我們不得不長大了呢？為什麼我們必須對美麗、對不捨揮手呢？

不知道什麼事讓我想起了那個小小的島，那麼完整地想起過去的生活。也不知道什麼事讓我想起你了，黑德。還是，我並不突然想起你，而是對你的思念早已化成了心跳與呼吸。而今夜，就在這暗黑的蚊帳裡，在我為兩個女兒煽風時，我把心跳與呼吸串聯成在黑暗天空中閃爍的星星。你看到了嗎？什麼都不一樣了，黑德，什麼都不一樣了。我認識你的時間比不認識你的時間少太多，只是我知道，我思念你的時間會在我六十四歲那年停止，那是我的一輩子啊，黑德，我註定要思念你一輩子……

黑源說，有艘船應該今天入港，要我和他一起去搬貨。他把小籐椅跨架在腳踏車座前的鐵桿，一把抱起戴著布帽的阿彩坐在籐椅上。我揹著美慧側坐在後，右手抓著座後的鐵圈，左手撐把傘。黑源吃力地踏著，他應該清楚體會到現在承載的家庭有多麼沉重。一腳一出力，只有在下坡的路段他才停住腳，讓車順勢往下滑。不知過了多久，我逐漸不耐煩，因為腰酸手酸。揹著小孩，側坐又撐傘，非常不舒服，卻也不敢告訴黑源我要停下休息。就這麼苦著、熬著直到碼頭邊。暖風挾持海的鹹味、魚的腥味和船的油味將人層層包裹，我感到些許暈眩。

黑源牽著阿彩，我尾隨在後，就要往下慢慢走到水邊。人們來往。一群光著上身的男人圍著一張拉開來的黑色細網，全都眼睛朝下，不知正看著網內的什麼。腳下又是石子又是沙子，在我的拖鞋裡穿進穿出。由於路陡，我的十隻腳趾全縮著才不至於滑溜跌倒，走起來特別辛苦。黑源應該很熟悉這裡的人，一路招呼不斷。土仔呢？入港沒？早就到了，你看，不就在那裡。讓黑源攔下來問的人指指離岸不遠的一艘舊帆船。什麼時候的事？中午就進來了。慘了！不知道東西是不是全都搬光了，黑源擔心地說。正當他四下問是否可借隻舢舨讓他推著到那帆船以便運貨時，突然聽到有人喊他。許多黑源認識的人我從未聽過也沒見過，因為他極少講在外面發生了什麼，反而從大兄二兄那裡聽來了一些。我等了你一個下午，怎麼現在才到？原來是黑源要找的土仔叫住了我們。原來他早已上岸，正等著我們來。東西已經捆好在上面了，走，一起去看看。聽口音，這土仔也是澎湖人，後來我才知道他跑廈門線。這次帶回來補品、布料、煙酒、碗盤，有的沒的，你看了就知道。土仔邊走邊說。我們離開水灘往上走。日頭小了些，我把傘收下。美慧在背上睡著了，每走一步路就感覺到她的頭晃一下。人們仍然往來，灘子上依舊忙碌。一回頭，才知道太陽就要落到了水面。我把你訂的特別放一邊，要不然一下子就搬光了，哪有你的份。土仔把一大包的東西寄放在剉冰店裡，不知道裡面都是些什麼。黑源打開一看，才發覺自己盤算錯誤。又不是裝一兩個袋子揹著走了事，這麼一大包，恐怕連人力車也裝不下。兩個男人談了又談，最後決定把貨分開裝。一部分讓我帶著上人力車，另外的一些黑源綁在腳踏車後座，其他的先寄放在土仔家。

人力車延著海岸走，滿眼都是頭翹尾翹中間低凹的老舊木船，大大小小停擠在碼頭邊。船上布帆降下，一支支光禿的桅桿矗立。夕陽金光照著遠處安靜海面，也照著灘上熙攘的人群，給人恬適平安的感覺。揹著孩子讓我不能深坐，不過比起剛來時，人力車坐起來舒服多了。黑源把貨和阿彩載回家後，加上我帶回的那些，開始分出哪些送人，哪些賣。他留給家裡的是兩隻青瓷碗、一塊布和三包煙。看得出來，他對這次來貨相當滿意。比起剛來高雄時，現在的日子好過了些。小時候在老家，米貴也不容易買到，只能常在稀飯裡加蕃薯簽。

記得收山時節，我和阿母掘出一個個蕃薯，放進簍子裡時要小心，免得撞壞了。裝滿兩簍後，阿母把扁擔穿入簍子的粗繩圈裡，先半蹲才一下子站立挑起。扁擔在她肩膀上下彈動，走了一小陣子，實在太重了，她會拿出一些讓我放在袋裡揹著走。回到家，把蕃薯倒入大腳桶裡，舀水後以腳踩著洗。撈起蕃薯後，桶裡都是泥巴濁水，為了把混濁的桶水倒掉，還得我和阿母一起搬動腳桶才行。洗過的蕃薯削頭削尾，剉成簽絲。擔蕃薯靠力氣，剉簽絲就得靠耐力了。一下又一下，右手換左手，左手換右手，直到千百下，直到坐也累、站也累時，才把裝滿一桶又一桶的簽絲擔去事先準備好的簽埕晒日頭。簽埕也是花生園。把花生掘出後，必須到井邊擔來許多水淹溼土地，拿木板抹平園土，再以石頭壓，用腳踩。晒過的地又硬又平，就可把剉好的簽絲往上面灑。日頭下山前掃起收著，第二天再晒，直到乾燥了，拿透篩仔篩去沙土，裝入布袋。這些工作每天重複，直到收山完畢晒乾最後的簽絲為止。

不論吃蕃薯、吃白米，農事的艱苦我還不清楚？一個富人和一個窮人是鄰居。富人家裡洗米時總是不小心，隨意讓米粒流失到溝裡。窮人看見溝裡的米，感到可惜，便一顆一顆地撿起，洗淨晒乾並保存著。當饑荒來臨，富人餓得不得不向窮人乞食的時候，窮人拿出平日保存的米粒，並說，這是你一直以來所浪費流失掉的，現在還給你。富人流著淚道謝，也從此學得了教訓。這是阿母講的故事，我喜歡，所以不曾忘記。洗米時，我總是把指頭夾緊，從來不敢讓從盆子裡跟著水流出的米粒溜走。

為君立誓不嫁尪 甘願來守節一世人……
每日怨嘆流珠淚 一片純情全枉費 無緣份甲君來做堆……
又寂寞又空虛 坐在床前想彼時 暗中唱著斷腸詩……
日日思君開聲叫 夜夜夢中看會著……

玉英姐，難得妳今天有興致聽歌啊？我斜斜坐在沙發上，聽聽許久沒碰了的唱片，就是一身的懶。外面陰著。有時滴滴答答下了幾點雨，雲飄逝，雨沒處躲藏也跟著散開了去。我的眼睛隨著秀外慧中四字一筆一劃看下去。等眼睛把字寫累了才把眼光移到雕花的桌椅上。圓木椅鑲邊的貝殼，銀得含蓄又跳脫而不俗。桌沿雕刻的鳥正飛、花正開卻只有一個顏色。桌上的茶具擺得方正，我只等一個人。然後我看到自己擱在凳子上的雙腳，看到自己的身體。我感覺你一步步走近。我閉上眼睛，讓你的唇對上我的唇。唱片中的歌曲滿室流轉，轉出一圈圈的心酸與無奈。和歌詞裡的雪梅相較，我是幸運的。我不需要

抱子到墓前 墓桌上排三牲
見景又來想舊情 傷心目屎流沒停

那是因為你沒說謊，阿朗，所以我不會讓沒希望的希望蒙蔽。可是我又多麼希望你騙了我，阿朗，我才能在沒希望之前的希望裡，一天天快樂地過日子。其實我知道，玉英姐，妳是在想著劉蔡先生。雅雲的心思細膩，歌詞她不見得全聽得懂，卻能夠透過觀察把不同的事情聯結一起。難怪你信得過，把她帶到我這裡來。也難怪妳這麼想著劉蔡先生，玉英姐。他到我們上海來時，讓大夥兒驚奇一陣子呢。我們沒料到台灣會有這種人才，人人都以為台灣人全像日本鬼子了。雅雲不經意地提到對我是陌生的，有關於你的另一面。我坐直起來，把唱針提起，把唱機關了，要她繼續說下去。那廳堂不算大，我們幾十個讓組織給帶了去，就說要聽聽有關台灣的報告。我們中的許多人來自農村。妳知道我們那兒的農村嗎？唉，就別說了，那人啊，是土捏成的，土裡來土裡去的，是爬在土地上求生的。我自己可是在上海長大，沒吃過什

麼苦，可是看到那些農民，不掉淚還真是天殺的。劉蔡先生走上講台時，那氣派啊，上哪兒去找！一看就知道是飽讀詩書的，是富貴人家出身的少爺。他告訴我們，鬼子怎麼剝削台灣農民，怎麼把窮人逼上絕路，怎麼讓他們過得不像人。這些種種越聽越像是我們的大地主跟官家的勾當！他希望以蘇聯發展為藍本，同志們團結一致彼此加油，讓農民翻身，讓無產階級成長茁壯。大家坐在台下聽得興發，認為是找到知音了。後來事巧，我和先生不但同桌吃飯，還坐他隔壁，所以有機會開心地聊了好些。過了一陣子，組織問我願不願意來台北一趟。我知道是給先生做事，二話不說就把行囊整理好了。妳命好呀，玉英姐，讓先生這麼對待著。難得的是，人家誠實，早早讓妳知道他成家了，不矇妳也不限制妳。他胸有大志，忙著自己的事業。這種人，連白天點燈都找不著吶！

我聽了聽定了定神，總覺得不對，總要討個明白。那麼雅雲妳說說，阿朗既然成家了，為什麼還到我們這裡來？我當然知道他有個妻，卻完全不曾把有家室和找藝旦的事情聯想在一起。我怎麼這麼不轉彎呢？玉英姐，妳昏頭了？來找妳們唱小曲的有幾個是沒成家的？雅雲這句話真把我問啞了。男人啊，妳應該知道，娶妻是擺家裡生孩子的，外頭總要有人陪，解解悶嘛。還有，像劉蔡先生這種人，跟妻子講多了她也不見得懂，可是只要他對妳一講，全都對頭了，他能不來？

你是針，我是線，針線永遠黏相倚。曲子是這麼唱的，我一直是這麼希望的，阿朗，也固執地這麼相信。我相信，隨著時間流逝，事情就可能會有不同的面貌，而且我一定能夠等得到原本就應該屬於我的那一刻。雅雲的話讓我有機會鄙視自己的自卑，讓我明白，除了有摩登前進的穿著妝扮之外，我也有摩登前進的思想。這就是我的與眾不同。而你，阿朗，就是喜愛我的與眾不同啊！只是，在很久很久之後我才發現，雅雲的說法不是我要的，我的前進思想不可以是對你自私心的美麗掩護！你既然不願把我娶進家門，又為什麼對我示好？你既然無意給我一個歸宿，又怎麼可以挑起我對你的愛意，戲弄我的情懷？這不是你作為一個男人的自私，是什麼？這個覺悟是我在很久之後才有的，是我躺在瓦礫上流血不止時，才突然明白過來的。只是，在我流光最後一滴血之前以及在我流光最後一滴血之後，為什麼我仍然深深愛戀著你？為什麼我不恨你呢？阿朗……

☸

入冬了，又是夜晚，難得我倆有情有興地閒著。上批買賣做大了，做辛苦了，換顆平易的心、換張鬆弛的臉過日子，算是給自己的犒賞。我在大舖子中間的小桌上點了燈，也給你上了鴉片煙，你呼呼地抽，舒適地半躺著。今晚早些時候，賀娘送來洗好晾乾的衣服，現在就把它們放入櫃子裡。整著整著，沒來由地從心底昇起一種平實夫妻過平實日子的感覺，這就是人說的幸福？我沒妳幸運，平姑，能在灣裡高來高去。怎麼了，郭命，你今天成了菩薩了，突然溫暖起來，還對我講故事！我小時候，唉，那種窮就別提了。我們是一家一小船。船就等於是住房，一天一年的生活全部在船上。左邊隔船是五嬸的家，右邊隔船是二姨媽的家，船尾和潘貴家的船頭抵著，離船頭十來尺是趙大娘的家。誰家的船要動彈，就得大聲喊著請別家移船開路。要賣魚，要買鍋鏟、炭火，必須借路幾個船家跨上踩下才上得了岸。依照季節，有時撒網撈些東西或下水去戳、去插，當水裡的東西少了，怎麼過活？也只能邀幾個大伯小姑的孩子以及在岸上認識的伸手討吃或扒人口袋的一起，找上在外水往來的小船幹活去，這是讓他們有個對窮苦人行好的機會。他們的船也不比我們的大多少，差別是，在我們船上，篷子下是睡覺吃飯的地方，他們的是放貨用的。我們拿刀子、勾子或是自己削竹子當長矛，這些船並不一定好下手，要有準備才行。有時拿得到白米，有時上手了的是和我們的不同的魚。有時啊，能保住小命就要謝天謝地了。有了貨就要找買貨的人，買貨的也要懂得避開官家拿稅，才不會向我們壓價，我們的貨也才好銷得出去。所以你自小就懂得買賣的整個情況？太熟悉了！似乎我天生就是幹這一行的。不過，妳也明白，平姑，沒有一個在陸地上好吃穿的人願意到海上討生活……

你有這批白銀，悠閒了些，竟然有興致對我談過往。其實現在情況也只是你少年時代經驗的擴大。這船上稱弟兄的好多是你的什麼親戚什麼朋友，只不過小船換成大船，小刀小勾換成了大刀大炮，運的貨也從魚米換成了任何能夠買賣的東西，就連人命也成了可以賣錢的貨。沒錯，平姑，不過有一點我們與眾不同。我們自己上岸買的就是乾淨貨，這是我的堅持；其他商船上的，怎麼知道就是乾淨的？怎麼知道那些就不是從其他船搬過來的？還有，付給官家的稅難道就不入了什麼人自家的口袋？我們為什麼要單單養活那幾個貪官？像老六那裡，光靠官家一定沒飯吃！為了拿許可證，從上到下，從頭到尾，明說的是什麼稅，暗地裡不是扒就是挖就是偷。老六向我們拿貨就一個價。當然他心知肚明，這是生死價。他付得爽快，我們就多給他貨。他在陸地上，消息收得快，所以有時他也講講什麼貨太多什麼貨缺少，這讓我們有個可以使力的地方，免得瞎忙。只要他的店開大了，從他那巷子裡多找幾個幫手，這些人的爹娘不就會笑得闔不攏嘴了？

這些我都明白，郭命，只是做我們這行的，除非是老天大賞，否則到頭來往往就要讓官家戮屍凌遲或是梟首示眾，你卻隻字不提。年少時，你沒法預知能從幾隻小船幾個人拓展成現在的數百艘船數千人；而且這嚇人的成就也沒人記著。但是從現在開始的以後呢？是一天天向著身首異處出發前進，還是有其他著落？貪官告老，膝下有兒孫環繞；在海上做買賣的，屍首餵魚已經是最好的下場？還是能換名改姓挑個小島住到頭髮稀疏鬍子發白？即便如此，郭幫數千人就能完全不出賣你，讓你從願？多久前你要我把娘和姐往南移，不也就正擔心讓人出賣這事？怎麼近來又不提了？是我想多了，想煩了？也罷，看你抽煙悠閒，我也就閉口不提，就讓這事暫時在心裡沉著吧。

你膽敢不供奉天后也早早把髮辮剪了，郭命，可見得你多麼叛逆，多麼不從俗。衝著你身上的這股活勁，我是跟定你了！

有種世界，只有黑白兩色。大阿爸大船上從洞裡拿出黑色的魚在甲板上跳躍，洞口緩緩飄出黑色的煙。白色的人把黑色的魚放上白色的牛車。白色的牛拉著黑色的魚消失在黑石子路盡頭。黑眼黑牙黑色的人撐長竹竿站在白色的小舟裡，舟上的半圓頂兩端黏著舟的兩邊不放，那舟白得很髒。阿珠來了。她是一塊站著的木板。右上左下是白的，左上右下是黑的。阿珠看見白色的我左手抱著黑色的美慧右手抱著黑色的阿彩。黑源變白了。他坐在黑色的榻榻米上，像一尊佛，令我害怕。白色的我蜷曲地躺著，我的身邊是個巨大的黑包。黑色說著什麼話，我閉上白色的眼睛不要聽。黑雨大批拍打我的身體。白色的黑德奮力游著追著遠去的白傘。兩個小白點在黑海中浮沉。我看見兩隻黑鬼帶走阿彩和美慧。

美慧還那麼小，讓她和阿彩放一起才不孤單。我向黑源苦苦哀求。妳懂什麼？他們都是我的囝仔，一具棺材就等於一棟厝，我要送他們一人一棟厝，都住隔壁，妳不用多講話。黑源厲聲對我說。他怎麼好讓人把前兩個孩子的墳掘開！他的心就這麼硬，還能再看兩個早已死去的小孩！墳拓寬了，加上阿彩，加上美慧，四個孩子並列著葬。世上怎麼有這樣的悽慘？天公怎麼開了這麼大的玩笑？

兩個女娃一起死，前後不過半天時間多一點。平時阿彩睡醒後會鑽出蚊帳自己玩，那天她卻只是躺著咬棉被。我收了蚊帳折被時才發覺她全身發燙。我心生不祥。趕緊轉身撥開搖籃的帳子抱起美慧，怎麼她的頭奇怪地下垂，搖也搖不醒？美慧，啊，美慧死了！在一個無事的早晨。美慧在睡眠中死了！這是怎麼回事？已經是第三個孩子了呀！快！我必須救阿彩！我在極度慌亂中抱起唯一剩下的孩子去敲阿珠的門。她一口答應到家裡來看著美慧，看著也許剛剛才死去的小小的美慧。我拿起黑源的外套包緊阿彩，跑出巷子到大路上叫人力車去醫生館……

穿過木板窗照進來的日光在衣櫥上印出幾道斜斜的影子。房子裡靜極了。似乎蜘蛛走過的聲音也聽得到。究竟在榻榻米上坐了多久，我不知道，也不重要，只要能讓我安詳地陪著兩個女兒，時間停止豈不更好。怎麼大阿爸的四是「是」，我的四是「死」？是大阿爸的四個兒子在幾十年前就吸走了我四個孩子的靈精？我欠誰債了？欠債要這麼還？大阿爸，你還我四個囝仔啊！也許我坐了一天，也許兩天。我聽到開外面木門的聲音。我聽到黑源把腳踏車牽進小前庭踩下鐵框拉好腳踏的聲音。我聽見他走上來的聲音。以後我聽不見了。我聽不見他說了什麼他吼了什麼他咆哮了什麼。我只看見他抱阿彩抱美慧，又抱美慧抱阿彩。然後我看見他的拳頭在我眼前飛舞，他的腳在我的前腹後背上踐踏。我看見自己的頭撞在紙拉門上，拉門立即倒塌。我的身體沒有感覺。我可以清楚感覺到沒有感覺，還是，這是種不可能感覺的感覺？我是否已經習慣沒有感覺，習慣到沒有感覺成了真的感覺？

我是不是做錯了什麼？如果是，就賞我聖杯。笑杯、陰杯、笑杯。是不是囡仔吃錯了什麼？如果是，就賞我聖杯。笑杯、笑杯、笑杯。是不是房子裡不乾淨？如果是，就賞我聖杯。笑杯、陰杯、陰杯。我跪在跪枕上，雙手拿筊杯，心裡虔誠，嘴裡發問，然後一擲在地。兩個弦月狀的木塊跳了兩跳，不是兩片一同翻了肚就是兩片一起開了背。佛祖不告訴我為什麼孩子死了。佛祖要懲罰我、制裁我，藉著收回孩子來告誡我。可是，我究竟做錯了什麼？我到底對不起誰了？也許，我自己的出世是最大的錯誤。如果沒有我，就不會有我去阿爸阿母家的事，也不會有和黑源結冤仇卻又要和他結連理的事。兩個命裡相剋的人如何生活在同一個房子裡？只要我不出世就不會有這一連串的事情，只要我不出世就不會死了四個無辜的孩子。我坐在寺廟後面半山的一塊石頭上靜靜地流淚。我已經沒有心，所以不會碎……

春美，我要出家。我想透了，也看透了，我把這一世看到底了。我一直生，孩子一直死。這樣的人生沒有寄託也不會有什麼改變，不如天天拜佛，不思不想，沒有悲喜也沒有牽掛。除非我死了，除非黑源死了，我和他繼續在一起沒有未來。燒香拜佛不會出錯也沒有恐懼，不用害怕孩子養不大，也不用害怕看到黑源的臉色。兩個小女兒下葬以後，我無頭神地過日子。我跪著擦榻榻米。看到灰塵，擦灰塵，眼淚滴下了，就擦眼淚。我在衣板上用力搓，把孩子們的衣服洗了又洗，一遍又一遍我看到孩子們又哭、又笑、又鬧的樣子。過了多少個月，我才開始可以想事情，我才又慢慢找到精神可以看看四周的一切。春美，日子不應該這麼過的，是不是？我走投無路了，春美，我要出家。妳在講什麼瘋話，妳才二十多歲啊，琴仔。妳再這麼亂亂講，小心被天公打死！春美皺著眉，瞪大著眼睛對我說。

阿久她們下台中了。聽說各地風情不同，在台中可以學些新鮮的。這是她們的說法，我倒不認為有什麼新鮮可學，不過是生客多新面孔跟著多罷了。難道台北還不夠熱鬧？她們一區區地聯合起來，跳舞、演戲、拍電影，忙得樂也忙得昏。有些和日本婆子合作，有些把日本藝旦看成是比賽對手，所以常和樂團一起練習，以便在表演台上展現自己最熟悉的技巧。不單如此，她們也清楚，男觀眾不只聽歌、看戲，他們的眼珠子不會閒著的。看身材、看面孔，他們心裡早已預訂了對象和時間。有錢的生意人我看多了，表面上一個樣，灌了幾杯酒以後就換了一個樣。對於這些人，酒不流入胃裡而是往腦子上衝。酒精就是鞭炮，在他們的頭殼裡炸開來，引發綺麗奇美的幻想。就像雅雲曾說的，這些幻想要是能如同電影那般在他們頭頂上放映，綺麗也只是淫邪的代換，也只有他們男人彼此間才入得了目。阿母數落我不求上進，挑三挑四怪東怪西，這個不參加，那個看不上眼。大概讓妳倒尿倒久了，心肝頭變酸了。她也只能這麼下結論。

銀霞離開之前清了房子，給我搬來好些東西。翻了翻看了看，其中一些舊報紙倒是引起我注意。報上的女人像比藝旦廣告像好太多！全是相館裡特意精琢拍出來的，背景不是青幛羅紗就是美瓷花盆。拍的不是半身像，而是放大清晰的全身照。女人們多是身著旗袍，斜倚雕花木椅，手上戴滿戒指，項鍊、耳飾、手錶一樣也不缺。腳上更是稀有的美款高跟鞋！其中一個尤其突出。她穿著一件有著前排釦子的淺色洋裝，細腰上繫有一條鏤空皮帶，右手輕觸斜戴在捲曲短髮上的帽子，左腋夾住長方形錢包，左腕上的手錶恰巧和腰帶同一顏色。我看得驚訝無比！除了師傅手做的繡花大袍，照片裡的這些也就是我平日的裝扮。怎麼一拍成照片上了報，看起來竟然是那麼高雅美艷。我思想許久終於明白，美麗只靜止在剎那間，流動中的美麗一旦成了習慣，便顯得平庸與日常。這些多年前的報紙奇特，除了引人注意的相片，更有人客對她們的論品寫照：

明眸皓齒。婀娜娉婷。玉峰對峙。別有風趣。素與其交遊。恒戲撫其新剝雞頭肉。而彼不嗔也。回憶某夜。有林陳二君。設讌共粧閣。招簡君過飲。真有我見猶憐。莫怪林陳二君一見傾魂蕩魄也。

或者是：

色藝超群。豔傳北里。惜余緣深。本睹一面。其愛妹寶猜。窈窕秀弱。眉目含情。賦性豪爽。體態豐華。工崑曲。善應酬。風流秀曼。亦後起之雋也。

更有：

玉腕輕颺。秋波斜睞。身輕飛燕。聲囀雛鶯。觀客多為之銷魂真個。感為後起之秀。

以及：

有某生贈詩云：神交以歷三年久。邂逅憐卿未嫁身。最愛薛濤佳句在。頭銜不愧女詩人。

而這則卻讓我驚訝呆訥。若是你也出自赤崁，阿朗，內文敘述是否正是對我的預告？

楊柳樓中。枇杷巷口。姿苗清妍。舉止大風。南詞北曲。名噪一時。前有赤崁某生。欲納為小星。因為隱事。難諧所願。遂碌碌於風塵之中。嗟呼人美如玉。命薄於雲。造物何其妒人如此歟。今脫退花籍。以為沙龍女給。春山淡掃固覺幽雅。徐娘半老。尚有風情。

雅雲見我呆坐良久，走過來拾起地板上的報紙，看了看又笑了笑。這還事小呢，玉英姐，妳聽過花榜嗎？我聽祖輩們講，在男人還綁辮子的時代就有花榜選美。男人挑屬意的女人出來讓人評，中選花榜狀元的，除了外表內在都要講究之外，還必須堅守賣藝不賣身。後來還有什麼一品二品三品的。聽起來新鮮吧？其實是老掉牙的事了。這就是我們上海呀，玉英姐。上海人，不論好事壞事，什麼都想得出來都做得到。現在鬼子打得我們就要亡國了，死了多少兵將，死了多少百姓啊。屍體滿城臭，滿河漂。沒死的活得像野鬼，能竄的就竄，不能竄的就只好挨在牆角跟老鼠一起取暖。可是在我們上海，上館子、跳舞、逛街店的還都成群成隊，就怕落人後了。要說這人間有正義公平，我是絕對不信的。雅雲把報紙折了折就要放回櫃子，我讓她扔了。不論花榜選美還是給女人拍照又寫字高捧，這些事情都讓我忿怒不安。覺悟了，我覺悟了，我們這種女人，被利用完了還要遭到恥笑。男人不但要女人供他們使用，還要逼迫女人為他們守貞。而我割籐永斷的命運，我在無知下的被迫，正向著一場未知大步邁進。

☸

船上，海人，海上，船人，這天與人的故事不會有突出的驚心，因為重複；而閒適的時間卻也不可能長久，因為弟兄繁瑣，沒買賣做，就要生事了。白銀太多的庇蔭只會讓骨頭長鏽。現在正是伸伸懶腰的時候。

都準備了？放心，老闆娘。幾十大袋，夠用一陣子了。長盛很有把握地說。別看這一袋袋沒人要的鐵皮、鐵釘、鐵塊，可是花好久時間蒐來的，郭命；這是我和長盛想出的法子，時候到了，你就知道這些東西好用。只要官廳流洩出來的消息無誤，老六要的貨很快可以上手。近來，我們真是急剎剎地等著，性子都快磨成扁刀了。這時節不太可能興風浪，真是大好良機，看來天老爺也暗中插了一手。我們在隱密的補給地卸下大機件，船輕了就好趕路。大帆在風裡輕鬆地扇了兩天半，獵物就已經在不遠處。怎麼知道就是前面那艘？妳看到了嗎，老闆娘？先避開陽光，從丘子最高處上眼，然後直直往分開左右兩邊突起的骨幹看去，有一片顏色較淺的大補丁。依據船的大小以及從官廳來的對細節的描繪，可以確定這就是我們的目標船。兄弟們站在甲板上眺望，各個激動起來。大元當然嗅出了緊張的氣息，不住地繞走。還是不能大意啊，我特別叮嚀。怎麼知道這就不是官廳設下的圈套？我們做買賣的，必須把每個人都設想成敵人才行。倒是這水隘口不可多得。右側是峭壁，左側有個長沙丘。要是我們佔上風，對方就有如讓饞貓戲弄的老鼠。要是官廳設了局，就只能拼了！這次我們單獨來，對方也不可能有救援。右邊的崖是一面大屏直削入海。左邊的沙丘也不過在海中浮上一片，藏不了船，即便是最高處也遮不了任何船隻的桅桿。

這些傢伙飛不遠，近些才發炮。我扯著喉嚨說。靠近了才行動也有個好處，他們會以為不過是兩船交錯，到時候我們才給個大驚喜！那船吃水重，貨必定不少。我細盯了好一陣子，確定它的速度不比我們的快。不過先別降帆，兄弟們先散開幹活，免得對方起疑。降帆必須和炮筒著火同一時間才行。接近再接近，隱約聽得到商船上的人聲，空氣緊張地顫抖。就是現在！我一下令，炮彈一發，轟的一聲，對方最高的中桅竟然應聲倒地。神準！這一奇蹟似的發炮把兩船的人嚇呆了一小陣。等到回神過來，炮彈裡燃炙的炭火點著摻有烈酒的黑藥粉，引發大火，嗆得商船人難以呼吸。就在這時，一批兄弟快速收降所有帆葉，另一批丟出長錨勾住對面的船隻以後，在立刻收繩的同時，第二炮隨之發響。打過空的是無以數計可以把人摳出窟窿，戳人皮肉的鐵釘、鐵皮、鐵塊！等兩船就要靠上了，大夥兒縱身一躍，跳上被轟嚇得不知所以，完全失去方向的商船。特製的火藥粉讓商船上的人咳得掏心掏肺。有的射出在頂端綁上刀片的長竹竿，有的就拿刀斧砍，兄弟們殺得血脈噴張眼睛發紅！

說是豐收，也未免太含蓄。這一趟，光是求饒收編的就有四十多人。我當然立刻給他們看了大元的利齒以及艙底幾顆人頭乾。人頭上的眼睛全閉著，也絕不含笑。上哪種船都是幹活都是賺錢吃飯，老實點的，少不了應得的好處。連這麼些簡單的都弄不清楚，也休想會有腦子能找得到女人讓你抱。懂吧！兄弟們，甲板清一清，屍體扔一扔。貨就別搬了，整船跟著走吧。

這些東西要慢慢銷出去才行。你我同樣這麼想，郭命。所以，先多找幾個可靠的老弟兄把洞挖大挖深，好好藏一陣子，不怕沒有買主。讓長盛帶幾個去給老六選，多了不行，物稀才貴。還有臨江、保承、永井等等幾個地方也都去探風頭，而且要避免這些買主彼此認識，不能讓他們聯合起來講價……。我打開層層包裹，一邊玩賞一邊還似乎聽到你的嘮叨，郭命。我長見識了。這瓷器摸起來溫涼溫涼，細膩得讓我不敢隨手拿，只能抵著邊沿轉著看，免得被我長出硬繭線的指頭割傷。說是土石燒成，還真不能信。信也好，不信也罷，能把我粗婆子的粗心腸壓得了鎮得住的，除了大元就屬這些瓷器了。那鵝黃、那青藍、那絳紅全都只應天上有啊！鳥翅上的紋路細如髮絲。花瓣昂然，枝勁葉挺。龍體轉折和雲彩相映翻騰。彩雀羽色層疊。白瓷佛像莊嚴無瑕。所有雕琢刻鏤令人無比驚嘆。我從來不知道世間竟然有這等珍寶，更沒感受過，親近珍寶能讓人精神振奮，思想清明，俗邪不侵。我似乎忘了南灣裡棕灰的泥路，娘在身上披了一輩子的禿毛氈，廟旁欄柵透出的腐朽木頭，我舢舨上爛了一塊的邊沿，剃頭舖子裡斷了腳的圓木椅……所有的齷齰、頹廢與不潔離開退去。我成了白衣仙子，純淨祥瑞，光輝謙和。這細瓷對人的滲透力量真真太過巨大！

我長見識了，郭命。我小心捧起龍鳳瓶，興奮地要你看這珍寶，卻發現你早已在鴉片床上睡著了。

二兄到高雄也有一段時間了。他運氣好，一開始做土水，跟人去鹽埕埔起厝，讓厝頭家的女兒相中了，非要嫁他不可。原本二兄不敢要，認為自己配不上，後來厝頭家自己開口，二兄也不好意思拒絕。三年不到，二兄就在高雄成家，跟著他丈人做木頭生意，紮實穩固。二嫂會看上二兄也不無道理。二兄長得人模人樣，勤勞俐落又對人和善。他來，是因為阿母也去世了不再需要他照顧，加上大兄也認為他應該來高雄發展。二兄把老家的鑰匙交給鄰居阿七公，請他看頭看尾，就跨海開始他另一場人生。老家的男人為了賺取更好的生活來這大島，女人也只能跟著來煮飯洗衣做小工。

或許好姻緣壞姻緣真是天註定。尪某都是早先配好了。大兄一向清癯寡言，老天許給他一個纖細淑婉的大嫂。二兄健壯木訥，所以有個說話大聲心好腸熱的二嫂幫忙持家。至於我和黑源，除了人說的，一個真好看，一個水噹噹之外，不但生活艱苦做粗工粗活，還一連死了四個孩子。這樣的姻緣沒道理。春美說，黑源和我是上輩子相欠債，這輩子約下來彼此償還。那麼，尪某時常口嘴不合，孩子一個接著一個地死就是還債方法？

小時候，他們三個查圃囝仔去讀冊，我就黏在阿母腳邊跟前跟後。大兄二兄一直對我真好，處處幫我、寵我，就是黑源喜歡捉弄我。有時跟在我身後偷抓我辮子，有時看我踩在盆子裡洗腳，就用力把盆子一翻讓我跌倒，還灑了滿身的水。有時候他拿牛糞餅補牆，看我走過，就把牛糞往我身上丟，我閃躲不及，衣服弄髒了，只好去找阿母哭訴。黑源把我小太陽的光暈一根根拔掉，最是讓我傷心。那麼幼嫩的花瓣，那麼光燦的色彩，正在水盆中美麗時，卻讓不知何來的粗暴摧殘而枯乾死亡。

故鄉許多人渡海來高雄。一個人引來十個人，十個人引來一百個人。現在老家人口變得單薄，來大島的人一天多過一天。聽阿七伯說，桂枝和黑丁也分別到了高雄，只是不知道他們在哪裡。除了大阿兄，大阿爸家的兄姐們也來了，他們有好的栽培，所以有好的工作。大阿兄的遭遇令人唏噓。他早年跑船時出了意外，右腿被截斷，命是撿回來了，從此卻成了半個人，一輩子註定只能靠一隻木腳和拐杖幫助行走。出事的那年他才十七歲啊！大阿爸有錢，安排個女人和跛腳的大阿兄成親並不困難。可惜許多年後，他的元配卻一病不起一命歸天。好不容易又找了個願意嫁他的女人，卻因難產死了。聽說是孩子還沒拖出身體她就先斷了氣。那麼就把阿梅過繼給琴仔，反正她的孩子死得沒剩一個。大阿母這麼安排。大阿兄沒有反對的理由。他們以為這麼做可以消弭我失去孩子的痛楚，所以把我召回老家。

我不常回來看看，心頭總覺得這次特別淒涼。天人菊依然盛開，我卻不再有把它們摘個滿懷，捧它們回家插瓶的衝動。漁船點點在天際飄搖，和夢幻比賽真假。海面上刺眼的陽光依舊翻躍不停，永遠比小島熱情快意。滾邊白的浪花一條條，它們是恆常的美麗。望海巷兩側的硓𥑮石牆又斑剝了一些，小花小枝從該補未補的洞裡冒長出來，有時頂風，有時抗熱。是的，我的老家。我走了一遍，繞了一圈。為什麼一種失去不再的感傷代替影子跟隨我？為什麼這種失去與不再變得具體而可以觸摸，變得剔透而可以凝視？那麼，你在哪裡，黑德？總是你看到我，我卻看不到你。這迷藏就要這麼玩下去？

原來你也到大島去了，黑德，阿七公這麼說。他告訴我，你怎麼在那個晚上衝到我家來，你怎麼努力阻止我和黑源婚禮的準備工作，卻被二兄趕了出去。阿七公說，他看到你氣急敗壞裡的真誠，卻也不便說話，更不可能擅自主張要撤銷我和黑源的婚約。這些我全不知道啊，黑德！我從來不知道你曾經為了我們的事奮鬥過。我從來不知道總是在背後的你願意為我走到人前來，而受盡屈辱，而狼狽離開。我的腦子如同遭受一場熱烈的轟擊。我望著阿七公，張開嘴卻發不出聲響。我想發問，卻找不到問題。我想逃開，兩隻腳卻成了打入地底的樁。我非常想哭，卻只能笑笑。阿七公不斷地慢慢說，我卻覺得自己開始分裂，一點一點無聲無息地分裂……

那厝是美麗的，大阿爸的家。那家的廳堂大而舒適，只是我不常來。跨過門檻迎面的是佛像與供桌。靠兩邊牆各站著一張長凳。水泥地掃得乾淨，看不到蒼蠅喜歡轉圈的鴨屎或雞糞。我從供桌右側轉入邊間，看見大阿母抱著哭累得只剩嗚嗚聲響的阿梅。這囡仔已經九個月大了，阿琴，妳就抱回去養吧。大阿母見了面就這麼說。我不要，我要去出家！我生一個死一個，這個也一定養不大。不需要咆哮，我的話裡已經全是恨。妳怎麼這麼壞嘴，讓風飛飛走。大阿母皺起眉頭卻也壓住心情，緩和了聲調。唉，當初要是知道妳和黑源這麼樣合不來，就不會讓妳嫁給他。現在講這些也太晚了。妳把阿梅抱回去養，說不定她給妳好運，以後生更多自己的孩子。妳大阿兄只有一隻腳，不但難養這小孩，父女還會彼此拖累，將來他們兩人還要彼此相恨的。妳養阿梅，也算是功德了，對所有人都好。我僵持了幾天，看見上了年紀的大阿母只懂得壓碎蕃薯餵小孩，只會讓阿梅在地上亂爬、亂撿東西吃。最後只能接受她的安排。這個把我生出來卻沒養過我的大阿母，為我安排嫁尪，也為我安排養小孩。

還好先生看不見，雅雲在他書房裡等我時猛打瞌睡。要是先生眼睛明著，就不會誇雅雲乖巧懂事，安靜坐一旁不打擾我們讀詩。先生說他驚訝，直到今天才知道我喜歡讀蘇東坡的氣魄。他一直以為我中意後主的詞。現在可稱妳是女中豪傑了。先生笑著說。妳可知道蘇軾的烏台詩案？我答不知。那麼我給妳講講吧。烏台就是御史台，就是監督官吏的地方。北宋時的這個官署內種滿柏樹，樹上常有烏鴉築巢棲息，所以叫烏台。蘇軾到浙江湖州上任的時候上表謝恩。表，就是臣子表達對皇上忠誠的一種文體，妳知道吧。事情就出在這表上。其實表本身沒有問題，原本敵視他的人卻在表裡挑字眼，不但故意曲解還更加擴充。有御史指責他愚弄朝廷妄自尊大，或者言偽而辯，行偽而堅，所以他被判下獄。蘇軾反對王安石的急進改革措施，也不同意司馬光完全廢除新法，他夾在兩派之間到處受到排斥。蘇軾下獄後認為自己必死，後來他寫詩讚美朝廷，並且讓太后等人力保才逃過一劫，卻被貶到黃州。他在那裡「深自閉塞，扁舟草履，放浪山水之間，與樵漁雜處」。就好像是把妳從台北放到鄉下生活一樣，懂我的意思吧？明白，先生。我嘴裡應著，心裡卻想著翠鳳掃豬糞、編竹簍、下田鋤地，以及她告訴我鄉下事的種種，少吉和他阿爸踩龍骨車時聽來的義軍被日本兵槍殺、砍頭、亂葬的故事。還有阿杰他們組合裡鳳梨田、甘蔗場以及土地受侵佔等等糾紛。如果我是蘇軾，大概只會深自閉塞，沒辦法與樵漁雜處吧。蘇軾一生被貶兩次。第二次是到海南島。那種偏遠落後的生活或許只比在獄中好些。先生繼續說。他回去後第二年就過世了，可能和海南那時粗糙的生活有關。東坡生性闊達爽朗，說自己是「大略如行雲流水，初無定質，但行於所當行，常止於所不可不止……」。不過人畢竟是人，再怎麼闊達總免不了執著於自己的定位。比如他當翰林學士時曾問下屬，他的作品和柳永的詞相較，究竟如何？那人說「柳郎中詞只合十七八歲女郎，執紅牙板，歌楊柳岸曉風殘月。學士詞須關西大漢、銅琵琶、鐵綽板，唱大江東去」。這我更明白，先生。像我這樣的人，說是喜愛蘇軾的氣魄，其實只能是心所嚮往。我只像個十七八歲的女郎，最多是手執牙板，唱唱曉風殘月而已。

才不呢，玉英姐，我哪裡是瞌睡了。我只是想讓妳不要因為我而分心，所以才假裝睡著了。組織交代，要好好照顧妳。雅雲笑著說。我聽了怪異。組織交代？什麼組織？我事後笑雅雲在先生家瞌睡，她卻給了一個讓人聽不懂的回答。

從先生家出來，只覺得心神舒爽，興致大好。我們就胡走一回吧，雅雲。走了走，彎了彎，這次確實走遠了，也走累了，我們竟然迷了路，來到一條特別整潔的街道。定睛一看，這路卻也不陌生呀，是洋行街嗎？洋行街是我自己叫的，因為這街上的洋行多，正確的街名我也從來沒問明白。洋行人派車來接，都是從那一頭彎進來，我和雅雲是從這一頭走進去。洋行街好認是因為建築特殊。這街並不太寬，兩旁洋樓卻是一個樣。二樓屋，紅磚柱，整齊一致乾淨清爽，沒有招搖的招牌也沒有人車擋路。記得王課長說，他們把糖、米、樟腦賣出去，把棉毛織品買進來。這些都要靠車運、靠船運以及很好的聯繫才行。也有外國人和台灣人一起做金融業、保險業。我不懂什麼是金融保險業，也和我沒有關係。每次王課長講話時，我只是點頭微笑，聽著就好。

左問右問才找到我們要的商街。我和雅雲閒閒地逛著。這街真長，吃的、用的、穿的、看的、擺的，醫生館、中藥店，什麼店鋪都有。招牌上有的寫著漢字有的是日本字。三兩步就有人力車等著載客。下午時分，人也不多。亭仔腳靠大路的一邊是一根根粗大的方形水泥柱，也是店與店之間屋子拱形前沿的銜接處。柱子和柱子中間停了許多腳踏車。我自小就很想學騎卻始終沒有機會。查某囡仔學什麼腳踏車？這是阿母的反問話，也就意味著不允許。她認為女孩子騎腳踏車太野，我倒覺得是自由。讓兩個輪子帶著到處跑，一定快意而神奇；特別是夏天，迎風騎在腳踏車上，一定比吹風扇還舒涼。我一直這麼想像。

我們走進一家鞋店。店裡有些陰暗。除了我們，沒其他顧客。老闆戴著眼鏡正在讀報，放任我們左觀右瞧。男鞋女鞋分開放。貨多，有些擠，也有些灰塵停留在鞋面上。我一雙雙看去。不是顏色不對，就是式樣太過老舊，有的則是太普遍不新奇。玉英姐！一回頭，看到雅雲舉得高高的手上有一雙乳白色高跟鞋。像不像報紙裡坐在椅子上的女人穿的那雙？是啊，真巧！跟細頭尖，真是好看！怎麼這雙鞋光是看就讓人覺得自己窈窕。我試了試，恰好。買了吧，玉英姐。這雙鞋和妳的白緞寬旗袍、白珠包多麼相配，剛好一套。

我在艙裡縫你的青色攏褲。都穿得下沿長鬚也不願做兩條新的。說是穿舊的舒服，也不無道理。不過道理也不能全是你的。要是全按你的道理過活，種棉的、紡紗的、織布的、賣布的、做裁縫的、賣衣賣褲的，不都要全歇了？不愛聽？就叫你其他的女人縫去，省得跟我鬧彆扭。聽！大元吠得奇怪，今天是風浪大些，也不必要是這麼個吠法。門一開，風吹了來，我也冷縮一陣。大元不只吠，還在風中跑。棕黃毛立起來拚命發顫，兩隻耳翹得老高。見我來了，上下來去跑得更狂，吠得更兇。老闆娘，妳這狗八成瘋了，沒事亂吠。圈在一起打牌的其中一人這麼說。你住嘴！我斥喝。說大元瘋就是說我瘋。再講，我就讓你瞧瞧什麼才叫瘋。大元必定感覺到什麼，看到什麼了。我篤定地想。我往右舷走，想探個究竟。大元卻來咬住褲管把我往左拉，我依了。啊，確實有情況！我抱了抱大元。真是沒白疼牠了。我窮盡眼力，遠遠看見海面上有些動靜，過一會兒就清楚了，原來是兩個人划著小舟正向我們靠近。他們的身後，模模糊糊，應該是一隻大船，靜悄悄……

繩索緊貼著船身放下，等快入水了，一收繩，把兩個人吊了上來。他們看起來疲憊而沒有力氣，幾乎站不住了。一看就知道身上沒帶傢伙，而且舉止收斂。我讓人給了米飯加上兩大塊肥肉，他們吃得喳喳啪啪，像剛逃出饑荒的餓死鬼。也確實是饑荒。希望跟我們借米。他們說。船上鬧饑荒？這事蹊蹺。海人餓不死，這是自古就有的道理。把他們領頭的調來問問，郭命。我這麼提議。你也點點頭。兩人划回去，三人划回來。繩索緊貼著船身放下，等快入水了，一收繩，把三個人吊了上來。一瞧。這不是張大帥嗎？你叫了出來。郭命？你是郭命！

後來才聽你說明白了。這人可是當年領著一批小嘍囉專事欺負你的張大帥！船家孩子不結群結黨似乎就要斷了老祖宗的傳統。只是你郭命生來又清瘦又矮小，沒人願意和你交攀。那時張大帥看你落單，不貶你一些，不損你一點，全身骨頭就不舒爽，日子就不好過。在船屋區大夥兒瞧著不好下手，就等你上岸去，他們才能練手腳。有次最是嚴重。你去兜售紅肚魚並且給娘扛柴炭時，他們埋伏在傾頹的土牆後，如同獵犬等著小土狼。待你走過，長滿葉子的樹枝突然往你臉上一掃，你重重跌跤也來不及看清是誰下手。隨之而來的又踢又揍也不過兩口飯的功夫。一下子他們四下哄散。你只能抱肚瘸腿，膀子突骨，額頭出血地回到船屋，還讓娘誤解你貪玩跟人結冤仇，破罵你一頓。日子久了，你聽說這些種種在你身上的戲弄全是張大帥唆使的下流勾當。找他單挑，卻被他的腳一揮一踹，你就在船篷下整整躺了一個秋天，屎尿還得讓娘清理。這口氣你當然嚥不下。等到你又跑、又爬、又鑽了，總要死命報復才行。一個星月在後烏雲在前的深夜，你潛到張家的船下，扣扣敲敲打算鑿洞，就等著看看張大帥第二天一早在水裡怎麼浮沉。沒料到，你敲的那定點正是他耳朵睡覺的正下方。張大帥叫醒全家，吵醒一大片船屋。天還沒亮，就急著要提你去見官！你娘跨過好幾隻船來跪著求，連頭都叩得響。她清楚，你這一去，不是被打死就是要人扛回來。捉弄你的，心知肚明，你這是為自己討公道來的。他們怕事情鬧大了自己也脫不了關係，就把勾當全供了。老輩們掂了掂，認為你罪不至於讓官判，和張大帥對你的侮辱兩相扯平。你讓娘領了回去，張大帥和其他同夥被訓斥警告，還必須輪流為你家背水、背炭，直到過了年。

說說看，張大帥，到底是怎麼回事。就喊我老張吧，郭命，都三十多年了。張大帥皺著一張臉，似乎也沒氣力站得直，我讓人拿來座椅。他費勁又結巴地說話，我們仔細聽了才明白。原來大帥的船壞了機件，駛不動，又讓季風吹入崖灣裡卡死，四十多天無法動彈。八十九張嘴，八十九個肚皮。不能補糧，不能添水，連老鼠也抓得精光。崖灣裡水清沒怎麼產魚。海草長得又遠又深，拔得了就一定回不來，試了多次，卻是相同結果。派小船到大水路求援，還得看老天臉色。出得去的，有時過水路的大船看不到小船，喉頭都喊出血了，也沒個用；有時是大船看見求救的人，卻不理睬。他們在面前駛過，離開，讓人睜眼看著希望遠颺，世上就有這等殘酷！船上病了的，只能呻吟等死，還站得起來的，也不再明白什麼是希望。這不是天意，是什麼？大帥使了勁才能生氣。竟然有船隻在大好天氣裡嵌在巨巖中脫身不了，還要餓死人，天下有這個道理？等等，大帥，現在你的船不就漂在水路上，怎麼說卡死在灣裡了？圍著聽故事的弟兄，有人這麼問。這是兩天前才有的大變化！地牛翻身吶！從海底震到山崖，峭壁抖了抖，砸下好多大石塊，也鬆動了我們的船，才有機會漂出來。救救我們啊，郭命，我這船和人就全歸你了。張大帥一口氣說了這些，又虛弱地低下頭。我讓人給他吃的喝的。他那副饞樣，絕對配不上將帥應有的俊挺超拔。

我仍不放心，郭命，官家眼線特多，怎麼知道這突然出現的大帥不是使詐？我們得和他們保持好現在的距離，大炮射不了那麼遠。我帶大元和武裝弟兄先過去看看。

我登上了大帥的船。啊，這蕭條樣大概只比鬼船好些。甲板上破了些大洞，四處髒亂，炮台傾了，桅桿倒了，繩索交錯攀旋，岩塊躺了一地，應該就是從巖壁上震下來的。好些人單薄地倚在欄杆旁，有的捲縮在木桶旁邊，看不出是死是活，沒人理睬。下了艙，臭味撲鼻而來。穢物沒人清理，廚房鍋底黏著烏黑的什麼東西。灶台布滿老鼠屎。窗櫺腐朽、折斷。鏟子、勺子散落、交疊。物櫃上覆蓋著一層炭灰。蟑螂應該全被吃光了。要是蛋子能肥大些，這些人也就餓不了了。

拖回去補給點吧，郭命，看來他們真是遭殃了。行，不過大帥得留下來我好盯著，其他人就分散在我們船隊裡。還有，要防著點，免得他們吃飽喝足以後就要耍鬼了。你這麼交代著。

腳踏車原來就有些重量，在上坡路上騎起來更吃力。我和黑源下車走路，這時才發現坐在鐵楨籐椅上的阿梅睡著了。她戴著小帽子又流了汗。我拿手帕為她擦汗還煽了煽。下坡前，黑源跨上三角形的騎座，後面是載貨用的鐵架，我側坐在鐵架子上面一點也不舒服。腳踏車衝下坡帶來許多風，小涼一陣讓人有些小歡喜。哈瑪星比我們剛到時更熱鬧了。板車上、小推車上全是一包包的貨，沒蓋頂的自動車上載得更多，也不知道這些全運到哪裡去。這裡的大街整齊寬闊，學校、會社、官廳都蓋在明顯的好地點，寬敞也乾淨。延著街上有布店、木屐店、皮鞋店、中藥店、瓷器店……看都看不完。辦事的、買東西的人好像有太多時間可用，在騎樓下從容地來來去去。

近中午，黑源說現在去大兄家不恰當。他們一定會留我們吃飯，卻不能事先準備，因為不知道我們會來，拜訪就成了刁擾。那麼，他的朋友說來就來，我還必須變出一頓飯，難道不打擾？我只在心裡這麼想，懶得跟他吵。黑源轉進小路，彎進巷子，左看右看，終於找到一個飯攤子便停了下來。

攤子外搭在一個木造房子旁邊，後面是住房，看得到框著木板的玻璃窗開了一道縫。左邊是水泥牆，生銹的水管從上到下從屋簷集水到水溝。溝口潮濕黑暗還爬著幾隻蟑螂。水泥牆邊靠著兩個上面放有鍋子的爐。攤子的正面橫躺著一塊大木板，木板上的小櫥裡有些小菜，櫥子上有個裝著雞蛋的大碗，櫥子旁爐子上的炒菜鍋有層黑炭垢，看來是不好清理了。攤子呈直角形，由一對雙胞姐妹料理，只有四個位子。先到的兩個年輕人正在吃飯，只剩兩個座位給我們。我把阿梅抱放在腿上。黑源點了肉燥飯和魚丸湯。妳真會生，這個查某囡仔真可愛！雙胞女人其中的一個這麼說。我咧嘴笑笑。黑源只顧吃飯連頭也沒抬起。阿梅不是他的，不知道他聽了有什麼反應，我也不敢偏頭看他。我從來不知道黑源想些什麼，他也從不問我對事情的看法。有孩子對別人是喜悅是幸福，對我們卻是多麼不堪。這種事說了也沒人懂。阿梅快兩歲了，我又懷孕，卻不告訴黑源。等肚子大了，他自然會知道。

大兄家的屋頂高屋子深，感覺涼快些。黑源和大兄談話，我帶著阿梅跟著大嫂到後面廚房切西瓜。常去瑞行家嗎？大嫂問。不好意思常去，他們生意太好太忙。聽說他們不只運木材，也有棉布雜貨。本來二兄幫忙蓋的房子不夠用了，又把旁邊空地買下來搭寮仔可以堆貨。他家總是人進人出，連講個話都不方便。我一邊和大嫂閒話，一邊拿筷子把西瓜仔挑出來才給阿梅吃。瑞源就是固執，讓他去瑞行家幫忙，他偏不要。說是不要人家講他靠二兄吃飯。大嫂婉轉地向我透露了些。聽說在瑞行那裡不見得賺比較多，總比駛帆船去枋寮運磚頭還好吧，天色一變就出不去了，還要每隔幾個月回望安抓魚，辛苦又不固定。阿梅吃得一身西瓜汁，我趕緊拿毛巾擰水給她擦了擦。原來大兄大嫂談過黑源換工作的事，我卻一無所知。

回家的路上。腳踏車在鋪了柏油的大路上輪轉，又平又順，真希望柏油也能鋪進我們的小路來。風一起，灰塵到處飛四處竄。即使關緊門窗灰塵仍然是有縫就鑽。我必須拿溼抹布跪在榻榻米上從上擦到下，從頭擦到尾。鋪了柏油情況一定會好些。斜對面人家養雞。有時雞仔跑出籠子到處拉屎。屎被太陽晒乾也就罷了，最討厭是雞屎溼黏在拖鞋上的感覺。鄰居們不說，我也不好去對門講明白。要是小路鋪上柏油，雞屎不能和石子沙土混在一起，不是更糟？還是雞屎在柏油路上更快晒得乾呢？

一個靜靜的午後，天空突然陰了起來。下雨了。又打雷。我趕緊把晾在小前庭的衣服收進來，還沒乾，只好披披掛掛在家具上，整個房子看起來怪異又有趣。木頭窗就是不方便，有時好關，有時必須死拉活拉才關得上。碰到下雨天更卡得厲害。好不容易關上了，我已經讓雨打得一頭一臉。阿梅已經睡了好一下子了，必須叫醒她，免得晚上吵著不肯睡。我靠近她時才發覺，這孩子正發燒！臉通紅，呼吸急促。我嚇得手軟腳軟，一種想哭的感覺沒有來由。恐懼讓我失去哭的力氣。我告訴自己，必須集中精神想想該怎麼辦。孩子必須看醫生當然是我的第一個決定。可是該怎麼做？屋外雷雨交加。黑源不在。春美太遠。對，我應該找阿珠！

我把阿梅從頭包到腳，緊緊地抱著，阿珠撐著傘。我們頂著風雨快步走到大路上。雨勢大得像一片罩住整個世界的水簾。路上難得有車。阿珠知道我死了四個孩子，現在阿梅生病了，她也替我緊張。最近新開一家醫生館，不遠，妳去那裡看看。阿珠在大雨裡大聲地說。我們焦急地等。左看右看，絕不放過任何會移動的東西。等了十分鐘，也許更久，我們幾乎同時看到一部人力車。穿著簑衣的車伕正吃力地慢慢跑。希望車是空的。阿珠說。對，希望是空的。我回答。人力車近了。啊，果然是空車！阿珠說了大約的位置，車伕知道那新醫生館。我抱阿梅上了車，車伕把簾子放下遮雨，我們立刻出發。原來那是通往鹽埕埔的新區，我不熟悉。車伕跑了跑，跑了跑，終於到了醫生館，我下車，在騎樓下付錢後立即進去。也許是大雨的關係，沒有其他病患。一個女人，有雙大眼睛還化了妝，拿張單子要我填。我不識字。我直接說。女人幫我寫好後，指給我診療室。我一進去，穿著白袍的醫生正低頭讀著什麼。我焦急地喊了一聲先生。醫生抬起頭。嚇，是妳！啊，是你！醫生驚訝得站了起來，我驚訝得坐了下去。

我們之間的那一陣震驚，那一陣不知所措，如同海底巨石經過千年淘洗卻不受攪擾的靜默，把我們緊緊包裹。多年以後，我們竟然在大島上，在一個溼漉漉的雨天裡，再度重逢。是黑德！是我朝思暮想的黑德！你何時離開花宅？去了哪裡？做了什麼？你什麼時候成了醫生？什麼時候開了醫生館？還有，你結婚了嗎？在這麼多年之後，在我以為這輩子再也見不到你之後，你竟然又出現在我面前！一剎間，無數問題充塞我整個人而忘了自己為什麼在這裡，這裡又是什麼地方。

等到我們都定下了神，你開始看阿梅。你量她的體溫，翻翻她的眼睛看看，又拿聽診器聽聽她的前胸後背。打兩針，藥每天吃三次，應該很快就好。你這麼說。然後你低下頭來小聲地問，黑源呢？他回花宅抓魚去了。我低頭看著溼漉漉的腳趾，輕聲地答。

幫我填表的女人拿來兩支針要打入阿梅的屁股。我讓阿梅趴在診療室裡一張長長窄窄的床上，按住她的兩腳。阿梅大聲哭，我卻好像沒聽見。

恍惚了。我恍惚地等你送我們上人力車。恍惚地回到家讓阿梅睡下。我望著一室披在櫃子桌椅上的衣服出神。我似乎正在做夢，希望不再醒來。

我讓雅雲新拿一盒火柴來。手上的這盒沒剩幾根棒子，黏在盒子外面那層薄薄的火藥也被男人們磨擦光了。這些人抽起煙來就像在郊外的工廠冒煙，日以繼夜。我只偶爾抽一次，心煩時，比如現在。煙絲已經放了好些時間，大概都潮了。果不其然，好不容易雅雲幫忙點燃了，煙卻燻得我們一陣咳。就像阿母教我們學抽煙的第一次，不但不習慣那麻辣味，更是嗆口嗆鼻地把眼淚也惹了出來。只有新月逞能，她故意閉口不咳，讓自己顯得特別，結果臉漲得火紅，讓人以為她就要窒息了。我們幾個姐妹沒人喜歡煙這種東西，阿母卻說，抽煙、喝酒、唱曲都同等重要，因為男人喜歡這些。做男人生意不學著討好男人，怎麼賺錢？這是她千叮嚀萬囑咐不斷重複的金言。姐妹裡就是我最不願意聽，因為我從來不知道為什麼必須做男人生意。因為我阿母就教我做男人生意，我也是從小就學這行，其他的我不會。這是阿母給我的答案。妳別應嘴應舌，讓妳學彈唱、學讀冊有什麼不對？如果運氣好，嫁個好尫，一輩子不用工作還有吃穿，又有什麼不好？如果像妳一樣，沒嫁到好尪呢？我的話一出口，阿母的巴掌立刻往我臉上飛。

妳好久沒抽了，怎麼想到要現在拿出來？雅雲看著銀白色的長煙管問。我心頭悶，想看看輕煙能把我帶到哪裡。登上了白煙，我面對一道白煙長牆。走近了，牆中浮現一扇白門。開門進入，我化成一縷輕煙，嬝嬝消失。是剛剛收音機裡的消息讓我心煩。仗已經打了幾年，光是聽說也看不見。不聽時，想聽，聽了又心煩。我自己也抓不準到底要什麼。玉英姐妳命好，看不到戰爭，內地可打慘了。我來以前就聽說，鬼子手狠，縣城一個個陷落，屍體清也清不完。那些逃難的孩子，沒命地跟著大人流走。有親戚的，就靠著兩隻腳走過兩個省三個省去投靠，沒親戚的，連自己應該去哪裡也不知道。有些人夠壞的，還趁機搶劫誘拐小孩。逃難的人彼此間也又搶又偷。還有女人半路生小孩，只能把孩子扔了，帶不動啊！孩子跟著媽，必死，要是讓人撿了，或許還有活命的機會，結果還不是讓狗給吃了。狗也餓呀！你就說過了，阿朗，現在的這個日本政府也偷也搶台灣的物資去提供給在內地的皇軍，那是間接利用我們對付自己人。啊，怎麼你可以看得到這些，我卻一點也不懂？收音機還提到其他地方的戰爭，也不知道那些國家在哪裡。這世界就是亂，讓我心裡煩。還有，阿久她們打算從台中去台南，要我也下去。這事讓我更焦躁。去不去不是重點，我總不明白，為什麼自己不能和姐妹們想的一樣？

又是鈴聲，又是敲門聲，而且敲得急切。雅雲快快下樓去應門，卻慢慢地走上來。誰？

沒人！過了一下子，又是鈴聲，又是敲門聲，這次更急了。雅雲再去看。仍是沒人在門口。奇怪！這種情況從未出現過，我緊張了，雅雲顯得警覺。會不會找錯門了？要是找錯，怎麼會連錯兩次？而且那麼急。我不是立刻去開門，沒讓人等嗎？是不是找錯，也要問清楚應門人以後才知道，不是嗎？從時間上看，那人應該是一敲完門就立刻離開了。問題是，什麼事情讓他敲完門以後必須馬上離開？雅雲在極短時間內做出這些分析很讓我驚訝。是她的組織訓練的？我們屏息等待第三次敲門，什麼事也做不了。過了許久，沒有鈴聲也沒人敲門，我們乏了，也就鬆懈下來。近來月事不順，肚子也老是漲著，實在不舒服。我打算去中仁堂把脈，或許也要帶幾帖藥補補。可是雅雲竟然不讓我出去。發生這麼奇怪的事，妳最好不要出門，今天就不要見客了，玉英姐，要是有人來了，我會幫妳擋著。我答應劉蔡先生要照顧妳，可別讓我不好做人了。你好些日子沒來倒是佔據我的心思，阿朗。突然間我明白了，我的不定神不是來自收音機對戰事的報導，而是因為你很久沒來看我了。

正當我們要收拾晚餐，急切的敲門聲再度響起。從窗子望出去，只能看到大街，看不到亭仔腳的動靜。我緊張了起來。心，跳得好快！雅雲快快下樓應門。這次有了結果。原來是少吉！經他解釋才知道，先前那兩次神祕按鈴及敲門也是少吉做的。我覺得讓人跟蹤了，趕快避一避，後來才知道是自己多心。對不起，讓妳們受驚了。少吉邊說邊向我們行禮致意。他帶來你的信和一張要我簽字的借條。信封上確實是你的字跡。我好奇，為什麼你不能親自來而要少吉傳信？我打開信封，讀了內容。我在客廳裡踱了幾步，發愁地想了想，才把右手上的一個金戒指脫下來交給少吉。金額相當大，我沒現錢，把這戒指賣了應該可以應急，借條就不簽了。阿朗的事就是我的事，怎麼能說他向我借錢？非常感謝妳，玉英小姐。阿朗這陣子跑全省到處籌錢。本來他不願向妳借，又說他已經辜負妳許多，不能把妳也拉進這漩渦裡，因為他確實沒把握何時可以還。我們勸他，妳是女中豪傑，思考行為和一般女人不同，妳一定會樂於幫忙。少吉的敘述讓我明白你近來忙些什麼。知道以後，我的心就安定了。告訴阿朗，這是捐款不是借款。我的命運不能讓我自己做主，這錢，我可以。少吉小心把戒指包好，放入長褲暗袋裡，再三鞠躬道謝，便匆匆離開。

那個聚落真是窮，沒人有鞋穿，兩三歲的髒小孩成群地在石泥地上胡亂走。主要道路中間是條單線鐵軌，專供運煤的台車用。路兩旁全是竹子木板搭蓋的房子。房子前面和周圍是一個個的大卵石，算是固定地基用的。聚落深藏在群山之間，一個房子一個家。女人忙家事照顧小孩，男人們的主要工作是採煤。如果命運善待，肺部不至於吸入過多煤塵而可以活得夠久，他們就有機會看著兒子也下坑賺取生活。路中的鐵軌依山勢舖得上上下下。裝滿土煤的台車，有時需要兩人齊步用力推，才上得了坡，有時需要兩人齊步用力拉，才不致於失控下衝。這個聚落只有一家診所、一位醫生、一位護士。現在日本人打算把診所拆掉，改建成生煤產銷辦公室，以便聯合附近的礦脈擴大業務。沒有了診所，生病的人必須徒步兩小時越過一個山頭才能就醫。你急著籌錢就是要把診所買下，登記成民間財產，讓聚落的人能夠保有最基本的醫療看護。

少吉來借錢時，把你信中的意思說得更明白了，阿朗。一個戒指如果能幫上一點忙，那麼就讓老天記成我的功德吧。

留守的都安排好了？都安排好了，老闆娘。輪流的呢？也都說妥了，放心吧，老闆娘。堯縣大，上上下下的，總要輪幾批。弟兄們好幾天前就自己商量了。有家小的，不方便，少輪些，他們都同意的。那好。下！

昨天傍晚終於下了錨。人人興奮起來，也顯得特別友善。不但講話大聲，更是笑話迭起。要上岸了，多麼讓人期待。船頭和灘子之間架了塊長木，斜得很，走了一半就得小跑著往灘子下衝。有些索性到了板子中間就往下跳，濺起一身水。無論怎麼上了灘子，各個輕如飛燕。這回在外海逗留時間挺長，對於能夠上岸就顯得飢渴。人不是魚，總不能水裡來水裡去地過一輩子，更何況陸地上可做的比海上的多。到漁村去搬些吃的、用的不過是小差事，這次兩樁大買賣雖拖延了好些時候卻也值了。莊啟園的翹嘴不就講，絲綢布匹跟陶瓷器的銷路不見底，洋毛子就中意這些。他們向官家買就得納稅，出趟海不過個一年兩年回不了家，日子不見得比我們的好打發。翹嘴也聽說，洋毛子不但頭髮往下長，鬍子在臉上爬，身上還有洋羶味，活脫脫是變種人，就像是長出兩個頭的蛇，或者是突出個大瘤子的樹幹。要不是他們船上也準備了幾個人幫忙傳我們的話跟他們的話，鬼才知道這些人到底要什麼。老六不也說過，這種貨確實好銷。只是，在陸地上走似乎比走海路複雜得多。人手不是問題，老六說，可是這些人的出身來路，以及是不是守得住規矩，沒人說得準。還有，從這村到那村，要馬匹拉還是驢子拖；從一座山翻越另一座山，需要幾個挑伕，經過多少橋段、多少急流小溪；從一個縣城到下個縣城，必須裝扮成迎親花轎，還是藏在收割後的莊稼裡；這些那些全都得事先巧妙安排。大關一出，究竟發生了什麼，知道的人就少了。據傳，大關外就是一片望不見底的沙海。貨，要駱駝背，趕畜牲的人，兩條腿歇著的時候少，在沙上踩出一陷一凹的時候多，還得防著揮舞大刀的搶賊。這麼說來，沙海和水海的幹活其實也多少相當。我們得時時找淡水喝，他們也不能只靠駱駝尿救命。不知道的地方、不懂得的事情想像不得。沒材料想，腦子當然一片黑。大元，走，我們下船去！

這市集挺熱絡的，就是粗。人也粗，貨也粗，好撒野也好糾纏。人人把辮子紮起來往頭上圍兩圈，褲子只有半截長，露出兩節長了毛的小腿。他們一律沒穿鞋，光腳走在石泥地上竟然也順當。擺地上的簍子，有的高有的低些，多半翹出了竹條或破了洞，完好的少。挑簍子的竹竿又圓又粗，壓著肩，頂疼的，直到長出了繭。一個攤子旁，幾個人圍了半圈看斬羊腿。擱羊腿的長板子單薄，賣家砍一下，舊板子沉一下，再重砍幾下怕就要斷了。這次可別忘了買雞籠子，郭命。看了斬羊腿讓我想到斬雞頭。原來的那些籠子長洞了，雞子一出籠讓大元看見了就要追著跑。有些給追急了往邊上欄柵飛，沒看準降點只好掉下海去，成了自殺雞。這事要引起廚子破口的；雞飛了，哪來的雞肉吃！你說，這事就交給其他人辦，要我別瞎忙，難得上岸十來天，就應該盡情逍遙。廟口的攤子倒是讓人窩心。看在佛菩薩的面子吧，不但路修得好，隨地放屎的牲畜也給看得緊。樹幹刮成的柱子讓大石壓著，柱子撐起的布篷上雖是貼滿補丁，卻是縫得整齊也認真修了邊。像我這樣一個女人領著一條狗走走晃晃，任何人一看都曉得是外來的。人瞅我，我也瞅人。他們認為我特殊，我也覺得他們陌生。左前攤，右後攤，攤子上就是那麼些好東西，炒米粉的，煎魚肚的，炸丸子的……，空氣中油炸味、菜香味、焢肉味以及說不上來的陌生雜味交替穿鼻。我們邊走邊嚐，大元也吃得開心。轉了兩圈後，拐一拐，我們上了廟庭旁的一段小階梯。可窄了。兩邊石屋長滿青苔，幾枝樹花也躍出了牆。彎彎曲曲的石階一開始讓人有探幽的雅趣，上久了就要氣喘。我們走走，停停，看看，嗅嗅，摸摸，這才撞見，就在長長的梯路盡頭嚇然有家旅店！而階梯連接著的是一條林子樹道，似乎少有人走動。

我們決定在這裡歇息到再度起航。陽光在林子裡隱去後不久，店家的樓下食堂裡陸續進來了些食客，看樣子大都是做小買賣的。近來發了些，存銀、存糧可以抵得上一大段日子，我們特別輕鬆。你讓店家上了些拿手菜。和其他販子的小湯小菜相較，我們的點食實在豐盛許多。對於海人，山產當然稀有。稀有也就更顯得味美，這事舌蕾最清楚不過。我們吃得恣意放心，連大元也享受了一大頓，渾然不知一個大艱難正敞開雙臂等著我們的投入。不能再喝了，郭命，再這麼下去就要醉爛了。我提醒你，當然也提醒我自己。也就在這種迷離又暖心的時候，我才驚覺自己已經多麼適應大海生活，也多麼想念陸地上的日子。以前在灣子裡，過得半陸半海，現在腳下要是沒有浪花的顛簸，走起路來倒像是踏上硬物了。好久沒娘的消息。每回差人去探，除了需要時日還得看機緣巧合。當初只簡單想，自己沒顧娘不要緊，只要給了金條就凡事篤定；其實娘最在意的，還是我這個給地母保了命的女兒。你要我放寬心別老惦著，郭命，這事說著容易做起來難啊。而在南灣的烽火台上，我倒是已經蓋了幾次大屋。每到一地，看見新奇的牆飾或者雅致方便的房間裝修，我總要把自己的大屋翻改一次。在腦子裡修大屋是我平姑生活上最大的樂趣；這工作我確實做得真好，而且沒人嫉妒也沒人偷得去。

堯縣我來了兩次，就不知道有這林子，樹長得濃密卻也清幽。林子再過去究竟通向哪裡？臨走時，你好奇地問店家。林子通向廣山，越過廣山就是祈泐。祈泐是個小漁村，幾乎每年都有海賊騷擾，不是搶東西就是硬要人納個什麼稅，實在要不得。不報官嗎？報官沒用。官廳跟海賊相互通氣，專吃小老百姓。不報官，讓海賊吃；報了官就是讓官吃。你說百姓是報是不報？

我們回到船上後，四處巡看了一下，該有的補給，應有的修繕，弟兄們都做得妥當。訊號傳了來，知道其他人也陸續回到各自的船上，我們準備隔天上午起航，駛向另一個未知。

叩！叩！叩！怎麼半夜有人敲門？臥在床邊的大元警覺地抬起了頭，豎起了耳朵。這事太過不尋常，不知怎的，一股不祥沒來由地衝上我心頭。你去探究竟了，郭命，和來人說了幾句，關上門，綳著臉轉向我。有情況了，平姑。你冷冷地說。我們快速更衣，一同上了甲板。遠遠望去，濛濛月光下，一排豎著官旗的船隻把港口圍了半個多圈，任誰都出不去也進不來！我們被出賣了。你篤定地說。我們一共是二十三艘，全滿載，官爺可要認為是人贓俱獲了。堯縣港向天開放，不像有些地方有水灣子，真打起來了還可以這裡那裡躲藏。事態緊迫，我們卻一下子沒了準。從來沒碰過這種情況，從來沒有過！你自言自語，卻也好像是說給我聽。我們短短對看，又雙雙沉默。這事生死攸關又太過棘手。你一臉嚴峻，也是我從來沒見過的。時間像看不見的小虱子咬人，越遲決定下手就讓人越不耐得發狂。過了好一下子，我先開口。傳下去吧，郭命，全放棄了！一旦被逮，刮皮斬首，就要隨他們戲弄了。能拿的拿，能背的背，大夥兒分散逃吧。沒錯，平姑，官船上的人應該還睡著，只要我們行動得早，現在唯一的生路就是陸地。

一切在靜默中進行。有的背、有的提、有的扛，郭幫人摸黑迅速向岸上移動，四散逃生。大元和我們朝旅店主人口中的廣山上去。山林土肥，參天大樹一棵棵靠得緊密，小樹叢狠狠地朝向彼此生長。為了能早些出山也怕有追兵，沒路也得走出路來。我們有衣衫護著，大元卻被野草荊棘扎刺得處處流血，我們走了幾個時辰，牠看起來又渴又累，讓我心疼。不過大元是我一手調教的，牠自有平姑一般的主張。下午時接近山頂，眺望東向的港口，果然是兵船結集。看港內各船的態勢，一艘連著一艘，沒有間斷，可以知道是水兵一一搜船。我們是逃過一劫了，郭命。幸虧泰洮機警，留夜不打盹，否則不堪設想。要揪出背叛的人以及究竟誰唆使背叛，不容易卻也不困難，不過是大刑與大誘。傷神而沒有結果的事不是現在能幹的，到了祈泐以後怎麼走下一步才是正經事。

雨下得更濃更密了。老天爺把大水一桶一桶往人間倒，屋外的小路上就要開始積水。還好上午躲雨縫，把阿梅託給阿珠以後，快快去了趟市場。阿梅還沒完全退燒，卻也好多了，願意吃些稀飯，我放心不少。市場裡人多，攤子之間的小彎道泥濘，我的後腿肚拍黏了一大片黑點，實在不舒服。菜貴了，魚也不便宜，今天沒有蝦。黑源不在，不必多買。就在快到家的路上又下起雨來，直到現在。

剛剛餵阿梅吃藥又是一陣折騰。我先把包藥的小薄紙打開，藥粉倒進湯匙裡，小心加一些些開水，再拿食指輕輕攪，讓粉末溶在水裡。當我抱起阿梅，把她的小腳夾進我的大腿，讓她斜趟在我左臂上時，她警覺到這是要灌藥了，立刻開始掙扎。我的左手指按凹她的臉頰以便打開她故意緊閉的嘴。藥一灌入，她的小舌頭就把藥液往外推，流出嘴邊流到下巴。我拿湯匙再把藥塞回去。總是要反覆三四次，阿梅總要嗆幾下，哭一些，才能把一小包藥吃到肚子裡。現在她又睡了。這好。

屋子裡暗著。有些涼。我坐在榻榻米上心不在焉地折衣服；似乎正想著什麼，卻又不著邊際。突然發覺，孩子生病不再佔據全部心思，這變化讓我感到些許罪過。那是因為你，黑德？昨夜把你想得厲害，幾乎沒睡。身體困乏，腦子卻無端地清醒。我捉拿不住老天爺的意思。如果必須分離，為什麼在這些年之後又讓我們不期而遇？未來呢？沒有未來的相逢不是更加殘酷？想著想著，心情陰鬱。屋頂上的雨滴滴答答悶聲回應我的不自在。幾隻蒼蠅在屋裡飛飛繞繞，讓人煩。

突然，我聽到外面有人敲門；聲音雖是悶悶的，卻是相當清楚。黑源不可能這時候回來，即使回來也不需要敲門。更不會是阿珠，她向來是亮著嗓子喊的。再仔細聽，確實有人在門外。我起身，下到放鞋子水泥地上，穿好拖鞋，望出去，啊，是黑德！你撐著一把傘，露出半個頭在木門外！我心一揪，慌了。你是誰？我是誰？黑源不在家，你可以進來？你為什麼來？你要對我說什麼？這些問題需要答案。在能夠有答案之前，我已跨步去開門。電鈴怎麼不響了？真失禮，這電鈴一遇雨天就失靈。

你溼得這麼厲害？我低著頭，輕輕地說。我讓車伕在路口停，自己走小路進來，免得讓人注意到，起疑。我拿毛巾讓你擦擦。不用了，很快就乾。我給你倒杯水。不麻煩，我不渴。你要不要先……什麼都不要。琴仔，妳坐下，我們談談。我們靜靜地坐在舊沙發上。沉默。我們之間隔著的是一塊海底巨石，而不是那張有些搖晃的軟腳桌。一時之間，這兩天一直縈繞著的問題突然找不到了，我怎麼突然不能想事情了？或者，我正在害怕，害怕現在結束了的以後應該怎麼面對。

妳好嗎？許久之後，我聽到你那讓巨石壓了千年的聲音從海底緩緩升起。我流淚了。我垂著頭，淚水滴在上衣也滴在微微凸起的肚子上。又過了一小段時間。真快，妳就要有兩個孩子了。我已經病死了四個孩子。阿梅是大阿兄過繼的。我不知道是不是能把阿梅和現在肚子裡的這個孩子養大！我皺著眉，把幾年間發生的事情一口氣快快說了。這個問題讓我不由自主地生氣。真失禮，阿琴。你察覺我聲音裡的微怒，立即道歉。當然和你無關，黑德，你只是心疼我因著孩子的事情而難過。不怕，不怕，阿琴，以後把孩子生病的事情交給我吧。你的這句話彷彿是一支鎖著一整櫃心裡話的鑰匙，一轉動，櫃門打開來，你淘淘浪浪告訴我這些年來的經歷。

被二兄趕出去的那個晚上，你獨自從望海巷走向沙灘。你要以重複我曾經做過的事情，記住我、想念我。你氣惱、痛心，對著夜晚的大海哭泣起來。你多麼希望我突然從大石塊後面出現，奔向你，如同你當年的奔向我。我們將乘著高浪，一起去沒人打擾的地方生活。你心碎了。你第一次深深了解什麼是絕望。海風依舊，浪濤依舊。你無法繼續在花宅生活，並且假裝從未發生過什麼。你當晚便決定離開望安到高雄投靠四叔。渡海以後，你先在一家醫生館幫忙。先生賞識你，幾個月後，他決定栽培你學醫。你全心投入功課，強迫自己忘記我。你不曾回花宅，不曾詢問有關我的一切，你也讓自己在所有認識你的人的記憶裡消失。去年你拿到資格，今年先生把女兒嫁給你，兩個月前你開了自己的醫生館。你把事情直直落地講，沒有轉角，沒有玄機。自己眼睛看不見的，耳朵聽不到的，並不是不存在，而是活生生地在另外一個時間另外一個地方發生。對你是如此，對我也不例外。然後……，然後，我昨天突然出現了。我昨天突然從大石塊後面出現，奔向你！你夜裡把我想得厲害，幾乎沒睡。你身體困乏，腦子卻無端地清醒。你捉拿不住老天爺的意思。如果必須彼此分離，為什麼在這些年後又讓我們不期而遇？未來呢？沒有未來的相逢不是更加殘酷？你知道黑源一時不會回來，便決定冒雨來看我。住址呢？阿梅的病歷上就有，不是嗎？

昨天我不敢看你，黑德，今天我要偷偷地把你看個夠。你成熟了、歷練了也更篤定了。你從一個熱情的少年脫殼成有所承擔的男人。你成了家又有高尚的工作。你什麼都不缺，生活可以自己掌握，你是那麼樣的成功！不是的，阿琴，我的情況和妳想的完全相反。我把自己放棄了，我接受以前是頭家現在是岳父的所有安排。我不反抗，也不需要思考。沒有妳，我可以什麼都是，也可以什麼都不是。你不僅把我看個夠，你的話也把我說得心跳了，黑德，我只能羞怯低頭，不知道怎麼回應。然後我才知道，昨天那個有著大眼睛的化了妝女人就是你的妻，也是醫生館裡的助手，只是你對她沒有感情沒有感覺。她只是你生活的一塊表面拼貼，正如過年時在門口的對聯。紅金色的外表和豐美的語句，只不過是對實際人生的取笑。我最大的遺憾，阿琴，我最大的遺憾就是太遲知道妳和黑源的婚禮就要舉行，否則我一定拼死帶著妳離開花宅。我多麼痛恨自己。這是一輩子的懊悔啊！阿琴，一輩子啊！不是因為你，黑德，這是阿爸的意思，是因為阿爸病了要我趕快出嫁，是因為我們的命運就是這麼給寫在天上了……

舊報紙上的詩文引起我的不悅。男人們抒發自己的感情，也記下自己認為的，他們和我們的關係。可是對於我們本身，寫最多的是外貌，接著是能唱南管、北管，會提到我們性情的，很少！在這些詩文裡讀不到一句描述我們的感受或是我們的看法。男人們有錢有閒了，把我們當成有體溫的玩偶，並且在玩耍我們的時候，還不忘了展示自己的文筆才華，卻對我們的內在思考既沒有感覺更不感興趣。他們只看到我們的身體，不願面對我們也是人，不願面對我們有心也有腦的事實。他們一定害怕承受把我們看成是人以後就要產生的負擔。話說回來，我們之中也有人認為自己就在男人身上寄生，認為我們活著就是為了男人。沒有男人妳吃什麼？阿母不就常常這麼說。

不提詩文也不提心情。照片中女人的髮型倒是讓我下定決心把頭髮剪短些並且燙起來。好花時間啊，去燙一次頭髮。半個上午和一個下午就這麼消逝了。回到家，我撩起裙子下擺上樓時，捲髮在後頸上一蹦一蹦地，一種奇異的感覺傳到全身，讓我感到新鮮而愉悅。越上到樓梯頂，燉肉的香味越是濃厚。妳煮什麼了？我好奇地大聲問。雅雲從廚房出來，手裡還拿著一個大勺子。哎呀，玉英姐，妳好美啊！等一下劉蔡先生看了一定更高興。阿朗？阿朗要來？下午他來電話了，問問妳今天晚上是不是有客人。還說，少吉和阿杰也來，要我準備好吃的，他自己會帶酒來。我閒來沒事就做些東西消遣，老是叫菜也吃得膩了。那麼我今天去頭髮店是去對了，我心裡笑著想。我趕緊洗了個澡，立即感到全身舒暢。打開衣櫥，挑挑揀揀，我換上了你喜歡的翠花長旗袍。斜陽照進房裡，照得鏡子發亮。我坐在梳妝台前仔細畫眉毛描眼線。兩隻乳白色的細跟鞋就在雕花的圓椅子旁彼此陪伴。等一下才穿上它們。

那麼，我是為男人而活？不，我是為你而活，阿朗，因為你不把我當成有體溫的玩偶。

然後你來了，阿朗。你看著我的神情比你第一次在醉仙樓見到我時更專注而深情，只是這次你整個人似乎蒙上了一層憂慮。我不明白這憂慮來自何處也不知道和誰有關。你總是像哄小孩一樣地哄我。你說沒事時，我知道你正在捏造一個柔軟的謊言。雖然你也知道，在我而前，你的謊言無法遮掩。你說有事時是故意捉弄我，故意讓我為你擔心，而你卻可以大方痛快地享受被我擔心的感覺。這就是我們的遊戲，阿朗，也許是對我們無法一起老去的補償，讓我們不必被生活瑣事打擾地享受彼此。

難得我這圓桌幾乎坐滿了。人人稱讚雅雲的廚藝，我也很訝異平日大而化之的雅雲能做出八寶豆腐、雞汁蔬菜、蔥油蟹、燉白肉等等這麼細緻的料理。一個晚上雖是談著笑著，我總覺氣氛中有一種複雜的勉強。奇怪的是，你們不同以往，不是報告哪一天的祕密聚會記錄已經印好分發，就是計畫寄恐嚇信去哪些會社。你們只是喝酒、吃菜、聊家常。直到晚餐尾聲，你才讓雅雲把東西拿出來。

把東西拿出來？我不懂，雅雲會保有你的什麼物品？看著雅雲轉入我的臥房更讓人感到奇怪。我跟了進去。只見雅雲跪下來鑽到床鋪下拉出來一個我從未見過的方形竹簍。這簍子看起來有些重量，雅雲吃力地抱了出去。阿杰把蓋子打開，拿出一支黑色手槍，就放在散亂的雞骨頭旁邊。我的驚訝無法言說，只能張大眼睛空洞地注視著可以致死的武器。對不起，玉英姐，妳的床高，簍子塞得進去，沒事先說是因為怕妳擔心。雅雲小心解釋著。怕我擔心？說說看，這東西在我床下多久了？我的意思是，這東西和我睡多少日子了？你聽出我語氣中的怒意，立刻接腔。都怪我，玉英，是我讓雅雲這麼做的。原本這些東西藏在麵粉廠裡，可是我覺得不妥。麵粉廠有麵粉袋，人人知道袋子裡容易藏東西，真要搜查，很快可以找得出來。是啊，玉英姐，我分幾次把這些藏在菜籃裡帶回來。這些？阿杰再從簍子裡拿出兩支手槍和好幾盒子彈。所以把這些髒東西藏在藝旦間最安全，是不是？我怒火攻心，拋下一句話，立刻轉進臥房裡。你跟了來，把門帶上。看我止不住地哭泣，你也手足無措。我滿心不甘，難道我們就要讓人利用到這個地步！

然後你一字一句慢慢地告訴我整個經過。當你到井田貿易株式會社後才發覺，像沈主任、王課長那樣的人也都是必須消滅的敵人。他們當日本人的走狗，為日本人翻譯時幫日本人霸佔台灣農民的土地，讓人窮得無法生活，害人跳水自盡，上吊自殺。他們也仗勢日本人的淫威欺負台灣小老百姓。對車伕不禮貌，對小攤販頤指氣使，有時連日本人都看不過去。妳懂我的意思嗎，玉英？槍是走海路來的，非常難取得，非常重要。我們和其他同伴在鄉間隱密的地方練習了一段時間，現在就是要派上用場的時候。可是這些為什麼是你去做？我急著問。如果不是我，是誰？你立刻答。我看到你眼神裡的堅定，阿朗。我突然覺得你離我好遠好遠，像似從我手上斷了線的風箏，再也不可能挽回。

許久以後我才知道，那餐飯其實是場惜別晚宴。

我想辦法去弄點吃的，妳注意別讓大元發出聲音。你溜出去以前這麼交代。我們真是淪落了，郭命，就只是過了一夜，竟然換了天也換了地。不知道水兵搜船後還會怎麼做？只沒收棄船，還是會追著來？如果他們要趕盡殺絕也恰巧問上認得我們的那個店家，就有可能循線找到。如果他們只搜索不登岸，我們便有較大的機會。對於是不是、行不行的拿捏，一直最耗人心神。故意繞過不想，疑慮卻潮浪般翻騰。一旦心慌，所有平時的反應全變了樣，這下子我們真是了無主意了。

夜裡在山林中摸索，我們還不至於傻著做。在黑暗中等了那麼多時辰，我們又乏又困又對著處處都是的蚊蠅生氣。好不容易天亮了白，才能稍稍看清四周景況。看似有人走過的小徑就成了唯一可以追循的對象。我們急急趕路，除了枝椏斷折以及我們的還有大元的喘息聲，天地靜寂。越是悄默，追兵的腳步聲似乎就越聽得清楚。鑽出密實的林子，我們來到一塊平坦地。我四周瞧看，不知道哪裡是下個方向。平時大元總是對陌生地好奇，四處聞聞嗅嗅是牠的慣常。現在牠卻懨懨地低頭漫走。可憐的大元，跟著我受累了。平姑，妳看！死郭命，你突然的大叫聲把我嚇壞了！順著你的手指方向看去，在兩棵參天樹當中，遠處一條不規則白線隱約可見。浪？是浪！是海浪！我們興奮地跑近雙樹，我拉著大元突然踩了個空，從小坡上滾了下來……

好不容易越過了廣山，這裡應該就是堯縣那店老闆所說的祈泐。空氣裡飄盪的海味，我最熟悉不過。海，必定離此處不遠，拍浪聲隱約可聞。你找吃的東西去了。我和大元避著的草房裡停了艘小舢舨，比我在南灣的還不堪。舢舨讓兩段粗木架了起來，看樣子是打算修吧。只是，工具呢？這房裡不但沒工具，還似乎是廢棄好一陣子了。除了牆角的一堆破磚以及磚上的一大件破網，就只是四散凌亂的小雜物。你去了好久，郭命。我和大元在林子裡粘得滿身的草耔早已清得一個都不剩。我悶得慌，大元也耐不住了。我屈著身子，輕著手腳，大膽向草房旁的木屋探去。屋小，也不過兩室，空著，沒人，窗子不關，想必門也不上鎖。我和大元悄悄繞到屋後。嚇！一個女人蹲在地上整理魚網，一個八九歲的女孩正在石台上晒小魚。我吃驚地停住腳步，她們也驚慌地瞪大眼睛看著我和大元。僵持了一下，我先露出了笑臉。

女人家好說話。我們原是路過縣城要回家給兄弟賀喜的，不知怎麼回事，港口讓官家給封了，出不了海，只能繞走其他線路，所以就按著人家的指點上了山……。胡謅了我們在廣山迷路誤入祈泐的故事，女人不但信了，還給了同情，還讓我進屋，給我也給大元倒水喝。好不容易你找到小市場，並且買了大包子、大壺茶回來，正打算以矮樹叢掩護著彎進我和大元原本躲著的草屋時，卻看到大元和小女孩在泥地上玩得歡欣。你發現態勢已變，只是不明究理，以為我出了事；可是大元的跑跳躍，又不像是我遭逢危險後牠會有的反應，這些都讓事情顯得更加不尋常。正當你考慮如何是好，大元發現了你。牠一邊大聲吠著，一邊快快向你跑來。我和女人聽到了外面的騷動，出了門來。你見我和女人站著微笑，也只好看我眼色順水配合。女人端出小魚乾，女孩備碗筷，加上你買的大包子，我們竟然一起談笑，如同過了個小年。

我們小心地繞著圈子說話，一心想打探如何離開祈泐的法子。女人善聊，說著說著，就說到自己身上了。原來這家的男人兩年前叫大浪給吞了，屍體過了好幾天才沖上岸來。那天分明是風好日好，許多船家一起出去了。我們留在灘子上拾貝殼，好賣了讓人去做串珠。拾著拾著，突然天暗了下來。灘上的沙子螺旋狀地飛，打得人臉痛。我們拿手遮面，從指縫間望向大海。一時間，發了狂的風捲起千萬大浪，在遠處的船家舢舨先是大起大落，後來不但給旋上了天，掉下時還往石壁崖上打。小舟子碎了，人也掉入海裡。前後不過吃頓飯的時間。我們漁村多少人家就眼睜睜看著事情發生，卻是誰也救不了。命啊，擋也擋不住，避也避不了。女人深皺著眉說了說，才喝下一口茶。後來是海浪把舢舨帶回來了。孩子的爹沖上岸時整個人早已走了樣，只能認衫褲。現在我們母女倆摘海草賣錢，過一天算一天……。女人逕自說著她的故事，對我們一點也不在意。趁著她收拾東西，我們低聲商量著要買下舢舨，修一修，划回堯縣港。我帶著大元惹眼，就讓你和女人分別去買材料。事情說了就做，又刮、又刨、又釘、又鑽，四天後我們趁著天黑出發。你給了個好價錢，郭命，女人謝了又謝。而且她也知道，她必須記得，她和她的女兒這輩子從來沒見過我們！

一出海，星子更亮了，也好讓人看方位。我們往南去，卻必須保持右手邊一直能望到陸地才行。天亮後不久天又暗，烏雲掛頂，雨也傾盆地下。我們輪流把水舀出舨子，大元冤屈地躲在篷子底下好奇地看。過了大半天，我們累得只能癱著讓雨淋。萬萬沒想到我們會淪落到這種地步啊，郭命。你只微張著一眼看我，連話都不願多說一句。接著來了可怕的日晒。陽光是一針針的尖刺，扎痛每一寸皮膚，而皮膚上一顆顆的粗鹽正晶亮晶亮地取笑我們。還好水帶夠了，又輪流躲進舨子上的矮竹篷下，才撐了過來。整整兩天我們晒得半乾，終於回到堯縣。我們先屈身在舨子裡悄悄外看。啊，真是出人意料，不知何時開始，封鎖竟然撤了，碼頭上的工作一如往常，看不出曾經發生過什麼。我們小心翼翼，耐著性子等到了夜晚才摸黑上岸，希望能打聽到情況。好大元，牠必定嗅到了什麼不尋常，緊跟著我，乖巧而不吵鬧。我們先是在市場裡坐靠著木板架打了盹，卻讓早起的肉販子給趕了。當街道開始活絡時，我們偷偷把整個港巡了一趟，嚇然發現我們的船全都還在！怎麼回事？碼頭上人們來往，卻是沒一個認識。晌午已過許久，我們一天晃蕩，累了就坐在港邊石階上。眼看就要垂暮，我們雙雙無語，只望著遠處夕陽出神。突然間你拍響大腿，說，去娼寮！一定可以找得到弟兄！

記得你剛把大小事交我辦時，郭命，我讓大家夥聽好了，任何擄來的女人，不論老小都不許碰！郭幫的弟兄各個有自己可以爽快的女人，如果這些女人是自動自願，每個兄弟有十個八個都不關我平姑的事。但是只要發現誰欺負人家大媽、姑娘了，任何人都可以把那褲頭沒綁緊的畜生的頭給剁了，提到我面前來領賞。重賞！我平姑天足一雙，來去自如，不用看人臉色過活，最恨把女人的腳綁成肉瘤的什麼規矩。這麼雙肉瘤腳連路都走不成，不等於是待宰的雞！連待宰的雞都要姦，剁了他的頭還算便宜了，那種畜牲連個屁都算不上！現在要去娼寮找兄弟，那又是另一回事了。

還是男人懂得男人。這事我平姑不是不明白，不過是有點魯鈍，慢了些反應。總之，你不但找對了地方，消息也探來了。

水兵仔細搜了港內的每一條船。在我們船隊裡只看到一般商船的補給品，沒發現私貨。原來每艘船都按照規定藏貨，那應該是郭幫特有的窩藏點，私密到除了藏貨的幾個人之外，其他船人並不清楚。假意留守的人大都有家小，看起來就更像是平常的商船。官家缺少證據就不能下手，所以他們連岸都沒上就撤了。確實是虛驚一場，鬆了口氣，大夥兒等我們好多天，沒人知道我們的下落，正商量著是否就各走各的活命去。我們一回來，事情就清楚了。原來我們繞了一大圈全都不必要，郭命。在廣山上像逃犯一般躲藏趕路，以為追兵就在身後，其實是自己嚇自己。在祈泐村對著無辜的母女演了一齣迷途流浪戲，後來又在外水中嚐盡海上搏命的滋味。現在回看，還真是取笑自己的好材料。那麼官船圍堵究竟是怎麼回事？是誰偷偷告了官？當然是泰洮！他是在下港鎮和兄弟們喝多了，發酒瘋，認為自己老是受郭幫人欺負。他上船少說也有四、五年了，無論在哪艘幹活，怎麼都只讓他做些拉繩、看守的工作？心裡不平，一氣之下，告了官。直看到官船齊集，才嚇出他的良心來，才發覺把事情捅大了！自己是否給看重，事小，船隊裡多少生活、生命就要因著他一個人而毀了，實在擔待不起，所以才在最後節骨眼轉了舵，也才有了這場虛驚笑話劇。他人呢？早跑了！老闆娘。難道他還有臉待下？

這次就直駛到靠近台灣的基地去吧。小丘上的山羊一定更多了些，大元又可以追著牠們瘋狂一陣了。未來是駭人的也是美妙的，它正等著我們緩緩向它駛去。

事到如今，妳要堅強一點。都已經順月了，顧小孩比較重要，擔心也沒用。是啊，聽說有人去交涉了，希望很快有消息。先把小孩生下來再做打算。我們大家湊一湊，吃飯應該不成問題。……事情發生後，家裡陸續有人來走動。有的甚至自稱是黑源的朋友，我卻不認識也沒聽過。我們巷子因為來了這些人突然熱鬧許多。他們的表情、他們的話語怎麼讓我感覺到黑源是不是死了？

黑源上的船一個多月沒消息。大兄二兄都去輪船商事會社問了，卻得不到任何答案。家屬再怎麼擔心也沒辦法。我和二兄二嫂到達的時候，會社裡裡外外都站滿了人，大家議論紛紛。有人說，可能海上起怪風把整艘船捲走了；也有人說，船載滿貨容易引起海賊注意，一定是被他們劫走了；更有人說，船長、輪機長技術太差，把船亂駛到太平洋上回不來了。我越聽越寒心，一下子手腳冰冷起來。平時總希望黑源不要在家，減少我煩心，現在他不在，我倒是真害怕了。琴仔，會社只說要大家耐心等，一有消息一定會通知。二兄這麼對我說。二嫂牽阿梅出去走走，免得她吵了大人們的談話。

大兄特別自責。他在哈瑪星幫黑源找到跑船的工作，專門運貨去其他國家。駛小帆船運石、運磚漸漸被自動車取代了，阿三仔也知道這一行吃不了太久。不和你做，也不知道要跟誰做。算了，就便宜賣掉吧。黑源讓阿三來家裡商量拆夥，兩人同意把小帆船賣掉然後各自發展。反正我就一個人沒有牽絆，不會讓一家大小跟著拖磨。我去東港看看，應該會有機會吧。最後阿三仔做了這個決定。黑源對跑商船的工作滿意。整貨、堆貨等等粗活對他並不陌生。薪水固定是最大原因。第一趟出海平安沒事，怎麼這次連人帶船整個不見了！先是死了四個孩子，現在黑源突然失蹤。我這是什麼命？難道就要一輩子靠親戚吃飯？除了等，我一個女人家還能做什麼？

他們說我是查某肚，連過繼來的都是個女兒。不過現在勢面不一樣了，我生了個查甫囝仔！阿祥，我這麼叫他。如果阿順還在，阿祥就有個大兄。也難怪他們忽略掉我的頭胎是男的。那時剛到高雄不久，認識的人不多，只有大兄大嫂最了解我的情況。自從知道黑德就在附近開醫生館之後，我就對孩子不再那麼害怕。我總覺得小孩像小鬼靈，專門來折磨我的身體，擾亂我的精神。不知道是否因為阿順在我懷裡斷氣的關係，每當我抱孩子時總有一種無來由的恐懼伴隨。不論手臂上是自己的還是別人的，我總要時不時看看孩子是否仍在呼吸。上市場時，如果有女人揹小孩從身旁走過，我會特別注意那孩子是否活著。有時切菜，有時洗衣，我會突然放下手上的工作去看孩子是否仍有一口氣在。就連那時阿彩在榻榻米上搖搖晃晃走著追蒼蠅的時候，我也害怕她會一下子站住，停止呼吸！我和孩子之間的距離很近也很遠。有時他們是壓在我胸口的石塊，讓我喘不過氣來。有時他們是隨風飄忽的雲朵，無論如何我都抓不住。

我去旅社洗被單。原本揹著阿祥做。他越長越大越來越重，實在揹不動了才把他和阿梅一起寄放在大兄家。洗別人的被單是件令人厭惡甚至生氣的事情。有的女人來了月事，沒把自己包好，被單上染了一片血紅。有的是酒醉吐。整件被單又髒又臭，真不知道該從哪裡洗起。有機會找到這工作，已經是幸運。我又不識字，記賬也沒我的份，還能做什麼？這家旅社後門出去有個小菜園，竹籬笆圍了一圈。菜園沒整理好，絲瓜亂長，白菜也讓蟲子吃了好多。比較遠的那一邊是個小晒衣場。五支長竹竿和支撐竹竿的架子就固定在那裡。衣場上張著大帆布可以遮陽遮雨。晒衣場右側有個手幫浦，大腳桶就靠在幫浦旁邊。每天上午把阿梅阿祥帶去給大嫂後，我就走一下子到旅社開始工作。櫃台後面的走廊內側每天固定有兩個裝滿待洗被單的大竹簍，我的工作就是把竹簍內的毛巾被單洗完晾好，乾了以後讓鋪床的人收進去。被單的髒做久了看多了竟然沒了感覺。我似乎逐漸喜愛這個工作。雖然夏天熱得人發昏，冬天從幫浦出來的水冰冷，可是我能夠自主賺錢，不需要看黑源的臉色也不需要操心孩子。我在洗衣板上一去一回的揉搓中逐漸發覺，歲月、時光沒有實質的意義，能夠自由生活才是真正適合我。

一手牽阿梅另一手抱著阿祥彎入小路時，正好看到小孩們手拉手圍在一起玩。天空中一群黑鳥忽忽飛過。斜陽照下，光線透明而有些刺眼，孩子們的影子拉得好長。雞仔也跑出了籠，走走啄啄，看似有事做卻也沒事。一輛腳踏車靠近，按鈴的聲音讓孩子散開了去，雞仔受驚擾，也振開翅膀小飛幾下。阿梅看得有趣就要掙開我的手去追雞仔。我把她握得更緊免得和腳踏車撞上了。從炎夏到秋涼，我每天帶著孩子走一段路，上人力車，再走一段路去到大兄家。回來也是一趟路分三段，可省下一些錢。中餐就在大兄家吃。就多妳一副碗筷有什麼差別，兩個小孩又能吃幾分錢。大嫂總是這麼說。每一天的感謝也不用出口了，就存放在心裡吧。

日曆一天天地撕，太陽從大晒到小。我的洗衣工作，把水溫從暖洗到涼，再從涼洗到冰涼。有一天大兄突然告知有黑源的消息了！親友之間立刻騷動了起來。原來他上的船被朝鮮扣押，人員全都進了牢房。什麼原因？不清楚。也許和走私有關。什麼時候回來？不知道。他還活著總有回家的時候。這就是全部。一個好好的人出去，回來的卻是一連串的不清楚、不知道、不明白，比看不見的風還不值。風小時有涼意，風大時能翻船，無論好與壞，欣喜或憂慮，人總是可以感覺風的存在。而一個活生生的黑源只能在記憶中出現。我把這一串不知道、不明白掛在記憶的牆上，偶爾看到，卻和生活無關。

阿祥生病了。如同早已埋在我身體裡的種子，現在正好可以努力生長的恐懼，立即攫住了我。只是這次來得輕淡些，不至於癱軟我的四肢。當然是因為有你，黑德。我到你的醫生館來。這次排隊等著的病人多了。讓人登記或拿藥的半橢圓開口處裡的臉，不再是你的牽手。她正在坐月子。這是後來才聽你說的。進了診療室，已經有個太太和她的兒子等著。你看到我有些許驚訝，以眼神示意我坐下來。不一會兒就輪到我們。如同醫師對著一般的病患，你要我講述阿祥的症狀。檢查了一下。你安慰我，阿祥不會有事。不過是平常的感冒。就在這時，一旁的男孩就要挨針。他怕了。一直縮著，哀求著。大人們抓他，讓他趴在長床上。他的母親按住他的雙腳，女助手按住他的雙手，另一個女助手就在他屁股上刺了一針，他立刻大哭起來。就在這紛亂的時候，你趁機小聲快速地問了我的近況。我也快速小聲地說了我的近況。你的工作對我是多麼恰好而適當。人沒有不生病的，一生病就可以來看你。你的工作對我也是非常不適當的，因為我和孩子怎麼能生病得就像我希望能看到你那樣頻繁？

我照例來來回回，把走廊內側裝滿被單的兩個竹簍拿到菜園的另一頭。天冷了，手幫浦抽出的水更冷，兩隻手凍得通紅。我不停地又抹肥皂又在衣板上搓動大面積的被單。要脫盡肥皂水，必須一次次彎腰又立起，把被單在水裡攪動，直到桶子裡的水濁了，倒掉，再抽清水，再攪動，再彎腰、立起，不知重複多少次。今天太陽大好，又起了些風，被單應該乾得快。我邊晾邊這麼想。工作完後，我從後門走進光線暗淡的走廊，眼睛不太能適應突來的黑暗，只好放慢腳步。就要到櫃台時，突然有人猛力拉住我。抬頭一看，啊，黑德！你示意我不要出聲並且快速領我上樓。走過短短的走廊直到在牆角的一個房間。在我能夠提出任何問題之前，你已把我推進房裡，鎖上門，然後瘋狂地吻我！你打算解開我上衣的釦子，我制止。我要妳，阿琴，我今天就要妳！我們本來就應該在一起。這麼多年了，我們再相遇，我不能再次失掉機會。我以為我死了，然後妳出現了，把我的靈魂喚了回來。我們沒有對不起任何人，阿琴，是別人對不起我們。聽著你發自內心的呼喊，我的手冷了，我的淚熱了，我完全癱潰在你的懷裡。花宅時，我們生澀。再重逢時，我們矜持。而現在，在這個沒有光線，隱約可以聞到黴味的房間裡，在時間突然靜止的當下，我們丟棄世俗的規章戒律，認定了除了我們沒有其他人可以阻止的自由。我們探索既熟悉又陌生的彼此。你說，我們應該以我們的在一起報復阻擋我們的一切，包括那個不應該存在的，卻讓人繪聲繪影的命運。

怎麼今天這麼晚才來？大嫂問。本來要走了，又多了幾條，所以順便洗了。我心神不寧地回答。低著頭，我慢慢上樓去看阿祥。他正熟睡著。我下樓來添飯準備餵阿梅。也許她吃多了糖，沒什麼胃口，我也餵得意興闌珊。收拾之後，我站在水槽前洗碗。水在我手指間穿梭流過，油脂浮動，剩菜米粒黏著碗盤，眼前有些狼藉，也正是我的心情。一時間，我的日常又活躍在眼前。我又是個曾經死過四個孩子的母親，一個丈夫被關在外國的妻子。回頭一想，什麼出軌的男人和出軌的女人死守一起，什麼在暗室裡才有我和你的自由。這兩件事就像傳開來發酸了的笑話，以及會遭人辱罵的灑滿糖衣的謊言，無論什麼景象，不過是人生一場，終究要消逝得無影無蹤。我在剎那間脫了胎，我突然變得沒有牽掛，變得什麼都不在乎，什麼都無所謂。

然後我們一次次幽會。你一次次以出診作為離開家的理由，一次次以生意往來作為住進這旅社的理由。有時候你一週來兩次，有時候兩週三週看不到你。你不出現時，我焦急等待不能專心。你出現了，我害怕事情被人知道，不敢想像會有什麼後果。原來，不在乎、無所謂，只是自給的解套，我仍是原來的我，不曾脫胎換骨。有時我責備自己，覺得自己低賤；有時又認為自己是正確的、是無辜的。這種不確定、不安定讓我對人不禮貌，對孩子沒有耐心。我們都知道任何事情都有終止的時候，黑德，就像世間沒有不死的人。我們也知道，我們的事情總有一天不再能繼續下去，就像人人都明白的紙包不住火。然而深陷其中的我們已經在意不了那麼許多。不解決也是解決的辦法之一。也許我們正等待一個外來的解決辦法。也許我們甚至等待一個牽連許多無辜的人而一起滅頂的解決辦法……

……井田貿易株式會社的沈士宏主任昨日清早被發現陳屍在距離住處不到五十公尺處的大路旁邊。種種跡象顯示，這是一項有預謀的暗殺行動。作案手法狠毒，兇手從他身後開槍，子彈穿入後頸銜接脊椎處，當場斃命。五週前井田會社的王添來課長亦同樣遭受槍擊死亡，至今尚未查出何人所為。沈主任及王課長家庭圓滿，也不曾與人結下冤仇，平日奉公守法工作認真，深為上級賞識。如今不幸相繼陳屍街頭，令人扼腕。沈王兩人均被手槍射殺，此一手法在台灣犯罪史上極為罕見也讓警方不解，恐怕將成為無頭公案。……

早報上的頭條消息再次令我震驚，卻不意外。五個星期前就已經發生過，今天的消息其實是預料之中。我明白是怎麼回事，卻不知道究竟是誰下手。你們有三把手槍，阿朗，這是我親眼看到的。可是誰開槍，實在難以猜測。是你、少吉、阿杰中的其中一個或其中兩個？還是其他我不認識的人？你會是開槍的人嗎？你殺人了嗎，阿朗？想到這裡，我心跳加快，頓時感到呼吸困難起來。雅雲，雅雲，我們去拜拜，快！我大聲說。

不是放假的日子，上午的廟口一點也不熱鬧。雅雲看我一臉嚴肅與憂愁，不敢和我談笑。

我們從家裡走到玉皇宮經過三條街兩條巷。我不想說話，雅雲不敢開口。我們沉默著。跨過高高的木門檻，廟內陰涼有些暗。右手邊是個賣香燭的攤子。顧攤子的老人特別。他穿著一身黑。臉部瘦長兩頰凹陷，整個頭呈倒三角形。老人安靜地抽著長煙。他的光頭和眼睛恰巧在陽光射入的地方一起發亮。攤子由竹段當骨架，上面平鋪木板，板子上放置一包包香柱和銀紙。木板後面竹子架高，上頭吊著一疊疊大張的金紙。不論金紙、銀紙都是以粗草紙為底再貼上極薄的金箔、銀箔。聽說這些是燒給亡魂的。我望著高高的金紙發愣，心裡亂紛紛，於是有個可怕的念頭從心底冉冉升起。我開始想，如果你死了，阿朗，如果你死了，我是不是該燒金紙給你？燒多少你才夠用？你收得到嗎？我的眼淚像大顆的露珠，速速滾下臉頰滴在地上。一滴兩滴無數滴。我悲傷又害怕呀，手裡捏著手帕，竟然忘了擦淚。阿朗，你怎麼可以這樣對待我！雅雲見我沒來由地哭著，不知該說些什麼，一時心慌，原本伶俐的她，也只能拉拉我的袖子，又低下頭。

江老闆說，今晚吃完酒後，還要找幾個朋友到我們這裡來聽妳唱小曲，希望妳能夠準備一下。哪個江老闆？台中上來的那個。說到台中又讓我想起阿久、銀霞她們的催促。每隔幾個月她們就稍來訊息，一直要我下去一趟。台中的氣候好，地主多，我們可以遊玩又好賺錢。真想不通妳到底固執什麼？這是她們一貫的說辭內容。姐妹們把台中說得可喜，可是我怎能不見你而生活，阿朗？更何況現在正是你需要我的時候，雖然這個需要有時是間接的，有時是透過別人來傳達。妳的人客越多，我們就越安全。雅雲這麼講，你也跟著點頭。槍擊發生後，你們照樣來，照樣來開會、來計畫、來分配工作。台北對我們是最危險也是最安全的地方。你們一致這麼說。

有時我懷疑你，有時我不信任你，阿朗。你給雜誌社寫稿，也下鄉了解農民的生活，你又為文藝協會、農民組合工作，突然間你認為株式會社的幹部是必須去除的敵人。我從來不知道你住在哪裡，家在何處，你也從來不邀我過去坐坐。你說你有家室，納我做小對不住元配。你說你對我真心，可是你的工作、你的生活阻止你對我有任何承諾。這些種種讓我迷惘、讓我焦慮、讓我心驚，也讓我悲傷。我為什麼要相信你，為什麼要相信你說的一切？雅雲告知你在上海的演講，翠鳳描述你在鄉下的工作，少吉說明你為礦工爭取保留診所。為什麼這些事實或不是事實讓我心動也讓我心痛？我隔著一層紗幛看你，模糊而不清楚，一旦進到黑暗處，原本是模糊的你也就完全被黑暗吞噬。阿朗，你究竟是誰？

把齊肩的捲髮梳成髻。插上的髮釵有金黃的流蘇以及欲墜不墜的白珍珠。我的大袍上繡色依舊。蜿蜒的滾邊勾勒著不捨，還有涓涓滴滴的欲語還休。江老闆來了，他的朋友們也來了。男人們熱心點曲數拍，我無心假意地笑著迎合逢場。玉英小姐，像妳這樣的姿色和才藝在台北找不到幾個。我早就聽說阿尾姨門下的從不讓人失望。我都已經來台北幾次了，今天終於有機會見到面，妳確實不讓我們失望。江老闆邊說邊喝口茶。董少爺和朱老闆都是我帶來捧妳的場。謝謝朱老闆，謝謝董少爺，謝謝你們三位特地從台中來。我們台北有意思的地方到處都是。無論看戲、聽歌或者看電影，要什麼有什麼，絕對不會讓你們白跑。董少爺和朱老闆正抽著煙，聽了我這話，也都瞇著眼睛笑。人人說我們台北什麼都貴，其實也不見得，就看是什麼品質，相信三位一定非常了解。妳放心，玉英小姐，一分錢一分貨，這種事情我們做生意的最清楚。今天這麼晚了我們還請妳唱曲，絕對不敢虧待。江老闆你好講話，確實是見過世面的好漢。你也知道，我們做這行的，不過是求個溫飽，求個保障，其他的，我們也沒有那個福份去奢想。玉英小姐，妳真是快人快語誠意直接，我們一定不讓妳失望，也希望妳能一直這麼坦率地接待我們……

日本人炸了美國人的港口，惹火了美國，形勢不看好，他們只能加緊搜括，也送了多少台灣兵去內地、去南洋當炮灰。雅雲陸續給我消息，當然收音機也少不了這類的廣播，報紙上甚至看得到照片，只是不太清晰。這些天來，雅雲陸續把武器藏在我床下，現在更多了幾把手槍和許多子彈。我這藝旦間成了火藥庫，要是讓阿母知道了，不活活把我打死才怪！玉英姐，這些東西都是妳買的，台灣人應該好好地謝妳才對。可是買槍枝並不是我給錢的目的啊！有武器不一定要用，可是沒有武器，我們除了等死，什麼都做不了，不是嗎？雅雲這麼說；似乎在安慰我，也似乎在為我開脫。不知不覺中，我成了「我們」的一份子，而這一份子不是我苦苦求來的，是老天歡喜給的，能不接受？我不存錢，不為自己的未來著想嗎？是啊！天公讓我不著急未來，因為天公並沒有給我未來。

我們身著羽衣，手牽手，不住地飛，穿越雲朵，四周霧茫。那光，清白和煦，我們沒有前程可以照亮，白光只是和我們相依飛翔。羽毛飄上了眼耳，不必拂去，它們不擾，因為我們失去了知覺，我們是比紙片還要輕盈的兩道仙靈，終於可以毫無世俗牽絆地自己決定方向……

還要幾個時辰才靠得了岸，大夥們卻已經騷動起來。也難怪，這碼頭寬闊水深，只怕沒空位，不怕船隻大，是個天然好港，新鮮事可多著了。商船、漁船幾乎排齊，連官家兵船也不能少。弟兄們倚在船邊看著岸上來往的人群，興奮得指指點點，恨不得一腳跨上陸地尋樂去。我的心情也被感染得波濤起伏。這次要給自己做幾件好衣裳，也要給大元打一條粗粗亮亮的長鍊子，鍊子底端最好來個馬皮圈，好讓我握得舒適。人人搶著要駛小船去岸邊佔位。其實也還上不了岸，只是靠近了似乎可早些沾染陸地上熙攘的氣氛，也可以比別人早點醉了醺了。我知道你是要來參拜保平安的，郭命。進昌有個相當大的天妃廟。海人的衣食全從海上來，看顧海人的媽祖是我們心神的依據。除了供在船上的，每天要誠心奉拜之外，來到大氣派的、修飾完善的天妃廟更讓人感到篤定踏實。

即使上了岸，照射到海水的陽光反射起來仍是要讓人拿手遮著前額瞇著眼睛走才行。碼頭上的貨物堆得滿地，簍子、箱子、袋子疊得一層比一層高。我們拐曲彎角地走，偶爾還要跨過、跳過零散在地上的雜物。人們的吆喝聲、笑罵聲飄散在被陽光蒸騰得格外透明的空氣中。不知道大元看到了什麼，吠聲連連蠢蠢欲動，不是我緊拉著，恐怕牠就要跑失了。媽祖廟面對港口，顯得開闊氣派。廟頂飛簷上的祥龍翹尾張爪，簷端瑞雲彎旋朵朵。上層的朱紅窗格和青藍木緣巧搭裝飾，和海上的孤絕單調確實難得一比。廟前廣場上的小買賣熱絡鼎盛色彩爭豔，人來人往好似過年。大元太少見到這種場面，到處鑽鑽看看嗅嗅，一刻也停不住。一個婦人買了一支五彩風車給小女娃，娃兒吹動風車，顏色在陽光裡轉個不停，大元見了心喜，大吠兩聲就要撲上，女娃兒被嚇哭了，我連忙給婦人賠不是。廟口有個大香爐，香柱上的煙嬝竄升，把人的眼睛模糊一大片。大殿裡的天妃立像莊嚴慈悲衣裾飄然。任憑世事興衰人間哀榮，她總是慈嚴依舊。我點燃三柱香，齊眉叩拜。一開口，卻不知道該祈求什麼。子嗣？我不需要。家屬？娘和姐們都已妥當。良人？郭命不良，官廳最是清楚。我這麼個賊婆子能向天妃要求什麼？是啊，南灣烽火台上的大屋！那麼我就求她讓我蓋大屋吧！天妃特別明白，要是陸地上能賺得吃喝，沒人有意願到海上討生活。所以她才獻身海人，讓海子能夠平安順勢早日歸岸去。

一路吃了炸香圈、蒸包捲，又坐下來在攤子上要了碗魚頭湯。攤子四周擺了長桌長凳，把擺攤人圍在中間。和我同桌同凳的大爺帶著個小孫孩。大爺的臉皮可皺得厲害，他專心餵著孫子吞麵條。剃光了頭只剩髮片銜接長辮子的小孩，眼睛眨也不眨地看著大元，大元卻也不理會，牠總是朝著新奇與不斷活動著的東西看去。

天氣正好。眼睛能看得到的，腦子可想得到的，一切太平。原以為今天就要輕鬆閒適，怎麼長盛卻急忙忙氣喘地跳上船報消息。夜裡三十四個弟兄讓官爺給押走了！說是因為喝酒鬧事又聚眾械鬥⋯⋯長盛語音未落，你便開口大罵。豬！拜天妃還能拜出個紕漏來！全是豬！正經事幹不了，吃飽了就只會拉屎！你罵聲連連，長盛退一邊去了。看來，你是氣壞了，郭命；你是有理由生氣，只是在這時候說氣話也沒用，現在就要想法子把他們救出來，盡快離開這地方才行。你恢復鎮定後說，法子當然有，少不了要動傢伙、動干戈。我特別強調，我們的船必須是可以隨時起航才行，任何拖拉耽擱就要招人耳目，要躲開追兵就更不用說了。水域雖然遼闊，官家的眼線也不少。其他幫的要是被收買了，我們怎麼知道？做這行買賣的，總要隨時躲著、避著，日子也不見得好過。堯縣那事不就是個好例子。行！先看場子察明地勢再做打算。我們商量後，你做了結。

沒料到，這事竟然出奇地順利。進昌西北側郊區有個官辦勞役處，設了五個牢籠。每個籠子頂多裝五個囚犯。平時只有三人看守，現在則多調派了七個人。原本五個籠子裡散裝了十一個人，多來了我們的三十四人裝不下，只能鎖在馬棚裡。三十多人同關一處，不用我們特別到處搜，也就省事許多。或許因為事還新鮮，又一下子多人同囚，官兵層層請示批辦，耗時費力，我們就在時間上、人力上佔了上風。張大帥知道這消息後，自己推薦了來，他說搶人的事他內行。你當然憶起，三十多年前大帥是怎麼在村子裡捉弄你，郭命，他確實懂夥團辦事的訣竅，加上這麼多年來的琢磨，應該更不會出錯才對。大帥先去探看地形、人勢，後來才弄來了一輛載貨板車，兩人推兩人拉。車上木箱裡是我們的人，一人蹲一個箱，全藏了傢伙。板車假意是運貨買賣，徐徐往西北方向走。出了省城大路，確定沒人看見時，便迅速往林子裡彎，星子升空了才悄悄摸近牢役處，耐心等著。夜半，籠子外只有兩名官兵看守。板車上的兄弟見機齊上，砍了獄卒，割斷馬棚裡綁著兄弟們的繩索，役所裡正睡著的，也不能放過。馬匹驚惶嘶鳴，人血流得可以拿來澆水。籠子裡原本關著的，先是嚇呆了，後來求大帥也放了他們。不是我們的人，不關我們的事，大帥對這些人吼了一聲，然後帶領兄弟們跟著他飛快地往港口方向跑。就在郭幫人迅速登船的同時，其他原本在船上的兄弟分兩批，下到碼頭，點燃草束往兵船上拋，又快腳歸隊。等到人全到齊，我們立刻起航。月兒圓亮，水道正通，我們的船一下滑出港埠。

就為了你們這群渣滓，我郭命又得讓官家記上一筆。聽著，七天斷糧，挨不過的，我會親自把你往海裡拋！你厲聲下令懲罰。

風吹得好。我們離港時看到兵船甲板上的火正在旺旺地燒。

這幾天真冷了。鑽出被窩的時候涼意立刻從四周襲來。睡前我把外套放在棉被旁邊，睡醒了，一翻開被子就可以立即穿上，然後才把被子折好和枕頭一起收入壁櫥裡。每天早上總有個阿伯推著豆漿車在小路上叫賣。先是他的鐵鈴鐺一串響，然後是豆漿——包子——饅頭的一聲長叫。每當聽到這些熟悉的聲音，我就抓起零錢提著圓鋁罐出去。運氣好時可以馬上買得到，人多了就必須排隊。有時被孩子絆著了，出去得晚，還要追著阿伯跑。這豆漿車對我太重要，否則為了煮些稀飯還要點火起灶，麻煩又費時。我把買回來的豆漿從鋁罐倒進碗裡，阿梅已經懂得要先把熱騰騰的白色汁液吹涼些才喝。阿梅五歲了，長大了些，原本還要捲起袖子底端免得過長的棉大衣，現在卻顯得太小，應該讓給阿祥穿了。大衣原本是隔壁阿珠給的，她女兒大了穿不下。紅格子花樣配上兩片小圓領，並不適合阿祥穿。不過阿祥還小不懂得棄嫌。孩子長得快，等到他明白要分別男生女生的衣服時，這大衣就已經穿不下了。

我們仍然走路坐車又走路地分三段才到大兄家。走入亭仔腳時，兩個孩子就會手牽手在我前面一路跑一路跳，他們早已認得是哪家。終於到了大兄的藥房門口。我看見大嫂微笑地站在裡面正等著我們。平時大嫂不是在後面，就是在樓上。她今天特地等我們，實在奇怪。孩子已經進去了，我踏入大門，看著大嫂，遲疑了一下。大嫂指了指玻璃藥櫃後面，平時大兄坐著看店的地方。我轉頭一看。黑源！黑源正和大兄說著話！黑源看著我有些驚訝，雖然他一定知道我和孩子們就要到達。我看著他，除了詫異之外，更有許多一時釐不清也說不出的複雜情緒。黑源回來，我應該高興？應該不高興？我就要去旅社洗被單了，黑德，如果你今天來，我們該怎麼辦？我的心好慌，我的手冰冷！祥仔，這是你阿爸，快點叫阿爸。大嫂催促著阿祥。黑源出事時阿祥尚未出生。像是陌生人的一大一小好奇地彼此看看。黑源伸手把阿祥抱到他腿上，阿祥卻嚇哭了。

我人在心不在地拿粗肥皂搓被單，一件又一件，似乎沒完沒了，最後用清水盪滌以後晾在竹竿上。今天風大，把被單吹得高高翻起。天上藍空一片，連一朵白雲也沒有。我緊張地盤算著，在你拉我登上黯暗的樓梯進入漆黑的房間之後，應該怎麼對你說？可是這天你沒來，黑德。我心焦惱怒。我正需要和你商量的時候，你偏不來，這讓我的急切成了被煽過的火煤！吃完午餐，我照例站在水槽前洗碗。怎麼了，妳不高興瑞源回來？大嫂看我陰鬱著，不解地問。我有些慌亂，一時不知如何回答，手一滑，盤子掉地，碎了。我望著碎盤子，也不懂得撿起，只是不住地掉淚。

就像多年前剛到高雄時那般，我和黑源分乘兩部人力車。不同的是，當初我們腳邊放著從花宅帶來的行李，現在是一人抱著一個孩子。當初住處、工作沒有著落，現在是父母子女到齊團圓，正要回家。當初悲痛和黑德的分離，必須和一個命中相剋的人生活在一個屋子裡。現在明白，世事了然，掙扎無用。

後來你出現了，黑德。通常，如果旅社老闆恰巧在櫃台，你會坐在唯一的沙發上和他聊天。這時我會佯裝要和歐巴桑談工作上的事情，溜到你事先準備好的角落房間裡等著。這天看見你正和老闆聊著，我假裝不認識你，逕自走了出去。陽光刺眼也和煦，我卻是滿心陰霾。你很快追了上來，直問我發生了什麼事。在街上並排走著，我真怕讓熟人認出來。黑源已經回來了。我說著、走著，你沉默不語。我不看你，我不願意看到你這時的神情。我們不能再這麼下去了，黑德，不能再見面了。說完，我跨步快走。留下失神的你，駐足街頭。好了。完了。結束了。我原以為事情太過複雜，只有你才能解決。沒料到，事情當真來了，黑德，我竟然可以毫不費力，自自然然地做了了結。也許是我們運氣好吧，這段日子的意外相聚，就算是老天對我們的補償。我們終究要回到各自的生活裡去。你變成了別人，黑德，就讓你這個別人活在對我是陌生的世界裡，你也讓我活在你不了解的日子中。

河邊春風寒 怎樣阮孤單 舉頭一下看 幸福人做伴

想起伊對我 實在是相瞞 到底是按怎 不知阮心肝

有些人客喜愛聽現代曲，問我能否邊唱邊彈琵琶。唱片裡、收音機裡的唱曲都有樂團伴奏。一個樂團有不同的人演奏不同的樂器，聲音真熱鬧，我就一個人怎麼和他們相比？妳就別客氣了，玉英小姐，誰不知道妳是才女，有點石成金的本領，這件事對妳一點也不難。人客要抓得住，一定要靠真本事。阿母不是一直這麼說。那就試吧。沒工作時，我在家裡把人客的要求當成正經事不斷想著。我先在琴上找出主旋律的位置，才想想該怎麼配伴奏。這事說難不難，做起來可一點也不容易。時常古典曲和現代曲的伴奏幾乎同時出現在我腦海中，最費思量的是，怎麼讓人聽起來不像古曲，卻又要彌補單一樂器無法像樂團那麼豐富的缺憾。我試了一次又一次，也把紙筆準備在旁，有些細節不立刻記下，轉個身就忘。

雅雲不在。鈴聲響著。正專心的時候還要特地下樓應門實在不情願。我跑下樓梯，開了門。請問寶鳳仔在不在？一個阿伯站在門口客氣地問。我們這裡沒有叫寶鳳仔的。這裡不是四十三號嗎？是四十三號沒錯，但是我們這裡沒有叫寶鳳仔的。我重複一次。奇怪，明明是這條路。會不會是阿尾姨記錯了？阿伯自言自語。阿尾姨？阿尾姨是我阿母，但是我們這裡確實沒有人叫做寶鳳。阿伯分明是先去找了阿母，才有了街名和門牌號碼，可是他要找的究竟是什麼人。你找寶鳳做什麼？她是什麼人？阿伯頓了頓，皺了皺眉似乎有難言之隱，或者，要說的太多卻不知應該從何說起。他一直站著，眼睛看地，沒有要離開的意思。我也不知道該如何接腔。我們就這麼站著好一下子。寶鳳是我的查某囡。她小時候就賣給了阿尾姨。

我愣了，呆了，整個人不能動彈。阿伯這句話在我心裡快速衝撞。我頭暈目眩，手腳發冷。四周突然靜下來。整個世界不動了。我想說話卻發不出聲音。眼前這阿伯……。眼前這阿伯是我阿爸？

我們隔著圓桌面對面坐著。他長滿繭子的粗手不住地轉著白瓷杯。這事對我們兩人都很難，都太突然。他有心裡準備，可是我沒有。我從未想像過怎麼面對懂事以來一直暗暗痛恨著的人。阿母說我四歲時到她那裡去，我的生父姓許，生母姓江。阿伯一聽，竟然開始掉淚。他伸手一抹臉，把淚水擦在褲子上。一定是阿尾姨改了妳的名字。真歹勢，讓妳看我在哭。阿伯不好意思地說。我叫許登財。妳生母確實姓江。剛剛在門口，看妳的臉有些熟悉，卻不敢認。都已經十多年了。妳那時也才四歲，變化很大。這次輪到我掉淚了。我要找阿母。我要找阿尾姨。我要知道這阿伯是否真是我生父。寶鳳仔，我今天來是有件事要拜託妳幫忙。妳阿母，我是說，妳生母，已經病了很久，一直吵著要見妳。她說，這世人沒見到妳，死眼也不願闔。她最近更嚴重了，不吃東西，睡全天，我才去莊仔頭找強仔，就是當初介紹阿尾姨給我們認識的那個。強仔翻出阿尾姨的地址，但是他不確定阿尾姨是不是還住在那裡。我也早就忘記路要怎麼走。我在台北四處問，最後問到了。我看到阿尾姨她家的那個門就想起來了。就是這樣才找到妳這裡來。其實我沒抱太大希望能找到妳。都那麼多年了。我們鄉下變化很大，都市裡就一定更不用說了。阿伯一口氣講了許多。就像在聽別人的故事一般，我很難接受這事和我有關，更難推辭這事和我無關。我必須靜下來想想。我一直是無父無母地活著，現在突然冒出來的生父、生母對我有什麼意義？我習慣了無父母，卻也抱怨無父母，如果真有了父母，我會因而快活？我會願意進入別人的生活，會喜歡別人進入我的生活？你把地址留下來吧，我再看看要做什麼。阿伯不識字。他說了地址，我寫下。妳是寶鳳仔不會錯，臉型都還在。如果妳阿母知道我找到妳，不知道有多高興。我是想……，我是想，妳可不可以回家一次，看看妳生母？她實在非常非常思念妳……我送阿伯下樓。他對我點頭致意。他一轉身，立刻拿手揩眼淚。我看著他離去的背影，似曾相識。突然，我感到熟悉，非常熟悉！

玉英姐，夠多了，再買就拿不動了！雅雲提得重了，我不也一身大包小包！最後再抓幾帖藥吧，給阿母滋補身體。我特地跑了趟阿母家，不，是阿尾姨的家，確定了許阿伯真是我生父。事情明白，我卻猶豫了。這猶豫讓我連到市場逛逛也生不出興致來。正有事商量，你偏偏不見人影，阿朗，我應該和他們相認嗎？怎麼多少年來怨懟的感覺突然不見蹤影，猶豫不決卻是成天跟著？妳這好運氣是天上掉下來的，玉英姐，像我們那裡，就別說父母子女相認了，生死未知或是屍首不全，聽都聽麻痺了，打仗哪！雅雲說要陪我走一趟鄉下，算是為我壯膽吧。

就說有重要的事情必須先處理，我推延了原先和人客的約定。出發的日子到了，早點走才不會太熱。我們招來兩部人力車，到火車站換乘火車以後又是板車又是台車，加上身上背的，手上提的，這一路上我們很少交談，似乎多說一句就會少分力氣，就會更難到達目的地一般。我初嚐了什麼是下鄉到農村的意味。我終於看到了翠鳳、阿杰、少吉他們口中的農村，終於了解你為什麼不能常來看我，阿朗，光是一趟路就要耗掉整整半天的時間，更何況你去的地方可能比這裡還不方便啊。我和雅雲一邊問路，一邊認命地走著，根本不敢想究竟還需要多少時間才到得了。這樣的地方，有錢也叫不到車了。小路盡頭連接著一片田地。再遠些是更大的水田。男人拿著鞭子踩在泥水裡趕牛，旁邊幾個人彎著腰正忙著什麼。視線盡頭是一整排的樹林子。我們的左手邊長著幾棵香蕉樹，葉子粗大昂揚。現在是日正當中，我們已經上路好幾個小時，很渴也很累。對面走來幾個嬉笑的小男孩，我趁機開口問了。許登財的家在哪裡？一個說，什麼是許登財？另一個說，她是問他家在哪裡，那就是人，不是東西。停了一下，第三個說，是不是阿財伯仔？在我回話之前，第四個便迫不及待地說，我知道我知道，從田埂彎下去再走一段就到。他邊說邊指指前面。然後四個男孩爭先搶後地要為我們帶路。不僅僅帶路，他們還願意幫忙拿東西。沿著田埂然後彎下去。的確。當我們從田埂邊向右彎時，迎面而來的景物如同早已遺忘的相片突然又出現眼前一般，我不知不覺地放慢了腳步，行走在模糊的熟悉裡。這地方我來過。我似乎自言自語，又好像對著雅雲說。玉英姐，這是妳小時候的家。妳不是來過。妳是住在這裡……

你怎麼變得不勇敢了，大元？這是黑水溝啊，不碰上這種天氣才怪，不是嗎？我從心裡對大元這麼講，其實是說給自己聽，而且不能開口。嘴巴一動，海水立刻流入，讓舌頭不停地嚐著苦與鹹。大元一身全溼，冷得發顫。兩隻耳朵不但下垂，還倒縮。牠一下低頭，一下看著我，舉足無措。大元一定非常不願意在這甲板上撐著，可是我不走，牠也必須陪伴我，因為我一手握著牽牠的鍊子，一手握著船沿竿柱，兩腳張開膝蓋微微彎曲以便站得穩。我放眼四望，原是遠眺時不見邊際的大海，現在卻被層層厚重的水幛屏遮。分明是白日，天卻黑得有如深夜。風從四面奔騰而來，向八方呼嘯散去。我和大元感覺被高高舉起，又突然狠狠被往下拋棄。有時是左右胡亂甩動，又有時是上下沉浮不能站立。船外是衝天的巨大波濤，船內甲板上，只要不是綁著、繫著、圈著、鍊著或鎖著的一切，全被一掃而空。我和大元不也就處於這種情況？只要我一鬆手，或者只要我提起一根手指頭，附著的力量一旦減少，能夠在瞬間撕碎我們的力量立刻趁虛而入。

知道要變天了，我先帶著大元從下艙檢查起。貨都包妥綁緊了？全都做好了，老闆娘。

沒有遺漏的？都巡過幾遍了，如果不放心，妳可以親自看看。這次的貨可是大寶！除了胡椒、豆蔻之類的，更有象牙、犀牛角。這事當然只有我們兩人知道，郭命。原本以為讓兄弟們有福同享，所以有什麼貨說什麼貨。沒料到有人賊心犯賤，以為把高級貨的貨源出賣給官家，所得到的獎賞報酬可以高過我們的分紅，卻不知道自己受到利用，而且利用完就要讓人一腳踢開。別忘了自己究竟有幾兩重，官家會隨便就相信？老闆娘，我們這組人做事從不出差錯，除非船漏了、船擱了，絕對隔水隔得連個氣泡也鑽不進去！呸，你住嘴！你長嘴巴是為了詛咒這船來的？下回再敢拿那種字眼來刺痛我耳朵，就把你那張大嘴給縫了！那時風力剛轉強，我讓人收了一帆。過不多久又收一帆。糞桶清了。廚房裡所有的鍋、匙、盤、筷、鏟、碗、瓢、勺全鎖在櫃子裡。櫃子也讓繩索綁得死緊，拿大釘固定在牆板上。而且絕不留一點火星。風浪加劇，船身搖擺不已。弟兄們收下最後一張帆，在大風中掙扎著固定甲板上的一切之後便撤退到船艙裡。這時的海圖、測儀完全失去作用。我在天妃像前長跪，祈求她保佑桅桿不會斷裂，引導我們的船遠離暗礁、峭壁。然後才不理會你的勸阻，郭命，我和大元上到人人恨不得能夠遠躲的甲板。因為我要親眼看見天怎麼興風作浪，怎麼讓崖崩石墜，怎麼讓溫柔的浪花奔騰成萬馬千軍！

我可以看見，舢舨載著我和大元直上雲霄暢遊，和著悠揚的仙樂一會兒飄上一會兒飄下。眺望底下汪洋白波浮沉，大船小船逐浪遊蕩。天際嫣紅卻又四處平靜。我和大元，好的盡收，壞的盡除，全是地母娘娘的賜予。

不久。也許兩個時辰也許三個之後，風力小了，風速慢了。黑色巨濤縮成了白色浪花。白日不再讓黑夜專美。雖然仍舊是陰雨不斷，人人出艙上到甲板笑臉相迎。我們又險勝了一次天災撿回一命。我們彼此恭喜，就像是過年一般。趁著風勢正好，我們揚帆疾駛。黑水溝被拋在身後，讓我們取笑。西北面才是要去的方向。

可能是受了壞天氣的影響，四個晝夜大雨總是一路跟來。現在風更強了些，帆給吹得飽滿。我在船頭丟下一塊木片，和大元快速走到船尾，看見木片已漂離船尾一段距離。如果能持續這個速度，最遲三天就可靠岸。我心裡一陣歡喜。就在我朝炮筒方向往回走時，突然聽見長盛大喊。我順著他的手勢往船尾左側望去，一艘飄著官旗的大船正向著我們駛來。啊，怎麼回事！應該是天色不佳遮擾了視野才沒能早些看到這艘兵船。突來的情況讓人措手不及，只能做最壞的打算了。我讓弟兄們就戰鬥位置。接下來應當如何反應全看那船的意向。天地一片灰濛緊張，除了大雨不斷的嘩啦，四周沒有其他聲響。

我們的船雖然不慢，畢竟載滿貨，和空船不能比。兵船快速靠近了。我們屏息靜待，希望他們就此越過。突然轟的一聲，一顆炮彈擊中我們右舷的一小部分。現在清楚了，這些水兵確實是衝著我們而來。我下令還擊。長盛讓手下把一袋袋的鐵塊、鐵器塞入炮筒，炮彈擊中對方甲板，炸出一個黑洞。隨著炮彈飛出的鐵器四散，有如天降鐵雨。水兵哀號的聲音越過了大風大雨，清晰可聞。現在兩船更加靠近，能看到彼此的行動。一旦比最短的射程還近，雙方的大炮就不管用了。很明顯，他們是有備而來，郭命，先尾隨數天，等到風大的好日子才準確下手。就在這時，一塊四爪鐵錨拋了過來，牢牢扣住我們的船舷。水兵齊力拉縮鐵錨的繩索。緊接著一道長梯子伸了過來，他們藉著木梯跳上我們的船。和弟兄們的近距離廝殺再也無法避免。雨仍滂沱地下。風疾吹，浪翻滾，慘叫聲不斷，甲板一片狼藉。就在這混亂的時刻，我突然心生一計！我腰插大斧，奮力爬上綁在桅桿上的繩梯，打算砍斷帆繩。我一手抓繩梯，另一手奮力向粗大的帆繩砍去。一斧！再一斧！又一斧！我告訴自己，必須對準已砍過的斧痕劈下，才能儘快砍斷粗繩。兇猛的雨水打得我睜不開眼，我氣斷暈眩，感覺身上的力量正一寸寸流失。大元在底下看著我，牠亂蹦狂吠，聲音卻似乎越來越遠……。剎時，繩索斷裂，大帆翻飛，整艘船劇烈震盪，我和梯繩一起甩出，又立刻盪了回來，甩出、盪回、甩出、盪回，數次重覆。還好梯繩緩衝了我和桅桿的相互碰撞，否則必定不堪設想。我們的船慢了下來，滿帆的兵船離我們快速而去。架在兩船中間的木梯腰斷，在木梯上的水兵紛紛掉入海中隨即被淹沒。已經上到我們船上的，寡不敵眾，讓弟兄們全數殺光。

我們接收了水兵的武器。把他們的屍體拋入海中。甲板上處處血跡。啊，就讓大雨把厭惡與污濁沖刷乾淨吧！

在那邊怎麼過日子？就是幾個人擠一個房間，同船的，都在一棟樓裡。吃不好，睡不好，天天害怕，天天沒事做，也不自由。怎麼沒聽說你要回來？我自己也不知道。有人臨時通知，第二天就跟著原來的貨船往回走。大兄事先沒跟人講，怕中間有變化。他到港口接到我以後，直接去他家，半路上，他告訴我一些家裡的事……兩年半的時間，黑源看起來變化不大。他一向精瘦，皮膚晒得黑，現在除了頭髮長了些，整個人沒什麼不同。

後來我才聽說，原來有人誣陷貨船走私，人員貨物一併查扣。經過兩年多，調查才告一段落。到現在我也不知道究竟有沒有走私，或是走私了什麼。我的工作是搬貨、看貨，上層做了什麼或是有任何決定，也不會告訴我們下層的人。就是冤枉，冤枉我兩年多不能賺錢。這是黑源後來草草對我提起的事情經過。以前的日常又回到這個簡單的家，我不再去旅店洗被單，孩子也不再需要麻煩大嫂看顧。我和你的那一段，黑德，是從天上突然降下的甘甜。有時它會讓我出神回憶，有時它就像洗米時的小泡泡，還沒來得及細看，就已消逝得了無蹤影。

我根本忘了今天有人來舀糞，還好阿珠提醒了。下午，日頭軟一些，小路上的鄰居們騷動了起來。輪到右手邊張家的時候，就要準備了。我從後門出去。後牆上還不到底的下端有個洞。平時由一塊方形木板擋著，舀肥的就要來了，我把木板移開站在旁邊看著，免得有老鼠或是其他動物鑽進去。洞裡有個大桶子專門盛大小便。從屋內便所的坑下望，就是這個臭氣沖天的大桶。小孩上廁所時總會在坑上蹲半天，他們就愛看桶子裡數不盡的緩緩蠕動的白蛆。舀肥的人每隔一段時間會到我們這一區來清一次。他握著一支長長的大勺子，伸入洞裡，舀出大桶裡的屎尿放進他自己的兩個木桶裡，然後以扁擔擔到巷口水肥車旁，倒進去，再回到巷子裡的人家繼續工作。如此重複，直到各家的屎尿桶都清了才離開。如果一輩子必須以這樣的工作維生，不是件容易的事。每次我總會塞幾元錢給這些舀糞的人，謝謝他們，少了這種工作，大家就不能安心過日子了。

以前攏是用扛的。一大袋扛在肩頭上，走很斜的鐵梯上去，然後換個肩頭，也就是換人扛，一直到船艙口，再換一次到船上的倉庫。一堆人來來去去換來換去，像螞蟻搬餅乾屑。遠遠看，趣味，自己做才知道艱苦。黑源正在對阿明解釋他的工作。我們剛搬厝，一切亂糟糟。兩個大的上學去了，阿娟才五歲，不吵我已經是萬幸，別奢想她會幫忙。黑源只顧著和人說話，我一個人根本搬不動這張木床，還要注意阿娟，免得她撞到頭，絆到腳，真讓人緊張又厭煩。自從黑源失蹤兩年多後回來，他不再上船，換成在碼頭上搬貨、看倉庫。他的工作穩定了，收入家用也較好計算。小孩一天天長大，榻榻米房太小不夠住。二兄介紹鹽埕埔尾的舊房子。黑源自己來看過就決定買了。這幾年這裡省那裡省，省了一點小錢，加上賣掉榻榻米房，再從大兄二兄那裡湊一湊，將就了。這舊房在小巷子裡，比原來住的那條路還要窄，房子本身倒是大許多。黑源做了什麼安排全沒讓我知道，只在搬厝的前幾天才突然告訴我。一屋子的東西要整理，加上三個孩子又要煮三餐，真不知道該從哪裡做起。阿珠過來幫忙包東西，還一邊說她捨不得我搬走。我又何嘗願意離開。特別是離開你，黑德。搬走後就離你更遠了。路途遠近其實沒有意義，可是心情不答應呀。離得近，雖不見，仍有一線牽。至少我們生病時，可以去醫生館看你。

我以為很難，黑德，卻沒想到會是那麼容易，幾乎不留痕跡。我們的再相聚再分離，全在適當的時間裡適當地發生，並且沒有太多遺憾地結束，多麼美麗。哀傷是難免的，就讓它存在心底，也讓我們如此這般生活下去。我就像一般在這個時代的女人，為了孩子、為了家庭庸庸碌碌過完一生。也許這是一個女人最好的結局，也許不是……

現在比較自動化了。黑源繼續說。大袋子放入大簍子裡用機器吊。把鍊子勾住簍子，機器吊上以後彎到船艙口，伸下去，就直接在倉庫裡了。阿明很興奮地聽著。他是二兄做土水時的舊識，二兄請他來把我們的灶修好一些。聽阿明的語意似乎想換工作，所以向黑源打聽碼頭上的情況。來幫忙一下，要不然今天別睡了！我故意大聲嚷，打斷他們的談話。妳在吵什麼？黑源不高興地問。床沒放好就不能放櫃子、櫥子，沒有櫃子、櫥子就不能放東西。兩個男人應聲而來。一起抬高、抬低、舉起、放下。右邊房間的木板床架好了櫥櫃也放妥，左邊榻榻米房間原本就有壁櫥。不過這機器有時也會出問題，要很小心。兩個男人竟然又在廚房裡聊起來。我知道黑源就要提他受傷的事。那次是因為勾簍子的鐵鍊斷掉，還好掉下來的簍子只把他的右臂撞得脫臼。下個意外就把我嚇壞了。那是因為黑源在碼頭上跟人打架！

事情發生之前我一直不知道做工還要分派系。倉庫主管因為少了十三袋糖被貿易商控告，所以把火氣出在搬運工人身上。台南幫和澎湖幫的人相互指責對方偷竊而打了起來。聽說，碼頭上工人之間常會吵架相罵，約集起來打架卻是少見。這次雙方把在手上已有的或能拿到的工具全用上了，打得難分難解，還驚動警察來處理。黑源傷得相當嚴重。我和三個孩子趕到醫院時他還不太清醒。繃帶紮了他大半個臉，我們差點認不出來。他赤裸著上身，胸膛到腰部給紗布圍了一大圈。輕輕叫他，也只有哼哼的回應，眼睛仍然緊閉。孩子們看到阿爸一動也不動地躺著，全都嚇哭了。這大房間究竟躺了幾個病人也沒心去注意，一看就知道家屬比病人多太多，有如早晨的市場那般吵雜。耳裡的一大片鬧哄像簾子般把人圈住，逃也逃不掉。我不說一句話。孩子們只敢小聲地啜泣。不知怎麼了，我第一次感到黑源的重要，第一次體會到他對這個家庭的付出。這麼多年來我第一次仔細想著這個從小就令我討厭的男人。我突然不再從自己出發來看黑源，而是以一個陌生人的眼睛看著這個在工作中受傷的男子。黑源愛發脾氣沒有耐心。即使帶給自己一些麻煩，他仍然樂於幫助朋友。他盡責、顧家、愛孩子，處處節省而不懶惰。記得有次春美送來四塊蛋黃餅，就裝在灰撲的粗紙盒裡。我吃了一塊，盒底留有油漬印。後來黑源也拿出一塊放在撕下的日曆紙上。餅皮酥脆，掉了好些。他吃掉餅，彎起日曆紙的兩邊，仰起頭把餅碎倒進嘴裡。掀起茶壺蓋，把蓋子倒過來，食指按住蓋上的小圓孔，其他四指張開，撐著壺蓋，小心把開水倒進圓周邊稍稍立起的蓋子，就著邊緣把水喝了，然後他把剩下的兩塊餅收入菜櫥裡，也記得把墊著櫥子四腳的小碟子加了水，才能防止螞蟻沿著櫥腳往上爬。

說不明白是什麼力量催促我突然改變了自己的想法，改變了我對他的感覺。孩子的哭泣與病房的吵雜並不讓我氣燥。我彷彿飄旋在病房上方，往下看著眼前的一切。那些生活中的嘆息、爭吵、呻吟、咒罵，以及許多的刺痛與傷害，卻都和我完全無關。奇怪的是，這個突兀的離開現實只存在剎那之間，當我又踏上病房地板，就立刻回到了我自己，回到了有血肉、能感知的自己。就好像，在虛無中漂泊的靈魂一旦再度進到軀殼，思想情感似乎就從未短暫離開過。

既然看不到醫生，找不到護士，也不能和黑源說話，我只能帶著孩子離開，一切交給大兄二兄去處理。兩天之後黑源才完全清醒。還好也只是刀子的割傷和鑽子的刺傷，只有皮肉受苦，沒傷到筋骨。他在家躺了一個半月才又開始上工。這都是兩三年前的事了。現在兩個男人邊抽煙邊聊天。什麼時候開始黑源也幫起阿明攪水泥，修灶的事應該很快可以做好。

新住的地方離哈瑪星更遠了，也和朋友們斷了消息。搬一次厝就是斷一次根。從花宅到高雄，斷了桂枝和天人菊。從鼓山到鹽埕，斷了春美和阿珠。當然我也不再去你的診所看病，黑德。要是黑源知道了會有什麼後果？只要我不找你，你也找不到我。那段突然出現在生活中的重逢就算是天公對我們的慷慨補償。其實命運對待我們多麼仁慈，黑德，他給我們的是對彼此的珍惜。倘若我們真的如願結合，生活中無情的折磨是否就會把珍惜轉變成怨懟呢？

阿財伯仔，財伯仔，你有人客，有人要找你。孩子們熱乎乎地叫著。我們帶來的東西四個孩子都分攤拿了，就像他們也和我們一起從台北來那般。房內沒人出來相應。到後面的場子看看吧。我突然這麼說。雅雲看了看我，玉英姐，妳記得這屋後還有個場子？記起來了。站在這失修的磚屋前我有稀薄的記憶。我看到阿母把一件件衣服穿過粗長的竹竿子晾起來。我看到自己追著小雞時踏上了靠在牆邊的鋤頭，我跌倒，鋤頭柄打上臉，我躺在地上痛得大哭。這些匆匆掠過腦際的，如同醒來後對眠夢的回憶，模糊而片段。場子上因失修而露出水泥摻著泥土的坑洞還在；牛板車停在一角，大輪子鏽得厲害，那灰灰的紅赭相當是屋頂上老舊瓦片的顏色；場邊的竹林暗綠茂密，有些斷了，參差歪斜地倚在一起……寶鳳仔，寶鳳仔，是妳噢，妳回來了！這個阿爸從屋後讓男孩們簇擁著來。一邊脫掉草笠一邊興奮地對著我說。他的赤腳上沾了些黑土，捲起褲管的黑褲上面是一件破了幾個洞的衫衣。我們對看了一下，他才有些怯生地領我們進到磚房。屋內低矮黑暗。屋頂牆角有許多蜘蛛絲。我們把帶來的大小包就地放著，男孩們也跟著做。阿爸掀開左側的布簾，房間裡是一片高出地面許多的木板床。離簾子較遠靠唯一窗子較近的地方躺著個瘦削的女人。她手裡有支圓紙扇，正緩慢地扇著。阿爸用手打了打腳底，登上床移近女人，細聲對她說，腰仔，寶鳳仔回來了，妳思思念念的寶鳳仔回來看妳了。阿爸示意我也登上床。我脫掉鞋，上了還會讓人壓出響聲的老木床。我跪下來，望著這個女人，她也望著我。女人開始流淚。淚珠串成一條小流水，從她的眼角流入她凌亂的頭髮裡。不會錯了。這是我阿母。我記得她。我認得她。阿母看著我，良久良久。她的嘴唇微顫，卻說不出話來。原本靜靜的流淚變成了低聲哭泣，變成了讓她整個身體捲曲起來的哭泣。

妳有給查甫人欺負嘸？嘸啦，阿母，妳放心。嘸就好，嘸就好。寶鳳仔，妳真好看，衣服也真高級，我看了真歡喜。寶鳳仔，我告訴妳，妳要原諒我和妳阿爸。當初時日子確實過不下去了……阿母有些吃力地坐了起來，緩緩說出隱藏在心底多時的話。就在這一家人曾經一起睡過的大木板床上，就在十六年後重逢的第一天，從生父母的敘述中我逐漸拼湊出那破碎的圖像。原來我有三個阿姐一個阿兄。大姐二姐在貧困中成長。三姐和唯一的阿兄幼小時就已生病過世。我出生後，阿爸的耕地又被徵收更多。補償的錢怎有夠吃三天！阿爸現在說來，仍是相當切齒。由於害怕因為貧窮而可能讓我生病甚至死亡，阿爸阿母才採納了阿強的建議並且由他牽線，把我賣給了阿尾姨。那時他們強調，阿尾姨必須是第一個也是最後一個經手人；也就是，阿尾姨不可以把我再賣給其他人。阿尾姨自己說，她不靠販賣小女孩維生，合同上也寫明白了。阿母不識字，阿爸只認得自己的名字。他讓寫字的先生解釋合同內容，認為沒有不妥之處才在許登財三個字下面按了紅指印。這就是割籐永斷的故事。現在，因著阿母的堅持與不捨，因著阿爸體念阿母深藏內心的渴望，他們終於找到了我，曾經被迫割斷的籐蓆又重新連接起來。

我帶了男女各一套衣料，一條重重的金鍊子，大包大包的香菇、金針、燕窩、十帖補藥、幾個五爪蘋果，一些現款，一一交給了親生父母。這些是我所能想得到的，也是我和雅雲能夠拿得動的。現在看到他們的生活，下次該帶什麼，或往後該怎麼幫忙這個家，我已經心裡有數。寶鳳仔，十多年不見，妳比小時候更漂亮了。還有，妳這雙手啊，這麼細綿綿，不用摸，一看就知道不是種田人的手，我真是太歡喜了。只要妳不讓人家苦毒，我就放心了。阿母皺著笑臉，一字一字慢慢地說。歹勢，也不知道妳們要來，不能準備東西招待，真失禮。不免，不免。剛剛喝了幾口白開水就夠了，就很好了。阿母一直拉著我的手，我只感覺到她粗糙的手掌，心裡卻一陣生疏。從小到大，除了和姐妹們拉拉手，扯扯辮子之外，就只有和你相親了，阿朗。現在讓這生母握著，一種奇異的感覺從心底升起，我儘量讓自己不把手收回來。該說的，重複再重複。阿爸阿母不斷說他們對不住我，但願我不要怨恨他們，把我賣掉是當時所能做的最好決定了。我也一再地說，過去就不需要再提，眼前讓阿母看醫生才是最重要的。

為了能回到台北，我們必須趕路。阿母堅持要起身相送，她虛弱地站在門口，頻頻說著要我再來。阿爸陪我們走一段。為我們引路的四個男孩何時散去，我一點也沒發覺。真橫霸！土地全拿去，叫人怎麼生活！阿爸邊走邊說。我們一群人去會社討公道，有什麼用，他們把大門關死死，外面還站著一堆派出所來的，怎麼跟他們拼？十條命也配不夠！唉，雖然都是過去的事情了，想起來還是一肚子火。還好，組合幫忙討回來四分。四分比沒有好。阿爸邊說邊比劃。他的四根手指骨突出而扭彎。組合？你是說農民組合？我好奇地問。是啊。阿爸重重地點頭。組合的人替做田人出氣，替做田人講話討公道。沒有組合，生活就更難過了……

我和雅雲回到台北時已經累垮了。晚間的街道顯得有些冷清。我們在廟口吃了碗麵線才回家。身體雖然疲累，我的腦子卻是萬分清醒。一直以來我總認為你的事情和我無關，阿朗。我看不到你工作的全貌，也從不過問我給的錢究竟流向何方。因為我信任你，我也信任我自己。我信任自己不會看錯人。從鄉下回來，那個感覺一路跟隨。我不只幫了不認識的貧困農民，還幫了親生父母，也是間接幫了我自己。我是阿爸阿母的女兒，幫了他們，我也受惠。這一個不可言說的循環，新奇而神祕。新奇，是因為看似無關的事件竟然彼此環環相套。到底是什麼力量把這些不相關的事情串聯一起？一旦聯繫上了，和整個事態有關的時空背景才在眼前豁然展開，令我感到萬分神祕。

報紙上寫著戰事緊張的消息。收音機廣播要人人團結努力生產。我照樣生活。照樣陪酒、吃飯、唱曲，也照樣讀書、寫詩、發呆。我和雅雲又去了兩次鄉下，也都給了阿爸阿母現錢。阿母的氣色好些。阿爸說這都是我的功勞。在自己家裡，雅雲檢查了藏在我床下的武器，一切妥當。眼下，應該沒有操煩的事。我跪在沙發椅上，倚著椅背從格子窗向外望去。黑色電線上站著許多鳥兒，有的飛去有的飛來。天上白雲輕輕飄移，風不大。賣冬瓜茶的推著他的茶攤走過；下午了，他的桶子應該空了。分別在兩輛腳踏車上的人邊騎邊講話，似乎沒有停下來的意思。天下安靜。我喜歡這般的閒適。可是我的閒適懶散裡卻隱約透露出不安。近來，我心裡滋育出綿細的，可以清楚察知的愧疚。原先這愧疚的來處不明，直到我強迫自己坐下細想，才勉強有個輪廓。曾經我怨嘆自己斷籐的孤女命運，現在這斷裂又再度銜接，我應該歡欣快活。只是我不但不歡欣不快活，反而嫌惡這個包袱，想要丟棄這個包袱。我竟然覺得生父生母的出現是個包袱！這種不道德的感覺讓我焦慮，讓我不安。不知道他們對這突然的重逢有什麼感覺？當然非常高興啊，玉英姐，這事還用問？雅雲說得一點也不轉彎。那麼我呢？我應該高興嗎？

陳府這氣派我是喜歡的。長而高的磚牆不但隔阻人們方便對內窺望，也隔阻了人心的覬覦。大戶人家通常立著搶眼的紅朱門以求富貴，陳府的大門卻是寶藍青綠色，少了驕恃焰氣。在這件事情上，陳祖德是聰明的。應該是主人先前示意，守門的也不問明白，讓我們逕自進入。一跨門檻，一抬頭，吊掛前廊的八大籠燈光彩立即入眼。月夜裡，數棵大樹只顯出黑壯的枝幹以及隨風搖曳的濃暗葉影，看不出內庭的深幽。陳祖德早已在大廳等候我們。一陣寒暄之後，他把我們讓到飯堂裡。飯桌旁早已先坐了個年輕人，一見來客也就站了起來。陳爺介紹這是他二姪，特地到省城來跟他學做買賣。年輕人看到大元似乎有些不自在。也難怪，誰會去人家作客時，還把這麼隻大狼狗帶了來，更別說是讓牠也跟進了屋裡。平姑，還是老規矩，讓大元先在院子裡吃？謝陳爺。大元只在白天吃兩餐，現在是晚上，就請給些水吧。看來陳祖德還記得第一次見面時的一件小事情。那時我堅持大元和我們一起吃飯，陳祖德感到為難。哪有畜牲和人同桌吃飯的？他一脫口就這麼說。大元不是畜牲！大元是我，我是大元！聽我這麼蠻橫的口氣，陳祖德好不尷尬。這不就間接指責他說我是畜牲？我一說完，感到氣氛不對，立即圓場。這麼吧，我先看著牠在後院裡吃完，才進到屋裡和你們一起，行嗎？從小，大元吃東西就不離開我的視線。我怕牠吃錯東西、吃壞肚子，更怕牠被下毒。現在陳祖德記得先前的例子，也就問了我一聲。大元的舌頭掃得快，稀呼兩下子盆裡的水就全不見蹤影了，我才把牠帶回食堂。牠安靜地躺一旁，根本讓人把牠忘了。

陳祖德是個殷實的商人。他的成功必定和他的知進退、重承諾有密切的關係。和我們交往，他只訂貨，從不過問貨物來自何處或是我們如何得到這些貨。不過，他光看妳帶著大元的架勢必定知道我們的來歷。你曾經這麼說，郭命。也對也不對。我乾脆地答。我們來陳府可都是刻意打扮才出發，而且我們也從來不提海上喋血事件，不是嗎？這就是陳爺聰明的地方。你不服地繼續說。正是因為他知道我們是誰，才好避開一些容易引出麻煩的話題。我們雙方知己知彼，相待以禮，買賣才能做得長久。

巧的是，每當我們相互敬酒，大元就在一旁打哈欠，似乎敬酒對牠是那麼地了無意義。那個二姪看著有趣，笑了笑。兩位經常遊走海上，不知是否也感到我們這一帶近年海賊有增加的趨勢？陳祖德看起來似乎很誠懇地問。我們做小生意只不過在沿岸跑跑，沒特別注意到。你機警地接腔，也試探性地問，陳爺可發現了什麼？我在陸地上能有什麼發現？只是聽說，官廳因為從陸上很難取得海上的消息，所以出了個新策略叫以盜制盜。這有趣。你立即回應了，郭命，彷彿你對這壞人打壞人的主意很有興致。聽說海賊各有地盤卻又合縱連橫，既競爭又合作。原本合作的可以瞬間反目，原本是競爭對手必要時又可以合作無間。這種情形讓官廳無所適從，所以才從海賊彼此相知的這一線索下手。我不明白，陳爺，這以盜制盜的策略不就是讓海賊抓海賊？沒錯。陳爺點點頭。如果他們彼此相識，又怎麼讓海賊抓海賊呢？抓海賊是水兵的工作呀。這下，由我接腔。當然不是讓海賊親自出手，而是讓甲海賊供出乙海賊的計畫和路徑。那麼甲海賊會得到什麼好處？他見了官不也是死路一條？當然有好處他才願意合作。朝廷不但賜下免死金牌還賞給五品官職！……

我突然明白過來。在那個狂大風雨的日子，像鬼魅般來自無處，突然出現，並且攻擊我們的兵船，必定是我們遭到出賣的結果。那次事件之後，你我長時間左思右想，郭命，怎麼就在我們換完貨，單獨回程途中，會有一艘兵船追趕而來？就像是官家早已知道我們的行蹤，先躲了起來，等候適當時機才下手那般。那次真是天妃保佑，讓我們死裡逃生了。我清楚記得，正當敵我兩船戰鬥激烈，水兵跑過銜接橋上到我們的船時，我真以為我們氣數已盡就要葬身海底。在大雨傾盆中，我使盡全身力氣循著桅桿的繩梯往上爬，一斧斧地砍著帆篷上的粗索。大雨打得我難以睜開眼睛。好幾次我覺得就要被驟雨沖下，仍然咬緊牙奮力向粗繩砍去。就在帆繩斷裂帆篷翻飛的剎那，我想我們得救了，我立刻可以死去。啊，我真想隨著風帆無限翱翔！我下望到甲板，那是一場恐怖的狼藉與混亂。我看到了大元和你，郭命。大元死命地咬住一名水兵的腿，儘管他朝著牠的頭就要狠劈。是你救了大元，郭命。你在那水兵就要向大元下手的頃刻間，從兩個人身以外的距離，閃電般地衝了過來，出手一擋，讓水兵砍到了你的刀而不是大元的頭！其實大元那時已受傷，痛楚讓牠更加發狂，讓牠只懂得攻擊不懂得自保……。

就這麼說好了，陳爺，明天早上我讓人把象牙送過來，一根都不少。行！我會準備好現錢。老規矩，我們一手交錢一手交貨。就在陳祖德開朗的笑聲中，年輕人送我們出陳府。枝椏頂著一輪發亮的明月。四周靜寂。

說說看，郭命，今晚陳祖德把海賊這兩字講得那麼清楚，是對我們的暗示吧？妳說呢？他當然是間接提醒。郭幫是他穩定的貨源，他有充足理由不希望我們遭殃，不是嗎？

我們好好走一段吧，郭命，趁著這如水的月夜……

搬厝也好，雖然忙，一些平時看不到、用不上的東西可以出清丟棄。換了個地方就要把還需要的整理歸位，這事不難，可讓阿娟幫點忙。我把打算放櫃子最上層的全堆在一起，然後站上圓頭椅仔，阿娟一樣樣遞上來，免得我還要從椅子上上下下，太麻煩。原本做得好好的，突然一滑手，收著戶口名簿和其他重要文件的鐵盒子掉了下去，裡面的紙張散落一地。阿娟撿起一張照片，看了看，問我照片裡的人是誰。啊，那張照片！我暫時停下工作，和阿娟一起坐在床沿看照片。那是二嫂的邀約。

阿娟才四個月大時我們去二兄家過中秋。先去買了兩盒月餅帶著。到了二兄家才看見，他們的月餅盒不僅放滿桌面還疊高了起來，牆角更有兩大簍文旦。我們到達後不久，仍然陸續有人來送禮，女人和孩子也就避到樓上去了。今天已經是中秋，要送禮的一星期前就已經開始，我倒是沒想到今天還有人來。二嫂邊倒汽水邊笑著說。汽水的滋味，喝過一次就終身難忘。我第一次喝汽水就是二嫂倒給我的，我們自己買不起這種能讓泡泡從嘴裡一路滾到肚子裡的甜水。我讓孩子們兩手拿杯，要是翻倒掉地了就非常可惜。光是看杯裡大大小小的透明水泡，孩子也根本忘了要喝。二嫂不過大我兩歲，她看起來成熟、穩重、幹練，應該是和她做生意的家庭背景有關。她習慣人來人往，並且察覺細微。二嫂說話快又大聲，一開口總是要驚動在場的每一個人，她的笑眼似乎更增添了她說話的氣勢。我從未看過二嫂皺眉。她在思考、擔心、憂慮時不但不低頭皺眉，反而把眼睛張得好大。就好像擔心憂慮對她是一種驚訝，一種不可能、不會是，一種違反自然的情緒那般。二嫂和平常人不同的反應或者也是她性情最特別的地方。擔心、憂慮原本不屬於她的生活，一旦出現就成了奇異事件，就會讓她感到驚訝。

梅仔，這給妳玩。金金亮亮的，妳一定會喜歡。二嫂笑著把一手掌的金彩細紙給了阿梅。那是月餅盒裡的裝飾。裁成細線條的塑膠紙或塑膠繩上有許多不同的顏色甚至包括金和銀。五彩細線幾乎沒有重量，輕巧美麗，女孩們總喜歡把它們撒在頭上裝扮成新娘，或揉成一小團當成寶貝收在口袋裡。阿梅對我看了看，我向她點點頭，她才怯怯地從二嫂手裡接過來那些彩虹線。就在那天，二嫂突然有個主意。她認為我們兩個女人和孩子可以一起到寫真館照張相做紀念。

我和三個孩子在照片的右邊。二嫂和她的三個孩子在左邊。我們大人有著同樣的裝扮。都把頭髮往後梳成一個髻，都穿著長到腳踝的長袖連身旗袍，也都把兩支腳左右交叉地擺著。其中的差別是，二嫂的旗袍有著直線條紋，我的旗袍黑底上綴著小白花。二嫂戴著珍珠耳飾和金戒指，我什麼也沒有。她三歲、四歲的兒子像小紳士模樣地都戴著寬邊帽。三歲兒子穿著雙排釦的外套和中統襪。四歲的兒子穿著寬寬的七分褲，打領結，西裝外套裡是件小背心。才剛會走路的小女兒身上是件大花洋裝，她倚在二嫂身旁。和我同看照片的阿娟好奇地問，我抱著坐在腿上的嬰兒是誰。原來娟仔從未看過這張照片。想來我是收得太好了。不就是！這照片放在重要文件的鐵盒裡，可見得我對它的重視。然而，再怎麼值得珍惜的物品或珍珠般的記憶，往往蒙塵在生活瑣事裡。如果不有時端詳物品，如果不有時挑撥記憶，即使值得愛惜或者珠鑽一般地寶貴，和空氣、水泡又有何兩樣？不都是只存在一時不存在一世？現在我知道了，阿娟笑笑地說，那是我，站在阿母旁邊的是阿梅，坐在我旁邊的是阿祥。照片背景是打開到兩邊的豹紋簾子。菱形的白色花架以及開放在濃霧中的花朵正半隱在簾子後面。背景中的一切當然是假，和真人一同停頓在照片裡，真的假的也就同值了。

阿祥放學了。阿梅不久後也回到家。男孩子生性就玩得野。阿祥的脖子和手臂彎上都有幾條汗水混著灰塵的黑線，我讓阿梅把弟弟洗乾淨。黑源買的這房子實在奇特。客廳和臥房在一邊，廚房和浴室、廁所在對面，中間隔著的一條小道其實是人人走動的巷子。每天睡覺前要鎖兩邊的門，每天睡醒後要開兩邊的門。對面浴室是個狹長的房間沒有窗，連白天也要點亮那暈黃的燈泡。浴室內有個大水缸，一支大瓢子在水面上浮著。水缸旁有個大腳桶和洗臉盆。牆上有一長木條，上面的鐵釘可用來掛毛巾掛衣服。其中一邊，地連牆的地方有一條沿著牆並且通向外面的小水溝。大腳桶其實不是桶而是臉盆的擴大再擴大。小孩可坐在裡面洗澡，大人就要把水潑出來洗才行。阿祥不見得願意讓姐姐洗，浴室裡的吵嚷，有時必須要我拿起竹條裝勢要打人了，才能止得住。

就像麵湯裡要加上辣椒才能提味一樣，夜市、廟會從來就是無聊繁瑣的日子裡讓人興奮的點綴。不一樣的廟口，一樣的熱鬧。我們只能看色彩、看花俏不敢亂花錢，所以捏麵人的攤子就是我們停留最久的地方。捏麵人總是準備有許多大小不同的色塊，由麵粉、糯米揉搓加上顏色而來。捏麵人拔下黑色小塊在板子上搓成一長條，拔下黃色小塊以小鐵片壓扁，拿小刀刮出矛尖的形狀，和剛剛做的黑長條連接，就成了武將手上的一支戟。他又把紅色小塊搓成極細的紅線，拿竹片削成的小鑷子把細紅線嵌入戟端做裝飾。捏麵人的攤子上有紅臉關公、何仙姑、三太子和其他故事中的主角。他的鳳冠霞帔色彩繁複，層層上疊的顏色、形狀以及彎曲凹凸的薄厚片與粗細線段、線條所構成的人物、動物，全都讓人一看而捨不得撇頭、捨不得閉眼。晚上了，燈光下的雷峰塔和武則天更添油彩與華麗。捏麵人攤子對面的炸棗子竄出油香味，一路飄到麵線糊的蔥花上，和黑醋混淆一起。戲台上，孟姜女的長城其實是讓鑼鼓聲震倒的。我們邊走邊發覺新奇和愉快。孩子們的喜歡當然就是我的歡喜。

當然都是大的領著小的做。每天晚上睡覺前總是要吵鬧一段時間。應該是榻榻米太大一片了，孩子更能在上面轉小圈翻筋斗。被子枕頭亂丟亂拋。邊玩還邊叫。一旦吵得不像話了我會揮著細竹條打他們手腳。好不容易靜下來了，在被子裡的身體仍是動個不停，嘴巴也非要講幾句而彼此刺激挑釁不可，直到累了睡去。自從黑源買了收音機情況變得好多了。收音機就放在進門對面的神桌旁邊。黑源每天下班第一件事就是扭開收音機，抽著煙喝著茶，有時聽新聞有時聽音樂，反正我們彼此沒什麼話好講。每晚的廣播劇改變了孩子們睡覺前的壞習慣。廣播劇裡只有一男一女說話，他們分別交代不同的角色。這種有故事的每天繼續前一天情節的節目，不但我們大人喜歡聽，孩子們也聽上了癮。連阿娟也彷彿懂得並讓劇情深深吸引那般，安靜地躺著聽那黑棕盒子傳出來的悲傷或喜悅。

我每天早上給佛祖供清水，燒三柱香。把香插入香爐裡時必須踮起腳尖，因為神桌釘得高，不但節省空間，神桌和地面之間還可以放東西。這是個馬蹄型的房子。一進門，右邊是窗子，正面是並排的兩個房間。左邊那房小些，可以推放暫時不用的東西。打掃時，通常我會從左邊房整理起。棧間總是容易躲小蟲。蟑螂最是讓我害怕。特別是它開始伸展薄薄的棕色翅膀的時候，似乎專門對付我而來，總是追著我飛。做家事煮三餐，一天過完又一天。雖然偶爾有生活中的大風小浪，日子還算過得去，收音機播出來的消息卻是讓我難以想像。播報員總是說哪裡有戰事，哪裡掉了多少飛機，哪裡死了多少人。外國的什麼地方、什麼人我不懂，知道台北有空襲就令人擔心。台北我沒去過，聽說要花一天的時間換幾趟車才能到得了。就在我覺得住在高雄安全時，黑源突然要我帶著孩子疏開回老家。男人在外工作比較容易得到消息。一定是他聽到了什麼風吹草動。趁現在高雄澎湖之間還跑船，戰爭變化太快，隨時都有可能走不了，黑源這麼說。大嫂二嫂的娘家都在高雄鄉下，緊急時，不需要太多時間就可以避到比較安全的地方。飛機都是炸城市、炸港口，不炸稻米也不炸小木橋。鄰居們都這麼說。

大阿母可高興了。本來大阿兄們和大阿姐也全住到高雄去。因著疏開避難，他們也都暫時回到花宅來，所以大阿母的大房子裡有更多人走動了。雖然大阿爸幾年前歸天，大阿母也不完全獨居，除了舊親戚、老鄰居互相看頭看尾，兄姐們也時常往返高雄與花宅，只是最近人來得多了，氣氛跟著熱絡起來。由於阿爸阿母早已過世，我們的老房子空了許久，鄉親們幫忙清潔打掃，很快就可以再在裡面生活。這裡有我太多太多的回憶。一踏進屋子，悲傷的、歡喜的精靈全都迎面撲來，我告訴自己要避開它們，才能帶著孩子過生活。黑源、二兄和黑丁拿牛糞餅修補的硓𥑮石牆又剝損了一些，只是鑽出牆的小花依然旺盛。我和阿母做山的土地上長滿密密的雜草。站在小丘上的長草裡，以前的風吹著我胡亂起舞的頭髮，現在的風吹的是我挽在腦後的髻。港灣依舊，只是蕭條零落。木棒橋踢陷了幾處也沒補好，也許是因為沒人接手整大阿爸的大船，出魚、賣魚盛況不再的緣故。只有天人菊仍是一簇簇盛開，仍是強悍不屈地生長；它們仍是花宅天空中不斷旋轉的小太陽。

花宅沒有你就不是完整的花宅，黑德。前後二十年的變遷，誰有膽量細細回憶？不回憶，誰有能耐忍受那樣的空白？每天黃昏，我仍然從望海巷走到大沙灘。我還是讓隨著浪濤退去的細砂痴痴地咬著腳底。風大了，我抓緊外套，輕輕地回頭，你再也不會從大岩塊背後出現了，黑德。海面上沒有我的傘，只有隨著浪潮追趕而去的風。

光頭伯說他不信日本人要村民拚命做的是造防空洞。防空洞怎麼需要鐵軌？這是光頭伯的懷疑。還有，怎麼防空洞全集中在鴛鴦窟那裡？就是三歲囝仔也不會相信。光頭伯繼續批評地說。除了老人、小孩，全村的人都發動去挖山，這讓我想起小時候和阿母做山種蕃薯。那時的地雖是區區一小塊也夠忙的了，現在是挖山洞，而且一挖就好幾個。不只是挖，還要快挖！拿鋤頭工作怎麼快得起來？已經挖出來的就要一畚箕一畚箕地擔在肩上，挑去倒在遠遠的草叢裡。人連人手接手，工作非常艱苦也常有人受傷，卻沒人敢反抗。人手不夠了，日本人還去隔壁小島上調。家家只能把自己的事擱在一旁，挖山洞、架木樁成了清晨一張開眼就必須準備做的事。我先分配到煮飯的工作。在大日頭下煮二十多人吃的東西，真是可怕的折磨。光是生火，就已經讓人覺得是身上揹了個火爐，加上中天上的太陽赤炎炎，汗水流盡，卻不敢多偷喝煮飯用的清水。輪到扛鋤頭挖土洞時，我看到日本兵在洞內牽電線。一些洞裡甚至有土梯可以通到上層。還有一個大洞內正有人安裝一部大機器。我全不了解這些工作或是器械的用意。日本人也吆喝著，不准我們看。很久以後才聽人說，從洞內延伸到水邊的鐵軌是專門運送小快艇用的。快艇出任務回來靠岸後，一旦沒有遮攔容易讓飛機發現。透過鐵軌運送把小艇藏在洞裡，從空中下望也只是一般小丘，不會讓人起疑。原來日本在望安部署了特攻隊！我們挖出的大山洞其實是寢室、指揮所和其他作戰設施的房舍。再後來才知道我們的工作白費了，因為這基地還沒開始用上，戰爭就已經結束。我們回高雄不久後就聽說台灣光復，日本人必須離開。

把玻璃往上推算是開了窗。風太大吹亂了頭髮。拉下玻璃窗就幾乎是阻絕了空氣，讓人悶得慌。要拉得適中或拉出一條縫卻也不簡單。窗子兩邊的軌道做得不好，使得玻璃只能卡卡鈍鈍地難上難下。我一個人坐在火車裡，心慌意亂。除了看得見的手腳身體是自己的之外，我不再是玉英。我感覺不到我。事情來得太突然，方寸全走了樣，又怎麼能做任何準備？也不過是一天半前的事。我正對著鏡子梳妝等著啟瑞洋行的派車，卻聽到異樣的，雅雲一路跑上樓的聲音。玉英姐，妳必須離開台北！越快越好！雅雲從來不曾這麼嚴肅、這麼堅定地對我說話。更確切些，她是在命令我！她臉部表情和講話的語氣明白地暗示，我沒有不聽命令的餘地。在我尚未從震驚中回過神來問話時，雅雲更接著講，劉蔡先生怕妳有危險，要妳儘快離開台北！阿朗？離開台北？為什麼要離開？我能去哪裡？先生沒交代妳應該去哪裡，我倒是想，去台南找妳的姐妹們應該最恰當。還有，我很快會把妳床下的東西清出去，今晚不回來睡了。明天我會去準備車票，並且去書法先生那裡跑一趟，告訴他，妳有急事，時間不允許妳親自來告辭。妳簡單收拾一下，後天第一班車就離開！一旋身，剛回來的雅雲又不見了，只留下錯愕的我。

無緣無故，沒有原因。我驚恐、害怕地踏上了前往台南的旅途。

十天前，阿朗，不過短短十天前你來看我時神情憔悴。你的鐵灰色寬邊帽蹋陷了一角。你的襯衫不再平整，鞋子上不但蒙上灰塵還沾了土。你好嗎，阿朗？我擔心地問。我很好。只是有些累。妳呢？又去看生父生母了？我猶豫片刻才鼓起勇氣對你說了我對親生父母的感覺。我告訴你，我覺得他們是我的包袱、我的累贅。我還告訴你，其實我並不想下鄉去看他們，不但懶得起程，一到那裡就立刻想要回來，因為除了不斷重複，我們之間沒有深刻的話可說，只是彼此浪費時間而已。我是不是無情無義，阿朗？我是不是一個沒有心肝的人？你想了片刻，才說：妳認為自己無情義其實只是因為不習慣。妳不習慣把本來完全不在生活中的人突然必須當成生命中重要的人來對待。不只是妳，任何人都做不到。也正因為妳有情有義才把他們的貧困背在自己身上。只有義務，沒有感情，這樣的路走起來就累了。近二十年的空白關係怎麼彌補？現在妳正接濟他們，至少目前就維持這種情況吧。

是啊，你總能把話說得透，我能不天天想著你、盼著你？那是我們最後一次見面，阿朗。你並沒有提起我必須離開台北的事情。我只隱約地感覺蹊蹺。我從你的神情、你的衣著覺得什麼事情不對了，卻不敢直接問，以為可以因此而避掉不愉快，可以因此而避掉負面的驚訝。如今負面驚訝找上了我、俘虜了我。我正走在未來的道路上，卻對未來一無所知。

見到阿久她們時，我已經累垮了，餓昏了。她們卻興奮得就像在過年。太好了！現在我們又可以一起表演了。阿久說。台南讀書人不少，我看啊，妳會作詩作不完。銀霞這麼講。生活是容易的，只要是自己所熟知。我走得匆忙。除了金飾、現金和房子的鑰匙之外幾乎沒帶什麼下來。這才好。姐妹們說。我們更有一起去買東西的機會了。不到兩個星期，從內衣到外套，從眉筆、胭脂到乳霜、粉餅，全都備齊。這裡的氣氛真是好，熱鬧溫馨，我幾乎忘了台北的憂慮與孤寂。你仍是我心上的一塊石頭，阿朗，巨大而沉重。組合、文協甚至是藏在我床下的手槍、子彈，彷彿只曾經出現在電影裡，也真實也虛假。電話中，阿母說我大概是患了瘋病，本來怎麼催也催不動我下台中，現在卻一夜間獨自跑台南。我只胡亂說個她不太會相信的理由，並且讓她告訴那個強仔，他要轉達給生父母，我會在台南留下一段時間。

台南的冬陽晒起來讓人舒軟。我在陽台上走走看看。只穿件羊毛衫也不覺得冷。我們住的這一區大都是現代建築，可惜許多人家的大門圍柵都長了鐵銹，有些大樹枝跨出了石牆，沒人修剪。銀霞她們起來得晚，正在梳妝。只聽到她們有一句沒一句地應和，也不知道究竟談些什麼。美好的天氣活絡每一條筋骨，我現在就要出去！午飯我在五棧樓仔吃，妳們可以來找我。丟下一句話，我出發了。

五棧樓仔就在二條街會合的三角窗地帶，正門旁有幾棵大樹，電線桿站得比樹還高。我們的住處離這百貨店不遠，走兩條街轉個彎就到。一走進店裡，挑高的天花板讓人覺得空間特別寬大，走動起來更顯得舒適。多樣色彩的貨品正忙碌人們的眼睛。經過一些特意裝飾而吸引人的擺物櫃，直接搭流籠，我打算從最上層慢慢看下來。等到午餐時，我就有機會再搭一次流籠上到頂樓。我喜歡流籠離地而起的感覺。最好是，我能在流籠裡上上下下待上一整天。玩具、衣服、文具、煙酒、鐘錶、碗盤、床櫃……五棧樓仔和台北七重天的貨色相去不遠，只不過七重天的進口貨似乎多些。我悠閒地左看右看，兩櫃外的一個黃色茶壺引起我的注意。我走過去把茶壺拿在手上看個仔細。壺身圓大，壺嘴朝天彎高。鵝黃的底色上是白花、綠葉、棕枝，更有一藍一紅的兩隻小飛蝶。我捧著壺，轉了轉看了看，真是愛不釋手。下回你來就拿這壺泡茶吧，阿朗。就在這想法一發出的瞬間，我才驚覺，我已不在台北，也半年沒見到你了，阿朗。我匆促離開之前，雅雲只說她會把我在台南的地址轉達給你，一有機會你會找上我。幾個月過去了，什麼都沒發生。一下子，我的難過擔心又浮上心頭。付了錢，我提著包好裝在袋裡的茶壺搭流籠上頂樓。我找個位置坐了下來，滿心憂愁。我懨懨地點了一盤壽司一碗味噌湯，卻是一點味口也沒有。隔壁桌是個年輕的婦人帶著一男一女兩個孩子。女孩小，婦人忙著餵。男孩遊玩好動，一下子跑東一下子跑西。年輕的阿母離不開女孩，只能不住地叫男孩要安靜坐好，卻又不能太大聲，免得吵了其他人。突然哐的一聲，男孩撞到我的桌子，新買的茶壺掉在地上。一聽那聲音，就知道袋子裡的東西碎了！我站起來，那婦人站起來，其他幾個食客也都站了起來，他們全望向我。婦人斥責嚇得不知所措的男孩，連連欠身向我賠不是。我打開包裝，一看，美麗的茶壺摔成了幾塊，我多麼不捨啊！年輕婦人眼見袋裡壺屍，伸手摸摸那兩隻斷頭、斷身的彩蝶，強調她一定要賠償這茶壺。夥計把碎壺清走。我顧不得還沒吃完的東西，幫她收拾兩個孩子。我們一起下樓，問明了茶壺的價錢。她身上沒帶那麼多現金，堅持要我和她回家拿。這就是我認識阿珍的開始。

阿珍的家極大。外面一長排的牆上是一幅幅山水瓷畫。大門寬而高聳，門聯紅底金字，是真正大戶人家的氣派！一跨過高門檻就是個枝枒參天的大花園。園中小徑上擺著大大小小的盆栽，菊花、杜鵑、山茶盛開，還有小小榕樹彎曲在瓷盆裡。花園兩側各有房間通道，隱遁在大片屋簷陰影下。阿珍抱著女孩，牽著男孩，領我走過一道小拱橋來到靠內側的一排房間。請妳先坐一下，我去房裡拿錢。一個中年女傭接手了孩子，阿珍旋到另一房間去了。這是個素樸的客廳。斜照進來的陽光把窗櫺映在地上、沙發上而有了格子的圖案。晃動的樹影讓乾淨、死寂的大客廳看起來有些變化，看起來鮮活些。客廳左側有一部黑得發亮的鋼琴，琴腳倚著一個小提琴盒。盒內應該有琴吧，我這麼想。另一牆面上掛著兩幅又長又寬的捲軸。捲軸上是桀傲飛舞的狂草大字。和另一邊的西洋樂器形成巨大的對比。這客廳將新派的古典以及傳統的不羈並行呈現。到底是什麼樣性情的人會有這般的設想？我對這房子的主人感到十分好奇。

阿珍從房內出來，還我錢並再次向我道歉。也許人生就是奇緣的組成，因著一隻茶壺，我無意間結識了阿珍，卻是一見如故。阿珍長得纖細。她有著細細的眉毛、細細的鼻樑、細細的手指，就連說話的聲音也是尖尖細細。認識之後，她常邀我來家裡聊天，說是可以陪她作伴。原來阿珍的娘家和夫家都是台南望族，雙方的祖輩父輩是生意上的朋友。她是自小訂親指腹為婚，五年前嫁了過來，卻是和先生聚少離多，彼此間並不十分了解。逐漸，我知道花園旁邊其他房裡還住著公婆和綁著小腳圍著黑髮圈的阿嬤，另外還有大叔、小叔和小姑。一家人都對我好，只是我先生很少在家。有次阿珍陰愁著臉對我這麼說。

這是個詭譎的水域。從海中凸起拔高的崖壁寸草不生，綿延數里，彷彿一扇巨大的石屏。

崖邊無數探出水面的小尖頭石塊最讓海人懼怕。如果尖石就只是伸出海面的那些，不颳風的晴天裡容易閃避，碰到視線不良的濃霧籠罩時，一旦撞上，船就如同中了戟的可憐魚，只能沒命地掙扎再也逃不了。要是在水面上的尖石只是水面下巨大岩塊的尖頂，在到達尖頂之前船就已經擱淺。而這樣的擱淺最是令人憤怒，因為無緣無故，活像是碰上了隱形的殺人精怪。誰會知道水面下有多大、多高的岩塊等著我們自投羅網？直到明白，是因為從水面看不出而以為平靜，事實上是生長在水底猙獰的岩石而造成擱淺的時候，就已經太遲太遲。我們對這水路並不陌生。遠遠的前方有座黑山。山上的烏雲如同鬼魅般地徘徊，終年不散。船隊只要對準黑山前進，靠近時又和黑山平行排開，必定可以避開水下岩石。這裡雖危險，卻也是個可讓船隻安寧休憩的水域。突出在海中的七座小崖山鬱鬱葱葱。山上不但平坦鮮綠，更高的山崖上還有一道瀑布流洩到一個渾然天成的巨大水塘裡。瀑布的水從不歇止，要有多少淡水，就有多少淡水可拿。這對於海人，自然是好消息。依照風吹的方向以及風力的大小，船隻可以藉著崖山作為屏障，繞到對自己有利的一方下錨、休憩、取水。我們向來這麼做，也從未出過事。

也許是黑山上的烏雲惹起了風的呼嘯，而烏雲也乘著大風正向我們奔馳而來。你說被風吹累了不想抗拒。索幸就倚著崖山避一避吧。我這麼提議。你讓人打旗號給小隊準備停靠。約兩個時辰之後，風更大了。

潮汐更變有跡可循，自古海人從來就是根據天地間變化中的不變安頓並且營生。可是這天理到了人身上就要走樣了。不懂你說什麼，郭命。怎麼從甲板上層下來，門還沒開一半，就要聽你抱怨？也不進房來，你就堵在門口，臉上寫滿焦慮與巨大的不安。你語音剛落，上層弟兄們突然而來的雜沓奔跑聲、吆喝叫喊聲，讓我恐懼莫名。原本趴在地板上的大元，也立刻站起，豎直耳朵。

當我們迅速登上甲板時，弟兄們早已各就戰鬥位置。我在下層和機房真的花了那麼多時間？怎麼完全沒感覺洋船不懷好意地接近？這意外實在太讓我措手不及。除了官船，看到洋旗沒有，平姑？左舷遠處幾艘飄著陌生旗幟的船隻錯落地在海浪上顛擺。我突然明白過來，一定是前些時候的彎道太大，所以無法更早看到等在前頭的船隊。原來傳言不假。這些沒用的東西，還真的把洋毛鬼弄來了。你不屑地說。也是最近才聽到的風傳。因著洋炮準確，洋海人有較好的訓練，官廳和他們也就有了新的交易。不但高價租下洋人、洋船，還保障他們在澳門的買賣能通暢無礙。呸，這些當官的，不但吃撐了、養肥了，竟然還聯合洋毛鬼欺負自己人，就不知道這樣一個朝廷還會有多少氣數！

現在除了硬拼，沒有其他的選擇。我們的小船隊動作奇快，在第一炮發響之前已經陸續轉到崖山另一面。原來我還在下邊料理雜務時，你和弟兄們已經商量妥當如何應變。一時之間，炮火連天。風的呼吼與火彈的轟隆震撼水天。掉落海中的炮彈激起數尺高的水帳，船身被浪頭打得劇烈顛簸，火藥味充斥鼻喉。敵人恣意猛烈攻擊，我們的炮卻必須省著用。所幸，靠著崖山屏障，確實有省炮的條件，可惜只是一時權宜。不知過了多久，我們的四艘船被擊沉，第五艘頹傾，眼看就要不保。而對方只損失一船，六艘洋船則是毫髮未傷。直到目前，官家算是佔上風了。只是不到最後不知勝負，過招的兵家懂得這個道理。海人就怕被俘虜、被凌遲，真要死於炮火，不也適得其所。我早已把大元鎖在艙房裡，外面的炮戰不適合牠。

突然之間，停了，靜了。除了受傷弟兄的呻吟，四周了無聲響，空氣中飄浮著緊張與詭異。我們原本被動。對方不炮來，我們不炮去。只是，為什麼不發了？他們究竟有什麼打算，正在玩什麼詭計？炮煙隨風遠颺，炮聲交給風的呼嘯代替。我們死盯著對方的動靜。過了好一陣子，你才說，看到沒有，平姑？他們放下小船，不知道正在使著什麼把戲。逐漸地我們看出端倪。他們派出的這些小船太小，甚至稱不上是船。這些小船上載滿稻草與木塊，人就泅在它們邊上，點燃稻草後用力推，借風送，小火船布滿水面，一隻隻朝著我們駛來。明白了，這意圖太明顯了！炮手不動，其他人準備長竿！我大聲喊。火船漂來，兄弟們拿長竿吃力地推開，不讓它們接觸我們的船身。只是，臨時哪來足夠的長竿？而這樣的推堵又能夠持續多久？我還能做什麼？快呀，平姑，通常不都是妳有好點子嗎？最緊急的現在，怎麼突然計窮了！又憂心又氣憤，我有千百個理由取笑自己。轉向了！風轉向了！我突然聽到長盛在炮筒旁興奮地大叫。風轉向北吹了！長盛這結實的一聲如同一支長棒，狠狠把我打醒！確實！也許我太專注想著如何走下一步，竟然沒察覺上天正賜下良機。本來我必須抓著沿竿才能站得穩，現在卻是風把我往船沿推。小火船一隻隻往回漂。這下子輪到洋船、官船緊張了，郭命。我們興奮得相視而笑。雖然他們也以長竿推堵，小船上卻開始傳出炮聲。原來他們把火藥裝盒，盒外捆上水布。等到火終於燒到盒子而引爆火藥，正是小船回漂不久的時候。一旦船身爆破、進水，就如同跛了腳的人，連行路都有問題，更別提戰鬥。敵方一片混亂，他們正受到自己詭計的懲罰。就在他們忙著自救的同時，我們的船分別從他們的左右兩側勝利地駛離。

時局變了，平姑，我們的好日子恐怕是過完了。你躺在鴉片床上情緒低迷地對我說。官廳不但抓得緊，什麼奇招異術也都使得出來。光是應付這些就讓人心焦，哪來心緒做買賣？你的喪氣話也惹得我非常不愉快。我們雙雙沉默下來。摻雜著焦慮與喪志的氣氛像風起的浪濤，一陣一陣地掀起又擴散開來，好像正在給我們的事業一層層地披上令人窒息的黑色外衣。坐在地板上的大元看著我在房裡來回踱步，牠應該知道，現在不是撫摸牠、疼愛牠的時候。

我要和華烱明談！在好長一段不語之後，你突然聽到我說這話，驚訝地坐了起來，煙灰灑了出去。妳狂顛什麼，平姑？我們把華烱明的船燒了，他恨不得把我們碎屍萬段，妳還把自己往虎口裡送！你聽著，郭命，正是因為我們和華烱明正面對上了，只要下猛藥，事情一定能了結得乾淨。你的驚訝讓我不得不提高聲量。難道你忘了買象牙的陳祖德是怎麼說的？官廳的以盜制盜策略確實高明。照這麼下去，我們被逮、被刮是遲早的問題，不如和華烱明面對面談，對他、對我們都有好處。妳以為投降可以讓他收編，可以給妳五品官做？你狠狠地反問了我一句。你想想，郭命，上回火燒船的事情是他運氣不好反傷了自己，並不表示他的計策錯誤。朝廷花多少錢、多少力氣，給洋人好處，答應洋人的要求，結果還是讓我們脫了身，這事他必定難以交代。現在一定正悶著，不敢喘大氣，就等著京城怎麼處置。只要我們給他好處，幫他保存面子讓他好辦事，他沒有理由非置我們於死地不可。接著，我把細節說了。你從皺眉，到舒眉，到睜大眼睛。我知道你有些遲疑，郭命，卻也認為值得一試，於是我們按計畫進行。

三個月後。華炯明單獨一船，我們也沒有船隊跟隨。雙方的船都在火炮射程之外。這個折衝，是我們讓長盛領著他手下去辦出來的。往返多次，事情就這麼定了下來。我帶著大元和幾個武裝弟兄乘小船出發。華炯明領著他的武裝部下也乘小船赴約。我們都在離中線不遠處停了下來。中線其實是以青洛巖右側缺口處為主的東西向。青洛巖在南北水道靠近大陸地東南方，四周海面開闊，海底沒有暗礁，離岸有相當一段距離。這是特地挑選的位置，必須對我們有利，也能讓他不設心防。我們選了個好日子，天氣晴朗，海水平穩。命運讓我們如何去留，就看這次了，郭命。天地間唯一不變的正是不斷的變化。潮汐不就是最清楚的說明？自古潮汐來去從不片刻間斷，同一朵浪花卻是不招惹同一寸土地啊。我們的買賣不正如潮汐推前又消逝？古時到現今到未來，沒有買賣，哪來生活？可是生活總有它的不同與進退。

我以為今天可以認識認識郭命，怎麼來了個女人家。隔著距離，聲音小了些，卻也字字聽得清楚。什麼女人家不女人家？我早知道這些官人沒心德也沒口德，所以在心裡對自己唸著，忍著點，平姑，現在有正事待辦。大元挺起身子，豎直耳朵，牠是嗅到了緊張的味道了。少廢話！你聽著，華炯明。我知道火燒船的事情讓你在其他將官面前抬不起頭來，現在我來給你一個揚眉吐氣的機會。怎麼樣，有興趣？雖是小船搖曳也不相靠近，我仍能一眼看到華炯明皺了皺他的大濃眉。顯然我是說到他的痛處了。妳說說看！華炯明雙手抱胸，仰了仰頭，放大聲音說。正如預料，他確實有商談的意願；可見得，火燒船後，他的日子是多麼不好過。行，聽著！郭命的船隊一半歸你，從這一半船隊裡又可以挖出你原先就要的或是從沒預料到的。另外，我們還會給出一個名單，對你有好處。交換條件是，你或任何官家不再找我們麻煩，我們也會離開你的領轄區，不會給你麻煩，如何？華炯明頓了頓，說，聽起來果真有意思，妳給我時間考慮考慮。不行，現在就必須決定！立刻定案絕對是我的堅持，不在自己手中的事情，變化總是難以預料啊。聽好，我預估，如果一切順利，最遲半年內我們的約定就可以完成。半年後，我不再見到你，你也不再見到我，而且我們從來就不認識！……

以我們所做過的那些買賣估掂，即使我們無條件投誠也免不了一死。放棄買賣，只能逃亡，又能逃多久？與其四處亡命不如繼續買賣。他們對我們以盜制盜，我們也可以對他們以盜制盜。世上的一切不是以錢財購買就是以生命換取，不可能平白而來。在獲得與擁有這件事上，天地正是公平。如果轉變不能避免，我們只能迎上去了，不是嗎，郭命？

梅仔，妳大阿爸下個禮拜天要和在縣政府上班的那個人來一趟。妳的新洋裝改好了沒有？還沒有。只是把下擺放長，很簡單做，一定來得及。阿梅一邊蹲在地上洗碗，一邊抬頭回我的話。現在有空閒，可以坐一下。過不久，放學時就會有一堆孩子圍過來。我在這路邊賣粉圓也有好幾年了。一開始沒幫手非常忙。有時候小孩付錢時我沒空手接，他不能等，也就跑掉了。後來阿梅一起來顧攤子情況就好很多。

阿梅大了，斷一隻腳的大阿兄在馬公看中了一個年輕人，有意讓阿梅相親。交換過相片後，雙方都有意願進一步認識。大阿兄沒機會常來看這個親生的女兒，她嫁人這件事大阿兄不但沒忽略還很慎重。妳去擦桌子擺碗筷，我來炒菜，免得豬油噴到妳的新洋裝洗不掉。祥仔和一堆朋友出去瘋，阿娟還在學裁縫，就五個人吃飯，不需要煮得太複雜。我們分頭做事。我有些緊張，阿梅應該也放鬆不了。不多久，這人和大阿兄來了，我們才知道他有多高，差不多就要碰到從屋頂延伸下來的鐵皮！大阿兄介紹這王崇善在公家機關上班，工作穩定。他的父母親在澎湖種西瓜，還有兩個妹妹，家庭並不複雜。吃飯時我注意到，有幾次阿梅和那個王仔互相偷看對方一眼又低頭扒飯。這個王崇善話不多，大略介紹自己的工作和家庭之後就不知道要說什麼了。倒是黑源和大阿兄較有話講。他們說現在政府裡的好位置都被外省仔佔去，我們本省人比較吃虧。王仔也多少提了一下自己的工作，算是應和兩個長輩的意見。那頓飯吃得不鬆不緊，算是不差了。後來阿梅和王仔通了幾次信，婚事就這麼定了下來。只要對方工作好、人品好，孩子怎麼選對象我絕不插手。我嫁給黑源就是個活生生的教訓。兩個命裡相剋的人怎麼在同一屋子裡生活？我和黑源常吵架。兩天一小吵三天一大吵。誰也不讓誰。究竟為什麼而吵，其實也說不上來。似乎什麼都是理由也什麼都不是理由。一旦吵架成了日常，尋找理由就是一件難事了。我無法忘掉黑德，應該和我跟黑源的吵鬧有關。只要黑源認為我做錯了什麼，第一個在我心裡浮起的念頭必定是，黑德不會這麼說也不會這麼做，黑德不會這麼對待我。如果每兩天要想念一次黑德，我又怎能忘得了他？能夠自己選擇伴侶的人是幸福的。收音機裡不也都說，自由戀愛已經是現代社會人人贊成的了。談戀愛和結婚的事情年輕人都知道，只是不好意思說出口。一旦自己能選擇喜歡的人卻選錯了，就只能自己負責。父母不代替他們做主，不就是給自己省下可能有的麻煩？

阿梅嫁了。嫁去澎湖。王仔待她好。孩子一個接著一個地生，也都一個一個地活下來，讓我驚奇、羨慕也為她高興。阿梅不需要經驗我曾遭受過的害怕和自責。我那四個死去的孩子併排葬在一起，小小的墓地挖了一次又一次，連挖墳的人都不相信同一家居然連死四個小孩！

搬了家以後沒再去看他們。原來的墳場讓政府徵收開發，真要找恐怕也找不到了。生命是巧妙的，也許這四個孩子投胎到阿梅家，沒緣做我的孩子，卻有緣做我的孫。這麼一想，真讓我覺得舒暢。先前的怨嘆消失了，因為沒去掃他們的墓而有的罪惡感，也就有了丟棄的機會。

本來三個孩子睡在同一房間裡，隨著他們的成長就把棧間清出來給阿祥，讓兩個女孩子住得寬敞些。阿梅出嫁後，娟仔就獨享一個大房。她的東西多，買這買那，再有個房間也不一定容納得了。阿娟正是在最愛漂亮的年齡。她出落得和一般人不太一樣。巧的是，大嫂二嫂在不同的時間講同樣的話。她們都認為阿娟繼承了我和黑源最好看的特點。她有著我的臉型和眼睛，有著黑源的鼻樑和嘴型。阿娟只要一走過街一定會招惹來久久看著她的眼睛，不論是男人的或女人的。她幫我賣粉圓時，總是有一吃就兩三碗的年輕人。阿娟當然清楚這些人為什麼賴著不走。她也說，賺錢的是我們，她被人看多了也沒有什麼損失。

阿祥讀了高職。他算盤打得好，特別是他練習算盤心算時，總讓我覺得那是世界上不可能有的事情！大約每兩個星期他會幫我算進貨和收入的差額。我只看得懂數字。一邊唸給阿祥聽，一邊看他怎麼以右手的三個指頭在空氣中來回撥弄。我一唸完，他就立刻告訴我結果，絲毫不差。或許是男孩的關係，阿祥不像兩個女兒和我那麼親。每當我和黑源吵架甚至被黑源打時，他會代替我大聲地和黑源理論。有時黑源氣得煽他耳光，認為他沒大沒小，孩子怎麼可以對阿爸頂嘴。阿祥不敢回手，反而回頭過來怪罪我沒有用，怪我和他阿爸吵一世人，不斷重複一樣的話，不斷重複吵架的原因，也不斷重複沒有改變的結果，而讓他不斷重複為我抱不平，也讓他不斷重複不禮貌地責備我，對我大聲說話。阿祥完全無法感受我和黑源的不和就像人的呼吸，是自然的，是生來就有的。我們的吵架就是長在空氣裡的果子，無論什麼時候，無論什麼地方，隨便一摘，就滿滿一手；甚至它會主動掉入腦子裡，掉在心情上。吵架一旦成了習慣，和悅就會顯得多麼做作，多麼不自然。讓我傷心的是，現在在空氣中的大果子生了一個小果子。現在阿祥認為我太軟弱而為我抱不平，卻沒得到他所期待的回應而生我的氣，而對我大吼，也成了一種習慣！大果子是因為兩個人合不來而爭吵的習慣，小果子是因為想讓事情更好卻沒有得到預期中反應的習慣。阿祥小時候，一出門我就把他包得密不透風。怕他跌倒怕他受傷，所以總是抱著他，直到我抱不動為止。人人說我太過寵他。花了心血怕這怕那地把他養大。後來才知道我辛勤澆灌的是一顆苦澀的果子。

阿祥從來就喜歡新奇的東西。店裡、街上出現他沒看過的，就會留久些，問這個問那個。只要是他看中的而且口袋裡正有錢，他會立刻買下。如果一時買不起，他會存錢直到夠了為止。阿祥高職畢業後找到一個在小學代課的工作。自己能夠賺小錢出手就更大方了。比方一個錶或一個較新型的收音機，都是他的目標。阿祥儘量不待在家裡，一有機會就往外跑、找朋友。家裡的事少理或不理。他和黑源和我少見面少吵嘴，三人都清靜也都不用受氣。

阿梅結婚幾年後阿祥有了一個女朋友。也許他先前有過幾個，只是我和黑源並不知道。

祥仔帶回來的這個女孩叫淑玲。她有雙大大的眼睛和一頭燙捲過的黑髮。第一次來家裡，淑玲顯得有些不自在。妳幾歲了？十九歲。妳阿爸在做什麼？我們家開柑仔店。妳家是哪裡來的？我們是高雄在地人。妳家有哪些人？兩個阿姐、一個阿兄、一個小弟。他們都做些什麼？幫忙賺錢？兩個阿姐都嫁人了，阿兄做老師，小弟還在讀冊。妳家住在哪裡？大港埔……黑源問話時，淑玲只低頭回答，偶爾偷瞄一下阿祥。十九歲也還只是個孩子，怎麼現在就交男朋友？起初我這麼想，後來一轉念，我十九歲時不就已經嫁給黑源，兩個人拿了好多行李在船上顛了幾個小時才來到高雄找大兄？現在的淑玲不正是我那時候的年紀？當時我並不覺得自己年紀小，現在的淑玲也一定不認為自己只是個大小孩。我總是想像，年齡是一條不斷延伸的線段。自己在某一個年齡長度時，孩子的線會和自己的尾段線並行。當人死亡，線段消失，孩子的年齡線其實已接上了自己的。孩子的線消失，孫子的卻早已重疊並延續。在世間，許多線消失了，許多線生出了，延續了，從來不曾中斷。

妳為什麼沒把浴間的燈關掉？我沒開。沒開的燈為什麼會自己亮著？可能是別人開的，我不知道。家裡就妳最常在廚房、浴間這一邊走動，明明是妳開的還要狡辯！妳那嘴就是生出來要辯的。從花宅辯到高雄，妳一世人除了會怨東怨西，妳還會做什麼？說不定燈是你開的，不用在那裡見羞轉生氣。我不會做什麼！你就會做什麼？大兄二兄都住樓仔厝了，你有什麼出脫？一世人就住這種寮仔厝，在碼頭做工，你還會做什麼？幹，妳這個查某人，妳懂什麼！好了，好了，別再吵了，有人客還吵！阿祥和淑玲收拾桌子，正把碗盤端過這邊來洗，看到我和黑源又吵起來。淑玲兩眼睜得大大的，一手拿著三個碗，另一手拿著一把筷子，站在一邊不知道該怎麼辦。祥仔非常生氣，他覺得我們讓他在女友面前丟盡了臉。我當然也不喜歡這麼吵，特別是淑玲第一次來家裡做客。事情是黑源引起，擋也擋不了。如果我和黑德結合，這一切都不會發生，我就會是先生娘，就可以不用天天出去賣粉圓，就可以和像大嫂二嫂她們那樣的人平起平坐，就可以不需要知道吵架是怎麼回事！

淑玲畢竟是嫁過來了。也許她並沒讓我和黑源的吵架嚇跑，也許是阿祥說服了她。結婚那天阿祥第一次穿西裝，一朵大紅花別在左胸前還戴了白手套。我的阿祥是體面的，一點也不輸給來當伴郎的那幾個朋友。從小我就把他包得密密的，怕他生病怕他發燒，小心地把他養大。現在我唯一的兒子終於要有自己的家庭。往後他就不再完全屬於我。親戚朋友全到齊，比阿梅出嫁時還熱鬧。我們的客廳小，大部分的人都站到外面去。還好拉了布棚可以遮太陽。黑源老是皺著眉，有點畏縮有點閃躲。他是穿了白襯衫打了黑領帶，外面卻是一件有兩個大口袋的上衣外套。二兄看起來比黑源年輕。他穿著一套合身的黑色西裝配上一雙黑皮鞋，很有精神的樣子。二兄本來只打算留在花宅，阿母過世後他沒有需要照顧的了，便和許多老家的人一樣來高雄發展。他運氣不錯加上自己願意打拼，早早就把生活過得很好。不需要像黑源一樣風吹日晒雨淋，在外面拖磨一輩子。祥仔的婚事二兄在訂車、訂餐和其他瑣事上幫了大忙。二兄說這些事他都做得到，沒有不幫忙的道理。

阿娟和她阿兄的房間對調。一個人總不能佔兩個人的份。梅仔嫁了出去，阿祥娶了進來，家裡還是五個人。以前是五個人同聽廣播劇，現在不一定了。有時娟仔不在，有時祥仔不在，有時祥仔和淑玲不在，有時他們三人同時不在。只有廣播劇照播，一播二十年……

銀霞和阿久抱怨不斷。要妳從台北下來，三請四請，好不容易請來了卻老是往外跑，妳下不下來好像也沒什麼不同。我怎麼會不懂這話是因著想念我，才故意倒著說。只要是讓人念著，什麼話聽起來都舒服。她們的抱怨也不過做做姿態，誰不知道我們是好姐妹。小時候，要是有人打破了碗，我們會趕緊幫忙收拾乾淨，絕不露出破綻，才能免掉阿母一頓責罵。要是誰有哪幾個字記不得，就把這些字多寫幾次在紙上，剪下來，在房裡到處貼，不看也難。只要死記、硬記，也就沒有學不會的字。雖然各有各的性子，多少年，我們一起長大，一起熬過難挨的歲月，讓阿母訓練成了真正多才的藝旦。賺錢的工具有了，我們的一生也就這麼註定了。

我笑著回阿久，現在我有個新愛人，當然要把妳們這些舊愛人拋到一邊了。阿珍的婆婆不許她單獨出門，說是沒有自己的男人陪著，隨便拋頭露面，不成體統。阿珍說，老是自己帶著孩子，或者有時候連傭人也一起帶，總是不方便，能夠單獨走才是真自在。要是每次非要帶著孩子，乾脆就哪裡都不去。所以我去找她、陪她也就自然而然了。在阿珍家走動一段時間後，認識了幾個長輩也相處得好。其實沒有特別的話可說，陪他們聊聊也就是了。我在阿嬤生日前寫了幾個自作的小詩句，並請人裱好送來，給她祝壽，全家高興得一定要我生日當天來吃大餐。

大日子到了。這個大家族的大房子外面停了好幾部大黑頭仔車，全都擦得晶亮，彰顯派頭。賀客陸續上門來。阿嬤穿著黑底金繡的長禮服，坐在大堂裡和人客談笑。我的詩作就掛在大堂門兩邊的牆壁上。阿嬤在人群中看到我，立刻把我招了過去。妳的詩句太讓我高興了，玉英小姐。我識字不多，卻也都認得妳寫的這些金言，真是多謝妳了。唉，如果我的大孫在家，一定也會給我個特別的驚喜，可惜他已經好久沒回來了，我實在想念他。阿嬤說得有些暗淡。不過她又很快理好了自己的情緒。或許不讓大家也跟她一起沉著心，阿嬤也就換了話題。我們阿珍運氣好，認識妳這個朋友，漂亮又懂事，我們都高興也都放心。

主桌就設在大堂裡，阿嬤拉著我的手要我坐她身邊。另外還有四個大圓桌擺在堂外的走廊上。賀客一個個輪流來道喜，阿嬤精神好，興致高，還不斷把我作的詩，寫的字介紹給人看。好菜一道一道地上，阿嬤老是往我的碗裡添東西，其實肚子已經撐了，讓我吃也不是，不吃也不是。妳頭家在做什麼大事業啊？也沒聽阿珍講起。他在台北工作，不過他喜歡台南。他說台南是古都，文化高又有人情味，讓我先下來，以後他才把工作慢慢移到台南。所以他現在還在台北，還沒下來？是啊，工作太忙，一時走不開。妳應該告訴他，到我們台南比較好，這裡真發達也什麼都有，聽說台北危險，美國飛機丟炸彈。妳頭家不要緊吧？託妳的福，阿嬤，目前一切都平安。就是因為有空襲所以才更不能離開，才讓我先下來。我了解，我了解。男人事業一做下去就是一身一命，我們做女人的，唉，沒辦法。不只要守空房還要守一家夥仔，也不是那麼簡單……。接著阿嬤開始對我述說她的父母以及她自己的生平。我一直隨著她的敘述做表情，一下子皺眉，一下子滿臉嚴肅，一下子睜大眼睛又張著嘴笑。一頓飯吃下來，臉好像讓人澈底按摩過一般。後來阿珍說，阿嬤的故事有一大部分她還是那天才頭一次聽到。可見得妳有多大的吸引力啊！阿珍對我這麼說。可是玉英，妳都嫁人了，怎麼從來沒聽妳提起？怎麼提呢？我要告訴阿珍，我是讓女人既痛恨又嫉妒，讓男人很想要又要不到的藝旦嗎？我要告訴阿珍，一個四歲被賣掉，近二十年後再和親生父母相認的人，多麼難以讓親情在心裡植根嗎？我猶豫著，估量著。阿嬤問起的當時，我隨機一轉念就編出個漂亮的故事來。面對阿珍，故事不會是故事，只是謊言，只會是一道隔開我們對彼此坦誠的隱形圍牆。然而我的身世是那麼卑微地與眾不同，特別是相對於她顯赫家族的背景。可是瞞著阿珍讓我非常不安。她那麼寂寞，把我看成是唯一可以真誠談話的對象。我對她不誠實就是一種背叛，所以我只能冒著被阿珍嫌棄的危險對她說了實情。我告訴阿珍我怎麼倒尿桶長大，怎麼到教書先生的書房學漢字，怎麼學彈琴、學唱曲時被阿母打罵，怎麼在陪酒、陪笑時還要小心不讓男人輕薄。可是我沒提到你，阿朗。你是我最珍貴的祕密，只能私藏在我心底。更何況提到你就不得不連帶出我也不了解的文藝協會、農民組合以及在上海的共產黨會議。而藏在我床下的武器不就要把細細的阿珍嚇壞了！阿珍知道我的身世後不但不嫌棄我，還幾乎是含著淚聽完我的敘述。她認為我受委屈了。她認為命運待我不公。不公平，又如何？事情不能重來。日子仍是要過下去。不是嗎？

到底發生了什麼事，阿朗？九個月過去了，你依然音訊全無。我每天讀報紙、聽收音機，台北的情況讓我非常憂心。我在姐妹面前不但不能表現出來，還要強做歡顏和她們周旋。我多麼想回台北看你。可是雅雲千萬交代，一定要聽你話儘快離開台北，卻沒說我何時可以回去。這是另一種割籐永斷嗎，阿朗？還是你和雅雲聯合起來騙我？只是，你們騙我又能得到什麼好處呢？我應該如何是好？

那天我們不去逛五棧樓仔林百貨，也不去赤崁樓遊玩。我們在阿珍的大客廳裡嗑瓜子、喝茶又聊天。我提到，這客廳的佈置大膽又新奇，全台灣恐怕找不到有相同的擺設了。阿珍說那是她頭家的意思。他對我不是不好，只是有些古怪。阿珍說。全家上下沒人了解他究竟想什麼、做什麼。他長時間在台北，偶爾回來就是向家裡要錢，說是要幫助什麼人、什麼會。阿爸說他不好好打拼，就只會要家裡的錢。這是實情，不過倒也沒看到他學壞。他對全家上下始終是那麼好，這讓阿爸很難對他發脾氣。這次最久，已經快一年了，我們完全沒有他的消息。阿爸託人到處打聽也沒用。好好一個人，怎麼突然消失了呢？就是死了，也要有個屍體不是嗎？阿珍說得發愁。她兩手不住地彼此揉搓著，可以想見她心裡的焦急。我非常同情阿珍，卻也不能做什麼，只好尷尬地沉默著。如果雅雲也在這裡該有多好。雅雲真會安慰人，她知道對什麼人說什麼話，更知道什麼時候說什麼話。

誰彈鋼琴？誰拉小提琴？我換了個話題，免得阿珍繼續難過。我先生啊，他從小就學了。我聽家裡的老長工說，阿爸請了兩個老師到家裡來教。每個星期每個老師來一次，每一種樂器每個星期都有一堂課。所以他同時學兩種樂器？是啊。聽說大約學琴十年後，他的興趣轉移到書本上，就不再花時間練琴了。那麼這兩幅字呢？是哪裡來的？這些字好像就要飛出捲軸了！買的啊，我先生買的，聽說還很貴哩。妳和他的看法一樣，他也說這些字好像就要飛出捲軸了。妳也喜歡寫字嗎？阿珍問我。妳寫給阿嬤的字就是這麼好看。喜歡，當然喜歡！教我寫詩的先生就寫得一手好字。可惜他看不見了，不能教我。阿珍聽了開心，不再那麼難過了。那麼我們有一個共同嗜好，我也喜歡寫字，可是有了孩子以後就不能專心練習。我有一幅小軸只能掛在臥房裡，和客廳這兩幅不能比的。我可以看看嗎？我問。

這是一段不尋常的航行，去到不熟悉的地方，在陸地上就要說是遷徙搬家。我們先到各基地去撤出需要的物品，特別是藏在地洞裡的寶貝一個都不能掉。十多年了，該散的就散去。沒有留戀，留戀也無用。另起爐灶雖不容易卻也充滿機會。我們往東駛去。駛向一個未知。一路無災也無事。我們這船的弟兄都還跟著，應該是跟出了感情。其他船的，要留下、要投官、要回老家，隨人自由。我們的船隊頓時縮小許多，不過，就像肩上包袱，雖然可用的工具少了，卻也輕鬆了。白天我帶著大元在甲板上吹海風，夜晚牠總是要在我床腳安眠。大元喜歡我丟木塊到海裡，對我，是測速，對牠，是遊戲。只要我奮力一丟，牠便快跑到船尾等我，然後我們一同目望逐漸漂離的木塊，直到黑黑的一小點消失在湛藍的大海裡。我們正駛向一個新的地方，一個只聽過卻從未去過的地方，這讓我感到興奮也有些許疑惑，唯一確定的是，我離娘越來越遠了。

前方台灣島在望。我們正朝著它的中西邊前進。妳看，平姑，海圖上標著這港沙洲多。新地方總有新忐忑，沒有必要冒險，還是遣小船去探個究竟吧，郭命。兩隻小船就像兩隻龜鱉向前泅了去。過了一陣子，竟然帶回來一隻陌生的引水船。我們就要上岸了。我摸摸大元的頭笑著對牠說。大元似懂非懂地望著我。

終於踏上了陸地。碼頭上相當忙碌，我們發現這裡人說的話不容易懂。大元喜歡在人堆、貨堆裡鑽探，牠快快地到處聞聞轉轉，我幾乎就要牽不住牠。你見了好笑，便提議，就讓大元領著我們走吧。不知是否大元的鼻子特別靈巧，牠帶著我們東彎西拐，竟然在一條窄巷子裡找出一家菜館來。這菜館外觀平實，一踏進去才知道生意多麼興好，不但人聲沸揚，連要找張空桌都不見得容易。跑堂的見我們轉了幾圈仍然找不到位置，有意要我們和其他人併一併，還問說行不行？就這樣我們認識了楊天成和他的夥伴。他們的船比我們的早兩天入港，再過四五天就要往東瀛去。楊天成這麼說。原來你們也是海上弟兄，太好了！看你那歡笑的樣子，實在不多見，郭命。人到新地總是感到不自在，現在不經約定就能和另幾個海人同桌，真是好兆頭。楊天成透露，東瀛的白銀讓人要得緊，貨缺得厲害。他這一開口，我們即刻明白，他們和我們不是同一條線上的。那麼我們的青瓷是不是就所向無敵了！就是不說出來，郭命，我也知道你心裡一定暗自高興著。楊天成跟另外兩個同夥和我們笑談甚歡。好話配上好菜、好酒，楊天成把怎麼去東瀛的細節描述得再清楚不過。我心動，你不也一樣，郭命。也許下次就跑一趟東瀛吧。還有，我們所在的這鎮上很活躍，幾乎要什麼有什麼。船家們需要的，鎮上中街走一趟就齊了，絕不讓人失望。楊天成很有心地介紹。不過，要開眼界一定要往南去。這話一出，楊天成的兩個夥伴都鄭重地點點頭。那是老祖宗在明代末期就已經開通了的。大商店、小舖子、看戲的、聽曲的、高大的闞樓、暢通的道路，應有盡有也無奇不有，比一個人生活中所需要的還多。楊天成說得興奮，我們聽得驚奇。談話中免不了也要講講我們自己。你只稍稍說我們做些小買賣，和官家的過節也就不必提起。我們是避著官兵而來，總不好說曾經擁有過上百艘船。這事你當然懂得。不該說話的時候不說並不代表不懂或不會說。連兄弟都要隔一層肚皮相待，更何況是剛認識的楊天成。

娟仔學做衣服一年多以後才發覺那不是她的興趣。內裡的布太滑不好車，是她的抱怨之一。幾次做不成她就放棄了。我雖然不贊成卻也沒辦法。阿娟像匹野馬四處亂跑，想做什麼就做什麼，管也管不住。有次黑源從港務局下班，在賊仔市一個五金行外面看見阿娟正和兩個年輕人在說話。他沒直接停下腳踏車去找阿娟，卻把氣帶回來出在我身上。他匆匆進門來，劈頭就怪我沒把阿娟在家裡管好，讓她到外面隨便和陌生男孩在街頭見面。成什麼體統！阿娟又不是狗，總不能整天把她鍊在家裡，她要出去我有什麼辦法？妳是在做什麼老母？沒辦法也要想出辦法！黑源繼續大聲地說。厝邊頭尾都在風聲，阿娟讓男人載到巷子口以後才自己走回來。這種事情能聽嗎？我這張臉要往哪裡放？……黑源總是怪我從小寵壞孩子。我只是覺得，把孩子抱緊了，如果他們必須死去，至少我會有個理由向自己交代。

阿娟不學做衣服以後，自己在百貨店找到了賣襪子的工作。有次她拿回來一種新奇的透明襪子，說是叫絲襪仔。她穿上以後幾乎看不出來，我還特地摸了摸她的腳，實在難以相信。這種襪子穿高到大腿上再以有花邊的厚鬆緊帶從腳趾頭盤上來圈住。阿娟開始穿這種襪子去上班。她也送了幾雙給淑玲。絲襪勾斷了或勾凸了線，她們會一起拿到市場去修。補絲襪需要有特別的工具和技術，不像平常的襪子，破了洞拿針線縫縫就沒事了，一雙襪子可以穿好幾年。

阿娟賣男襪生意特別好。正如她幫我賣粉圓時一樣，男孩子來吃粉圓或買襪子只是為了能夠接近阿娟，找機會和她講話的藉口。阿娟賣女人絲襪的生意也很好，她自己的一雙腿就是最好的廣告。女人們看到阿娟穿了絲襪又長又均勻的腿，總認為自己只要穿了絲襪也會有那樣的一雙腿。阿娟賣襪子賣出了成績，常有獎金可拿。看來她不繼續學做衣服是對的。有次阿娟帶回來的消息把我們全都嚇呆了。她想當電影明星！有個中年男人來買襪子認識了阿娟，以後三番兩次來找她。像妳這麼漂亮身材又這麼好，一定很快就紅起來。等妳紅了，賺錢就快了。不但不需要在這裡站整天，還可以出國去玩。拍電影又簡單又不辛苦，而且和妳一起工作的都是帥小子，這種好事妳到哪裡去找！阿娟告訴我們，那男人怎麼把她說得動心。黑源非常生氣。那些搬戲的有什麼好結果？還不是給男人玩弄了。妳別傻，世間沒有那麼好吃賺的事。搬戲的查某眾人看，妳要是喜歡做這種羞恥的事就不要回家，我也沒有妳這種女兒！還有，妳也不可以讓男人載來載去，一點教示都沒有，還讓人跟在屁股後面說閒話。妳可以不要臉，我還要做人！阿娟想當電影明星這件事，就讓黑源罵得不了了之。

阿祥結婚後很快就有小孩，和我講話的時間更少了。不講話也好，少了吵架的機會。淑玲也和我不親，除非必要，她不開口。有時候，家裡只有我們兩個人在，卻都有意無意地避免先開口說話，或是不要同時在房子的同一邊，或是把該做的事情做得特別好，讓對方沒有說東說西的機會。我一直要她把小孩包好免得受風寒，她認為，把孩子包得出汗了，毛細孔張開，風灌進去身體，更容易生病。我喜歡九層塔和麻油一起炒，淑玲認為，九層塔炒蛋才增加營養。還有啊，妳上午洗完尿布晾在廚房外面，我每次進出都要彎腰低頭，實在太麻煩，妳應該下午洗才對。下午日頭炎，尿布乾得快。不行，不行，下午隔壁燒煤炭，起風的時候，煤灰亂飛，尿布常常沾上小黑點，不衛生！總之，不論我說什麼，淑玲都有反駁的理由，說也說不聽，我生氣又失望。

這段時間，娟仔有了男朋友，姓江，是個外省人，聽說在軍艦上工作。這個人一放假就到家裡來。有時來吃飯，有時來接阿娟出去玩。黑源看他是個正派人也就不說什麼。江明的台灣話講得不好，我常聽不懂，有時卻也被他奇怪的說法逗得發笑，不過他勤學，努力要和我跟黑源談話。不是只有江明，一般說來，外省仔比較開通比較活潑。他們年輕人讀過冊講得通，我不識字也不會講外省話。他們聊天時我就躲到房裡去，免得他們不自在。江明和阿娟走得很近，他常來家裡坐坐，也帶來些不一樣的氣氛，只要他長些時間沒出現，就知道他出船去了。

他們要我把粉圓的生意收起來。現在賣粉圓或其他小吃的很多是在地店，有桌有椅，人客坐起來舒服，才會不斷回來，也才能有忠實的老客戶。我的粉圓攤沒得坐，除非我也載竹桌竹椅，否則來吃的人呼嚕吞一碗就走了。有桌椅，攤子就要加倍擴大，我一個人也不見得能推得動。這些年來賣粉圓的錢全歸我自己，算是零花，家用的由阿祥和黑源負責。我也沒分得那麼清楚，有時給孫子們買金柑仔或是索仔鼓，有時給家裡買點水果，有時給廟裡添油香。阿祥早就在銀行上班，工作穩定，也有了兩個小孩。無風也無雨，日子平順地過了一兩年。可能是操勞慣了，沒有風浪的生活反而讓我心虛，心口老是有個不安寧的感覺，究竟是什麼卻也說不上來。

有天下午我正在家裡、家外掃地，突然看到江明快快地從巷口走來。奇怪，他從來不在這個時間來家裡，他也知道阿娟正在百貨店上班，那麼他到底要做什麼？江明看起來非常憔悴，非常累，也好幾天沒刮鬍子。他講不流利的本省話加上表情和比劃，我大約了解，阿娟懷孕了！嚇，怎麼回事？這要讓黑源知道了，不把阿娟打死才怪！我想要多了解情況，偏偏話不通！正當我們兩個都著急，都不知道該怎麼辦的時候，恰巧淑玲帶兩個女兒從娘家回來。她和江明談了以後才轉述給我。阿娟確實是懷孕了，可是孩子不是他的！原來江明出船三個月，把阿娟交給一個姓張的同事照顧，事情就在這三個月內發生了。我很震驚，也才明白為什麼江明那麼憔悴悲傷。猜想，他一定是煎熬了好幾天，自己不知道怎麼發落，才來找我們。萬萬沒想到，阿娟竟然會這麼笨、這麼糊塗！我一下子慌了起來，心跳得好快。事情太過重大，絕對瞞不了黑源。接下來該怎麼做，也必須由他做主。

阿娟知道自己闖禍了，在女友家躲了一陣子不敢回來。黑源天天下班後就在家裡等著，好不容易看到阿娟進了門，抓起掃帚就要往她身上打。阿祥和我把他擋了下來。妳就會給我丟人！以前讓男人載進載出，鄰居已經說得很難聽了，現在可好，竟然跟個什麼流氓鬼混，還做出這種不知羞恥的事情。我到底欠妳什麼了，要妳這樣存心把我氣死！後來的日子，父女一直躲著彼此。阿娟是因為害怕，黑源是因為生氣。整個家裡特別安靜，不但沒人爭吵，反而是人人儘量壓抑自己，不讓忿怒、恐懼、無助、擔憂等等情緒找到可以暴發的出口。兩個小孫女看到大人們整天陰沈著臉，為了避免自己被罵、被罰而乖巧許多。

就在胎兒四個月大時，草草舉行了婚禮。由梅仔的第四個女兒和阿祥的大女兒當花童。阿娟原本和江明要好，後來卻嫁了個姓張的外省人。黑源的怒氣一直未消，他從此不再理會阿娟。久久看到一次女婿，也形同陌路。他拒絕和張青田說話。

事情發生後，江明音訊全無。沒人知道他的去向。他最後憔悴傷心的神情，有時會浮現在我腦海中。我從來沒向阿娟描述江明最後一次來家裡時的樣子，也不知道他們兩人怎麼結束彼此的關係。江明知道阿娟有身孕，也許是娟仔自己告訴他，也有可能是張青田出面解決兩個男人之間的糾葛。這事我從沒問過娟仔。記得那天江明踏出門，我很捨不得也很感到愧疚地看著他縮著肩的背影。或許他不好意思在我面前流淚，轉過了身背對著我，才讓淚水盡情地流下。我看到他從褲袋掏出手帕擦眼淚，慢慢走出我們的巷子，慢慢走出我們的生活。我太清楚心碎的感覺。即使是幾十年後，心碎的感覺也不曾褪色，反而因為更懂得什麼是人、什麼是情而加深色澤。我不知道如果當初和黑德結合，阿娟的事情是否也會發生。想這些當然沒有意義。只是，不想這些，該想什麼？思想總是無聲無息不請自來，趕也趕不走，甩也甩不掉。生活越久，我越覺得，人其實是思想的奴隸。

娟仔婚後住在一個租來的房子裡，靠郊區。每次去看她總要轉三趟公共自動車，實在不方便。不過和渡海去馬公看阿梅比起來卻又簡單多了。阿娟生了三個孩子。每當她坐月子，我就在她家住一兩個月，幫她帶小孩也幫她煮飯。張青田的家人我極少看到，即使見了面也話不通。張青田本人的台灣話也不靈光，我們見面也不過是點頭招呼而已。他本來也在軍艦上工作，後來跑商船就更少在家了。黑源不停止地責備我寵壞孩子，他認為阿娟還沒結婚就先有小孩完全是我寵出來的結果，完全是我的過錯。那時認識江明兩年多，他常來走動，多少和我們也有些感情。更何況他那麼積極地學台語，很誠懇地希望和我跟黑源談些話。他出船也不過幾個月時間，事情就有了那麼大的變化。阿娟必須突然去嫁一個我們完全不認識的人，也難怪黑源痛心！他認為我們全家都對不住江明，歉疚的感覺幾年都不曾消失。

阿珍的臥房大而雅致。房間中央有張紅木圓桌和幾把椅子。櫃子素樸，上面的大花瓶裡插著幾枝新鮮的劍蘭。圓桌的對牆就掛著阿珍的字。我看了看。啊，這不是李商隱的錦瑟嗎？阿珍微笑著點點頭。妳喜歡哪個句子呢？我試探著問。我喜歡「迷蝴蝶」和「玉生烟」。阿珍連想都不想，立即回了我。不是太稀空了？我喜歡這些字型和音韻。而且還有它們的比喻和給人的想像，對吧？我似乎說到阿珍的心坎上了，她笑得好溫婉。

床鋪的位置暗些。靠床尾旁的牆上有張放大了的照片。我走近一看，啊！我失聲叫了出來。頭一昏，腳一軟，我癱了下來，阿珍扶著我坐在床沿。怎麼了，玉英？妳頭暈嗎？要不要就在這床上躺一下？那照片……？我怯怯地問。那是我的結婚照。我戴頭紗，妳認不出來嗎？妳先生叫什麼？劉蔡朗。玉英，妳坐著別動。我去給妳倒杯水……

我驚駭得全身發顫，一個字也說不出口。我當然一眼就認出照片中的新郎是你，阿朗，即使你燒成灰了，我也認得出來。萬萬沒想到，原來你就是阿珍的先生！阿珍的頭家就是你！原來阿珍是你的元配！原來我和阿珍苦苦等待著的竟然是同一個人！這是老天爺的玩笑嗎？這是什麼樣的人生？

我必須離開台南！無論如何我沒辦法再看到阿珍。我並不生她的氣，卻不知道如何解釋自己的情緒。我要離開台南。我必須回台北找你，阿朗。我們在哪裡分開就要在哪裡重逢。我又要帶著金飾、現錢和台北家裡的鑰匙出發，回去我的小樓。別人是從台北疏開，妳卻要從安全的台南回台北送死。妳一定瘋了！什麼事讓妳瘋成這個樣子？銀霞、阿久都這麼問、這麼說。我沒告訴阿珍，沒向任何人交代，我火急地要回去，我要踏遍台北每寸土找到你，阿朗，然後把你藏在我的床下，你再也不能離開，任何人都奪不走你，就連阿珍也不能！

等到人、船都吃飽喝足了，我們於是南下探尋楊天成口中的人間天堂。既然有好貨，只要找出哪些是我們需要的、出貨的所在地、駁船的距離以及其間有哪些障礙，應該就可以拿捏出搬運所需要的細節。台灣實在是個小島，從一個港口到另一個港口不過跨個步伐而已。感覺才剛起錨出港，怎麼一眨眼又要進港，我們還真有些不習慣。這天黃昏，風好日好，我們慢慢在海上晃盪，只是離目的地越近越是覺得事有蹊蹺。根據楊天成的敘述，南方這港應該是商賈雲集，船桅參天，就怕沒有泊船的空位。我們遠遠看到的卻只是點點小舟，蕭條荒涼，不但不怕沒地方停靠，就是把船橫著擺都還有剩餘的位置。先讓張大帥領著小船去探探吧，郭命，我總覺得事情詭異。和楊天成不過是短暫邂逅，吃完了飯也就各走各的，他不需要欺騙我們。要說是官家安排的眼線也荒謬無稽，難道官家神算，知道我們在哪一天的哪一時刻，會讓大元領著走進哪家菜館？

天色暗得快，小船還沒回來月娘就已經在天邊露出了頭臉。一個時辰又過一個時辰，眼力所及的海面完全沒有動靜。如果一船出了錯，另一船也應該回來通報消息。一等再等，除了夜半留守的人，全船都已睡去。我們在甲板上焦急地望向漆黑的港岸，越等心越慌。我無法往歹處想，因為實在不明白會有什麼糟壞的情況可以想。一定出事了，郭命。我緊張地說話。你深深地點頭。可是，會是什麼呢？就在此時，一顆發亮的炮彈飛來，正中我們船的中舷外沿，船身劇烈搖晃，我們應聲跌倒。全船的人被震醒，立即騷動各處。大元從艙房衝出向我飛奔而來。船仍舊大幅度地擺盪，我好不容易才又站穩了。這一炮發自陸地是可以確定的。海水反映月光，從陸地朝海望，我們的船再明顯不過，可是陸地上的任何隱藏對我們全是黯黑一片。敵暗我明，我們是活靶子，情況大不利。我們必須立刻離開，郭命，快，兩隻小船以後再想辦法……話未說完，從黑暗處又飛來一顆炮彈正中大元！我失聲尖叫！我眼看著牠血肉飛濺！大元的美麗棕毛黏著浸泡在鮮血裡的肉塊，在黑暗中的火光裡蹦跳而後消失。我的胸口劇烈疼痛。我嘭然倒地。我的後腦猛烈撞擊在繩索的大鐵圈上。你的臉在我眼前模糊地晃動。你似乎很緊張、很害怕。你說著什麼？我怎麼全聽不懂？我怎麼一無所知？我看到你身後正燃燒著烈火熊熊，郭命，可是我聽不到任何聲音。我要說話，卻說不出口。我要移動身體，卻發覺我沒有了身體。然後你漸漸離我遠去。然後整個世界逐漸暗去，逐漸暗去……

奇怪的是，年輕時候的一個念頭在長長的歲月裡從來沒有消失過。也許是因為這個念頭不夠尖銳，而免去了遭到削除的命運而完整地存留下來。早年因為連續死了幾個孩子，我心裡渴望出家，才能斷絕可怕的循環。現在我已經是外嬤內嬤的人，出家的想法也一天強過一天。別人當了阿嬤歡喜和孫子玩，我卻一心想要離開黑源，想要有自己清靜的生活。年輕時想出家是因為萬念俱灰，是為了不要有小孩。年老時想出家是因為孩子有各自的發展，我也逐漸成了多餘。我把這願望告訴阿祥，再由他轉達給黑源知道。阿祥答應，是因為他不願看到我和黑源永無止盡的爭吵。黑源答應，我並不知道原因。他們給了一些錢加上賣粉圓存的，我選了當初春美介紹的那家寺廟。經過幾次商談才決定我可以在秋天時住進去。

離家時我只帶了少少的衣物，俗家的那些就讓淑玲清出去吧，要送人要丟棄全由她決定。那天阿祥陪我去寺裡。一路上我們沒話好說。我的心情平靜。未來的生活已經有個輪廓，是種安慰。只是，我總感覺心裡有個洞，不大而冰冷，說不上來是什麼空缺，卻一直留存著。我們經過春美家附近，不知道她是否還住在那裡。棉被店消失了。水泥廠上方的半山越是光禿得厲害。寺廟前骯髒的大水溝早已填平。廟門口的兩邊也發達起來，開了一家一家的小店。下午的寺庭清靜。陽光照得猛烈。我們在正廳等著，不久來了一個師姐。她告訴我寺裡平日的作息。她也說我只要看著別人怎麼做，照著做，很快就會了解適應。阿祥遞上我的小包，現在他必須離開。我跟著師姐走過廚房，看到兩個師傅正在剝豆子，說是準備晚餐。我對他們點頭致意。師姐領我走上一段小樓梯，右側內邊是一整排的禪房。她打開其中一間的門，就說這是我的房間。一片榻榻米在眼前展開，上面只有被、枕和一張小矮桌、一個小矮櫃。我睜睜看著自己新的歸宿，心裡一陣空與茫，淚水卻不停地流了下來。五十多年來，我終於第一次可以決定自己要過的生活。我終於可以不需要和黑源吵架地過自己的日子。我流下的應該是歡喜的眼淚吧。

灰色的衣褲與灰色的袍子幫助我遠離塵俗的光彩。剃光黑髮的頭顱鼓勵我摒棄世事的牽絆。孩子們的孩子不會像我的四個孩子那般沒有意義地死亡，多麼讓人欣慰。我出家的決定是正確的，沒有人間掛念讓我感到無限輕盈。日子來，日子去，有時記憶會像颱風天裡花宅外灘海浪那般翻攪，有時又像夜晚平靜的海面，只有些來去不停的白色浪花小滾邊在月光下發亮。我的生活規律而單調，有時聽經，有時頌經。我雖然有個凡俗的家，心裡對它卻逐漸有了隱形的距離。

……復次善現若不退轉位菩薩摩訶薩一切隨眠皆已摧伏一切結縛隨煩惱纏皆永不起現不

可得善現若成就如是諸行狀相當知是為不退轉菩薩摩訶薩復次善現若不退轉位菩薩摩訶薩入出往來心不迷謬恆時安住正念知進止威儀行住坐臥舉足下足亦復如是諸所遊履必觀其地安詳繫念直視而行運動語言嘗無卒暴善現……

一字一句，叩叩叩叩，一字一句，叩叩叩叩……我從不識字開始學讀經。從一個字一個字地聽，一個字一個字地辨別，直到一句一句地唸，直到一邊唸一邊慢慢小聲地敲木魚，直到能和其他人在團體裡流利無誤地誦唸。幾年過去，我經驗到的是強迫學習。強迫學習讓人必須心無旁騖全力集中精神，否則不能學會。寺院裡規律的生活我沒有適應的問題。我是花宅的女兒，早起梳洗、做早課、勤勞動，原本就是簡易的日常。即使冬天仍有星子在天空的清晨，我也不會貪戀被窩的溫軟。我的禪房素樸。一桌一櫃。枕頭棉被。冬天矮桌上會多個溫水瓶，夏天枕頭邊會多把扇子。後山上的喬木、灌木、野花、雜草，隨著季節更動，有的可以攀折，有些不能碰觸。孫子們來的時候，我喜歡帶他們到後山看野生猴子。有時這些頑皮的小動物躲在樹叢的高處讓人看不見，有時牠們會不怕生地到我們坐著的石塊旁邊瞪著大眼睛看。孩子們又興奮又害怕。家人能夠平常的時間來最好，偏偏他們放假的節慶日子，正是我們最忙的時候。如果寺裡辦幾十桌的素菜，我必須端著又大又重的盤子滿場跑，幾乎沒有和他們談話的時間。黑源只有過年的時候來拜拜。我一年一年地看著他老去。第一次見我光頭時，他只看一眼便把目光移開。黑源究竟花多少時間才習慣我剃光頭穿袈裟的模樣，恐怕只有他自己知道。過年時來燒香求平安的人特別多，香爐裡的柱香必須常拿掉，否則沒空位插其他的。金爐裡的旺火從早上到下午就沒斷過。我們必須不時地輪流掃地清潔直到人潮散去。

寺裡的生活並不都完美和諧。不妄語、不動怒的戒律實在不容易持守。只要面對的不是自己的骨肉親人，傷害的言語行為就讓它們隨風散去。我最應該學的是，怎麼做才能讓骨肉親人傷害我的言語行為也能隨風散去。我必須學會放下，必須學會不動念、不執著。人的情緒與情感卻是放下與不執著最強大的敵手。我的動念太多，執著太深，情感太過沉重，啊，我的修行路途是那麼的悠長……

我又單獨上路，就像我曾經單獨地來。這一趟走走停停，辛苦又惶恐焦慮。有時等不到車，有時班車中斷。有時我必須坐在候車室裡過夜，有時不知道在哪裡可以有水喝。我的衣服凌亂，思緒無章。我的頭髮散了，身體髒了。我已經疲累不堪。可是一定要見到你的念頭支持著我一路顛沛。越靠近台北情況越糟。沒人知道什麼時候又要響起警報，我也不知道何處有防空洞可躲。每走一步路都覺得害怕，恐懼、無助密密圍繞，讓我不能順暢呼吸。台北變了！四處找不到人力車，只能走一段休息一段。我看到炸得粉碎的磚牆。有些房屋內裡翻飛只剩一個空殼表面。石塊、鋼條、木樁、水泥、玻璃片散落一街一地。大招牌砸到地上，電線桿成排倒下，佔據大半路面，有如颱風過後。行人匆匆去來。店鋪都已關閉。廟埕上連隻鳥也不見影子。走了好久，終於到了，還好我的街仍然完整無缺。我打開家門，走上樓梯。所有的桌椅擺設依舊。看來雅雲也不曾回來過。衣櫥裡的服飾、大袍還有那雙乳白色的高跟鞋，全都留在原來的地方。我的長煙就橫在圓桌上。正和我離去時一樣。這個離開將近一年的家看起來陌生又熟悉，只是我現在孤絕一人。房裡謐靜。陽光映照琵琶，我似乎聽到琵琶影子發出了聲音。我不知道自己在沙發上坐了多久。然後我決定去找你，阿朗。如果你不來看我，那麼就讓我來看你。我下了樓。鎖上門。向前走。可是我不知道應該去哪裡找你，阿朗。我漫無目標靜靜地走著，像隻疲倦的遊魂。那刺耳的聲音是警報嗎？為什麼人們驚慌地逃跑？小姐，小姐，快點，趕快跟我們來。一個婦人抱著小孩對我緊張地說。還是去我們第一次見面的醉仙樓找你，阿朗？我還清楚你當時看著我的神情，那麼專注，那麼旁若無人。當時我預感什麼事情就要在我身上發生了，卻又不敢繼續往下想。突然，一聲巨響，天邊一片火光。人們驚慌呼喊，四處竄逃。你說過，只有義務沒有感情的人生走不遠。你是從阿珍和你的婚姻看出來的嗎，阿朗？那麼，徒有愛意卻無法彼此負責的人生，又該怎麼走呢？那家五金行在我眼前炸開來，鐵器、工具像衝天炮一樣亂飛，又像西北雨那般急猛落下。結婚照裡的你，那麼年輕，那麼俊逸，那麼讓我迷戀，那麼樣地令我不捨。你身旁的新娘為什麼是阿珍，為什麼不是我呢？什麼東西砸到我的左大腿了？我重重地跌下。我看到高高堆起的石礫、破碎的磚塊以及我流血不止的身體。我感到劇烈的疼痛。我似乎聽到自己微弱的呻吟。然後你來了，阿朗。你真的來了。我遍尋不到的你，終於來了！我多麼歡喜！你仍是頭戴寬邊帽，身著筆挺西裝的伸士。你對我深情微笑，一如過往。你畢竟是回來了，阿朗，你回來了，我不再需要四處找你，這讓我安心不少……

我們身著羽衣，手牽手，不住地飛，穿越雲朵，四周霧茫。那光，清白和煦，我們沒有前程可以照亮，白光只是和我們相依飛翔。羽毛飄上了眼耳，不必拂去，它們不擾，因為我們失去了知覺，我們是比紙片還要輕盈的兩道仙靈，終於可以毫無世俗牽絆地自己決定方向……

啊，我終於回到南灣。回到我出生時的小屋。那個淹不死我的水盆也還在角落裡。娘牽著我的手，說是好高興再看到我。娘和我離開小屋來到烽火台上的大房。娘說，我修的這房她真心喜歡。我們在雕欄圍著的亭子裡下望灣裡點點的漁火。風正涼。月正明。大元早已在等我。

我可以看見，舢舨載著我和大元直上雲霄暢遊，和著悠揚的仙樂一會兒飄上一會兒飄下。我們眺望底下汪洋白波浮沉，大船小船逐浪遊蕩，天際嫣紅卻又四處平靜。我和大元，好的盡收，壞的盡除，全是地母娘娘的賜予。我們隨風飄揚，霧稀茫，輕白，旋轉悠哉。我們不吵人，也不給人吵。時間就此停頓……

我知道你對我情重義重，郭命，可是也不需要這麼給自己添麻煩。你堅持要把我葬在陸地上！你堅持要有一口棺材把我葬在陸地上！我們原是大風裡來，大浪裡去。可惜台灣太小，小到我們駛過了頭都不曾發覺。我們經過了台灣南部，到了台灣尾端。我們不但錯過了人間天堂，更是直奔到駐軍重地。這是自投羅網，還是天網恢恢？派去探詢兩小船的兄弟一旦被俘，我們也就難以脫離人家口中的賊命。大帥是使了力了，卻招架不住刑逼。他因你而死，早年的恩怨就算是有了了結。我們船的甲板給炸出了個大洞，黑煙正濃。水兵上船要逮你歸案。你雙腳跪地，一求再求，你要水兵寬限時辰，連前額都磕出血來。兄弟們從未看過你動真情的樣子，從不知道你會給人下跪。他們傻了、愣了、慌了。他們看到你近乎發狂的模樣，人人嚇出了眼淚。可是你並沒瘋癲，郭命，你非常清楚自己要什麼。你厲聲吆喝，讓人鋸斷桅桿，非要拼湊出一口棺木給我。也就在這時候，你要長盛悄悄到底層鑿洞！

你為我淨身，郭命。我的胸口被炸出一個黑窟窿。你把我散開的肉塊輕輕地放回原處。你把我一處處的血跡一寸寸地擦拭乾淨。我的髮散了，你理好。我的衣服皺了，你拉好。當我早已緊閉的死眼開始流出淚水時，你抱著我，號啕慟哭！

你讓整船的人依序搭小船上到我們等在外圍的船隊。水官說，只要你跟他走，其他的人他可以放條生路。你和三個弟兄連夜把我的棺木運送到岸邊，抬到林子裡。你說你要親自為我築個地下房。你一鋤一鋤地鏟，一鋤一鋤地挖。每揮動一次鋤頭你就喚一次我的名。你以為不斷叫喚，我的魂魄就要跟著你走。回大船後，你打發那三個兄弟駕著最後一隻小船向著其他船駛去。月光下，曾經和我們生死與共的船變矮了、變小了，一大半沉進了水裡。你把自己梳洗乾淨，合衣躺在鴉片床上。莊嚴而安寧。

早晨。水兵們面面相覷。海面上出奇平靜。浪花無事悠閒。海鳥齊翼飛翔。原本泊在他們面前的大戎克船完全不見蹤影……

妳在這裡生活怎麼樣？不歹。人家叫要做，我就做。大廳外面寺庭兩旁都種有大榕樹。粗樹幹讓一圈石板椅圍了起來。天熱時，常有外面的人進來坐在樹下納涼瞌睡。祥仔來看我。石板椅上剛好有空位，我們坐在樹下聊聊。現在旁邊要起靈骨塔，每天要挖土、挖溝比較艱苦也很熱。我都戴草笠做，像以前在花宅做山或給日本人挖洞一樣。阿祥當然不懂什麼叫做山，其實就像台灣做田一樣的道理；說了說，他也就懂了。旁邊有個小男孩騎小人力車。他阿母拿支竹條押著他回家午睡。大人想休息，小孩不見得就願意待在家裡。阿爸買了房子。祥仔說。二樓透天厝。離現在住的地方有一段路也比較不熱鬧。黑源買了透天厝？這事讓我非常驚訝！黑源是很節省，一根煙可以分兩次抽，一輛腳踏車騎了一世人，補了又補修了又修。他怎麼存錢我不知道，因為他只給我家用，從來不說一個月賺多少。一定又是大兄二兄多少幫了些，我心裡這麼想，卻沒說出口。

半年多以後阿祥來帶我去看新厝。那一帶比較不發達，只有兩排樓仔厝是新的。放眼看去其他一大片地方都沒整理，野草亂生。有的路段沒鋪柏油，風飛沙很大。新厝一進門是個洗石子地的大客廳，後半部是廚房飯廳和浴間。新油漆的味道還彌漫整個房子。浴間旁邊有一道樓梯通向二樓。樓梯上去左邊是個小榻榻米房，外面有一小塊空地和一個廁所。樓梯右邊是個大木板房，中間隔一道紙門。木板房再過去是小客廳。小客廳外還有陽台。這間厝的上下兩個廁所都是新式的抽水馬桶，用起來有些不習慣。寺裡的師公說，別人有好的東西、好的事情，要和別人一起歡喜。我也一直這麼做。現在看到阿祥淑玲他們年記輕輕就可以住這種透天厝，我的心情變得複雜。我似乎要特別努力一下，特別告訴自己要聽師公的話，才能和他們一起歡喜。現在不論回家或者去阿娟家都是遙遠而不容易。他們兩兄妹的家也相隔很遠，都要轉公共自動車和三輪車才能到。現在我才知道高雄有多大！以前在花宅的時候，到誰家都一樣，走走跑跑就到了。

黑源生病了。而且病得不輕！除了因為工作和打架受傷之外，他一世人不進醫生館也不看醫生。現在要住院治療就是嚴重生大病了。黑源搬新厝不久後退休，退休後卻開始生病。他們說是肺出了問題，解釋了很多我也不懂，只看到他不停地咳不停地咳。我偶爾回家。每一次看他都瘦了些。黑源是做工仔人，一世人沒胖過。生病後更是消瘦得厲害。他病了一年、兩年。兩年多以後黑源死了！消息是阿祥來寺裡說的。我先是一愣，久久說不出話來，心裡有多少滾動和掙扎，眼淚流了下來。我一世人的冤家。從小就欺負我和我作對的黑源終於不能再是我發怒和遺憾的源頭，我出家以後就應該不再是。出家和凡俗在心靈上必須是界線清楚的兩個世界，只是我一直做不到。我一直有著俗世的貪嗔愚痴，這是我的軟弱，捻息這些惡端是我的功課。黑源死了，我竟然有種空虛的感覺。要戰鬥的對象不見了，要防衛自保的理由也就消失了。如果我仍在俗世，生活就缺乏讓我天天精神緊繃著要對付的目標。如果這個缺乏提早幾年來到，不見得我會更加愉快，因為要對抗的目標也正好是支持我生活的來源。我就和這矛盾生活了大半輩子。現在我更應該慶幸自己是個出家人，生活有著落，精神上也永遠解除了威脅。

刺眼的橘紅色棺木就停在一樓客廳裡。一把小木椅上放著盛了水的塑膠臉盆和一條新毛巾，是給黑源洗臉用的。依禮俗，天天要拜三次飯。由於在家停棺，每過幾天就要在棺木上塗一層油漆，漆味刺鼻。家裡每天都有熟人進出，淑玲忙著燒開水，放涼了，給來探望的人喝。有的人只說幾句話就再上路，有的人留下來談得比較久些。我每天定時給黑源唸經。阿祥的三個孩子跑來跑去。靈堂就搭在房子前面的路上。四周圍著藍白橫條相間的塑膠帆布。鄰居出入有些不方便，他們也都體諒。

靈堂的正中央是黑源一張放大的半身黑白照片，四周圍繞著鮮花。照片是幾年前二兄提議他們三兄弟到寫真館拍照留念才有的。照片中的黑源穿西裝打領帶，一副圓形的黑框眼鏡架在他挺直的鼻樑上。幾十年之後，在他已離開我四周，不再能站在我面前的時候，我才開始端詳黑源，我才開始細細回憶起他曾經做過的事、說過的話。我沒有什麼心緒，我的心裡一片靜與空。正如大阿母所說，黑源確實是好看的。他的頭髮有些花白，濃而密，還有些自然捲；眼睛適中且凹陷，眼神堅毅而固執。他的臉頰稍長，鬍子永遠剃得精光。黑源確實是好看的。

我曾經是黑源的小妹也做過他的牽手。現在他躺在棺木裡，我站著看他的照片。前塵過往在靈堂外白花花的陽光裡蒸發了，情與仇也顯得多餘。

出殯那天，寺裡來了好幾個人幫忙頌經。大兄二兄全家還有多年不見的親戚朋友都來了。阿梅阿祥和阿娟幫忙招呼澎湖同鄉會的遠親和花宅的老鄰居。阿祥最大和最小的孩子坐轎。阿祥本身和他的結拜兄弟們穿麻衣麻鞋，頭上還頂著麻布帽就要出發，加上樂隊吹吹打打，幾十個人遊街的隊伍拉得好長。師公領著助唸的師兄師姐和我們親屬一起上了自動車，其他的人各自回家散去。靈車在前，我們在後，一起出發去早已挑選好的墓地。山上的路不好走。也許是習慣了，抬棺的人上坡下坡走得順勢，他們一鼓作氣把棺木送到已經挖好的墓穴旁。師公他們一起頌唸。棺木徐徐放入土穴中。三個孩子哭得非常傷心。阿娟更是號得大聲。她一向是想做什麼就做什麼，不理會別人怎麼看怎麼說。阿祥對黑源的叫嚷，黑源對阿娟的不諒解，我和黑源之間的爭吵，就在棺木入土的這一刻了無意義。棺木放妥了，工人把土鏟入墓穴裡，我們等著看著，看著等著。土越來越多，越積越高，橘紅色的棺木越來越少越來越小，直到完全看不見了。這就是黑源的一生。從花宅頑皮搗蛋的小男孩，到拿牛糞餅補牆，到駕帆船運磚塊，到出海讓朝鮮扣留，到在碼頭在港務局工作。他曾經有六個親生的孩子，一個大阿兄給的孩子，以及一個時常和他爭吵的家後。他辛勤一生，節省一世人，終於買到一棟透天厝，卻沒有住樓仔厝的命。

墳上的土逐漸堆成了一個小土丘。刮了一些風，土散開了些。我的灰長袍飄了飄。師公他們的唸經聲夾雜著孩子們的哭泣聲隨著和風迴轉上旋。天蒼雲靄。我的心底緩緩昇出一個圓滿。雖然那個冰冷的黑洞還在……

淑玲幾乎不看我也不和我講話，我知道她有點怕我，有點討厭我。阿娟說那是因為我太嚕囌沒人能受得了。每次我回去看三個孫子和阿祥，淑玲會把在二樓小榻榻米房間裡的棉被枕頭準備好。給我吃的永遠是炒菜、麵筋、麵腸和白米飯。我自己吃素，不和他們同桌，免得打擾。淑玲會讓大女兒素珍把飯菜放在一個大鐵缽裡端到房間給我。阿祥和我交換兩句也只是出於義務。他總是心情不好。他總是說銀行同事巴結上司所以升遷得比較快，他自己乖乖地低頭猛做，別人看不見，看見了也沒有用，因為他不會送禮也不會下班後和大家去喝酒跳舞。阿祥仍然喜歡新奇的東西。他買摩托車、買電視，也是親戚中第一個安裝家用電話。黑源還在時就常說，阿祥再這麼花錢，以後就只有當乞丐的份！有次祥仔還想買冰箱，他對我解釋買冰箱的好處。我們一世人沒冰箱還不是日子照過，實在沒必要花那種錢。你要是買那東西回來，我就拿斧頭把它劈壞！雖然我這麼恐嚇，阿祥還是買了冰箱，而且還是尺寸最大的一個白冰箱。我心疼他工作辛苦，不應該那麼浪費。

他抱怨自己運氣差，全是因為黑源墓地風水不好的關係。不知道他前後請了幾個風水師去看墓地，每看一次就有不同的說法，祥仔一一聽信，把黑源的墳墓挖了一次又一次。有時遷葬，有時改變方向，這些都要花大錢。阿祥不但看不到這些全是騙錢術，還把希望寄託在每一次的花大錢上。有一次為了趕去看新墳地，騎摩托車出意外，跌斷鎖骨胸骨。他的結拜兄弟找了一個接骨師，就在要去開刀的前一天晚上到家裡來，硬是把骨頭接了回去。我看他痛成那個樣子，實在非常不忍。

阿祥一家住的透天厝二樓，每當春夏間就會出現跳蚤咬人。淑玲每天拿清水擦木床、擦地板，實在到處乾淨，真不明白跳蚤怎麼來，空氣中有時甚至飄著一陣陣臭味。有天晚上大家都已經睡下。阿祥的大女兒素珍讓跳蚤咬癢得睡不著。她一翻身，鑽出蚊帳，打開電燈，循著臭味聞去，最後確定，臭味就從她和弟妹們睡的木板床上一個大衣櫃後面傳出來。我那天恰好回家，就睡在後面的榻榻米床上。全家被她吵醒。她第一個指著阿祥罵，說他把黑源的衣物放在櫥櫃裡不准別人處理丟棄，才會讓老鼠死在櫥櫃後面，才會長出跳蚤；說他以為這麼做是紀念阿公，卻把他的墳墓一次次搬動，讓阿公不得安寧。你這不是自私，是什麼？你這不是為自己想，是為誰想？素珍像個小大人，句句逼近。我從來沒見過平日話語很少的大孫女發這麼大的脾氣！她也不過十一、二歲。阿祥讓女兒數落得不知道怎麼還嘴。當天夜裡全家出動，把大櫥櫃拆掉搬出去，把櫥櫃裡的東西全放到路邊，好讓人清走。素珍把櫃子後面的乾巴老鼠掃掉。她和淑玲一起擦乾淨木板床時，已經是清晨四點。

生活總是循著花宅望海巷外沙灘上的浪濤規律，一波一波起落，也一波未平一波又起。我出家已經十多年。我的禪房仍然如初見時一般，簡素的家具不增不減也仍然位在原處沒有絲毫改變。我自己已是邁入老年，精神與身體日益蕭條。老死在寺裡原本是理所當然，怎麼老去、死去卻是只能想像不能計畫。

我病了。我的左腿衰弱疼痛，不能走路。我時常發燒吃不下東西。我日夜躺在禪房裡。望出窗子，我看著後山上的樹葉子，從多汁深綠直到枯黃掉落。阿祥送我去檢查。大醫院裡的先生說我得了骨癌。阿祥要我回家住，才方便淑玲照顧。一個中醫來了。他給一大塊膏藥貼，冰涼的，暫時止痛了。兩天後換藥時，他先拿布遮住我下體，說是這樣才不會歹看。新的膏藥貼上，冰涼的，暫時止痛了。我早已不能起身。淑玲翻動我的背和手腳，這裡搓搓那裡揉揉，每天兩次，不知道她是否做得心甘情願。我吃了很多藥。每天睡很久。我似乎變得遲鈍也不再想事情。阿娟常來，阿梅也老遠回來看我。她們摸摸我的臉，拉拉我的手，沒說什麼，也沒什麼好說。有天晚上我尿急，我一定要祥仔就在我身旁。阿祥啊，我要放尿，你趕快來！祥仔，趕快，我快要放尿了，你趕快來！我出力喊著。孫女素珍說，阿祥和淑玲一起出去了，她要拿一塊布墊著讓我尿。不要，不要。為什麼一定要和那個查某一起出去，放我沒人顧？阿母現在要放尿，你趕快來啊，阿祥！我越叫越大聲。我用盡全身的力氣喊，阿祥就是不來。我終於尿了。我躺在自己的尿液裡覺得羞恥也非常生氣，卻只能靜靜地流淚……

我又回到寺裡。他們把我放在後廊的邊間。我知道這是寺裡人往生之前最後住的一個房間。這裡靜極了，偶爾可以聽到蟲子的叫聲。白天日光柔弱，晚間燈光昏暗。有時我看到人來人去。什麼人為我擦身體，什麼人餵我吞白水。只要不疼痛，我就覺得自己失去了身體軀幹，輕盈地飄浮在空中。我昏昏沉沉幽幽緲緲，不懂日夜，不知年歲。我一世人，就是現在最感覺舒適。

阿母，阿母，我請到一個退休的老醫生來看妳，說不定他有什麼好辦法。我聽到阿祥在我耳邊輕輕地說。我慢慢地勉強睜開眼睛。看到了……我看到了你，黑德！你來看我！你的頭髮白了，戴了一副眼鏡，可是我仍然認得你。我仍然清楚地認得！你似乎覺得我面熟。你直直看著我的眼、我的臉。我只能動動嘴唇，說不出一個字，發不出一點聲音。你把祥仔支出去，因為要好好地檢查我。可是你沒打開那厚厚大大的先生包，黑德，你反而站到我身邊拉著我的手，俯下身來輕聲說，琴仔，我認得妳。妳改變好多，妳改變太多，可是我仍然認得出妳。這是天公的意思，讓我們再相見。我知道妳非常虛弱不能講話，可是妳聽得到我，對不對？我眨了眼睛。我流下了淚。琴仔，妳聽著。我不知道妳這世人過得怎麼樣，但是妳放心，我過得很好，我的兩個孩子也都很有成就。現在我們都老了。老了很好，阿琴。老了，死了，後世人我們就要在一起。妳不要怕，妳先走一步，我很快就來。我們沒有這世人，但是我們有後世人。妳先走一步，我很快就來。你說著，也流下了淚。你的手溫暖了我冰冷的黑洞。那黑洞也讓你對我的情意填得飽滿。在我人生最後一刻，它不再漆黑，而是飛升到海上，成了一輪大而圓的明月，照亮我們花宅每一陣來去不停的波濤。

出家人死後要火葬。燒屍要兒子點火。火葬場。阿祥把我燒了。燒得澈底，燒得精光。還燒出了幾顆舍利。辦完我的後事，阿祥回到家。他頹然坐在二樓木板床旁的走道。良久。他啜泣，他號哭，然後他大聲喊，阿母啊，阿母啊，我不是故意要對妳大聲。我不知道為什麼對妳沒耐心。我不知道為什麼每次講話就要吼妳。阿母啊，妳要原諒我。阿母啊……！憨兒子，我又不怨你，還說什麼原諒？我們母子一場，日子就是這麼過了。我六十四年的人生，原本有許多遺憾，現在都完滿了，我很歡喜啊。

阿祥把我的骨灰放在靈骨塔裡佛祖右手邊的那一格。每天寺裡有人來上香，有人來清潔。我也安心地等著就要和黑德一起渡過的後世人……

# 後曲

咦，怎麼不作聲了？不都說真實生活比書中故事更加曲折？如今你經歷曲折，又怎能否認它們的真實？那時我不過十多歲，只要能自由夢想、行動，我便快樂得如同窗外的飛鳥；母親究竟生了多少女孩、男孩並不重要，宮裡有幾十個房間，宮外可以讓人四季賞景的庭園，以及騎馬、狩獵用的林子有多麼廣大，就更不重要了。

有天，母親差人領我去見她。在那有著白紗蕾絲落地窗簾的會客廳裡，微笑著的母親遞給我一個精緻的金屬小圓盒。我好奇地打開，裡面是一個年輕男人的小畫像。母親說，那人就會是我未來的丈夫。不久後，幾名侍女以及許多珍美的物品跟著我乘坐的華麗馬車向法國出發。經過教堂盛大的婚禮儀式以及奢華的舞會之後，我正式成了法國的王后。和母親一樣，我也生養了孩子，也在宮裡過著完全不知道外界的富華日子。生活，其實是無聊的。直到有一天，突然從宮外闖進來一批持有武器的莽漢，殺死我們的侍衛，把我們一家及宮中所有人分別囚禁。

我的牢房是間陰暗的石室，只有高牆上的一框小窗透進些許光線。我美麗鑲鑽的衣服不見了，撐起篷裙的裙架也遭丟棄。他們奪走我全部的頭飾、首飾、長襪與高鞋，讓我看起來就像是隻掉了羽毛的病鳥。夜晚，我和跳蚤同臥在草堆上，白天的吃食是我從未見過、從未聞過的發霉麵包。有一天，他們剪去我的黃金捲髮，反綁我的雙手，把我押上囚車，一路被人投石謾罵，直到我走上一座木頭台。我看到安裝在木架最高處的一片巨大鐵板，它的向下一端是個鋒利的斜切。他們讓我趴在一個長窄平台，一條皮帶子繫綁住我的兩小腿，另一條繫綁在腰部之後，才把平台向前推，直到我的脖子夾在上下兩塊厚木板中間的凹陷處。四周靜寂，人們正屏息看著他們期待已久的一幕。我努力稍微抬起頭，看到教堂頂上的十字架，看到飄著灰雲的天空裡有幾隻黑鳥飛過；然後我低下頭，安靜地閉上眼睛。行刑的人把粗繩一鬆，那一大片鐵板立即掉下，一刀切斷我的脖子。我的頭顱滾入籐籃，鮮血噴湧而出，流向斷頭台的木梯子，滴下石板路。原來四處的靜默換成了人們狂樂的歡呼。

不，當然還沒完。有多少支草就有多少串露水，也就有多少顆露珠裡的生命故事，而且它們必定同時發生。昨晚Y傳訊到群組，要我們今天下課後到廣場集合；他還寫，一包包的小石頭當場才發放，不需要自己準備。太好了，又有行動！這個自己吃肥，也讓他身邊人吃肥的全民總統，讓委內瑞拉人在市場上買不到食物，生了病，醫生說沒藥。他必須下台！這事，全世界找不到反對的聲音。去大學前，我穿上運動鞋、牛仔褲，穿上背後有著凱蒂貓的黑色無袖衫，又戴上棒球帽。背包裡除了筆電、教授給的資料、錢包、鑰匙之外，當然還有大口罩和彈弓。下午我到達廣場後才發現，也有附近高中的學生參加，原來他們負責分發小石頭。

警察來得比我們早，手持盾牌，站成橫排，他們背後就是國會大樓。學生越聚越多，我們全戴上大口罩，壓低棒球帽，許多不認識的群眾也趕來支援。Y和手持布條的人走在前排，我們一邊喊「去你的石油社會主義！」、「我們要資本主義和麵包！」，一邊往國會方向挺進。當前兩排的人遭警棒毆打，隊伍開始渙散時，我們拿出彈弓，夾好小石頭，使勁一拉一放，石頭從不同方向飛向警察。情況越加混亂，不知從何處冒出騎機車的警隊，他們在人群裡彎彎拐拐地衝向學生，我們只能四散潰逃。就在我準備跑離廣場時，兩部機車向我夾攻，一名警察丟棄我的背包，將我押上機車，最後我被兩名警察夾騎在機車上。正要離去時，一名和我同樣裝束的男學生，拿著紙筆追著問，什麼名字？哪一班？Daniela Pagas，大二化學系。我朝著他大喊。希望他聽清楚了，否則我要是出事回不了家時，媽媽才能夠知道，她的人生裡為什麼突然掉了一個女兒。

你全都看到、聞到、聽到、摸到、舔到、觸到、想到，而且悟到了嗎？你悟到，我讓渡給你的祕密就是要你一眼看盡我們的女人事嗎？時間在你腦中迅速翻騰，空間在你眼中粗暴地推擠，你的腦子就要癲狂，你的眼睛就要爆裂，但是你的心是水晶做成，那麼沉靜與清明，因為你明白那位神的經歷，就是不動聲色、不動心緒地看盡全部世代的以及全部星球上的女人和她們的男人所做的一切，並且是在不留下痕跡的一瞬間。

當時間迷路了，你就要住在不真實裡的真實裡。當你從真實屋裡向外觀望，而且天正紅亮紅亮的時候，你就不要開燈吧，否則怎麼知道天地間的紅亮裡躲藏著什麼神祕，以及，啊，那萬能的神正在廚房裡偷吃什麼呢？

（全文完）

# 頁數對照表

玉英

第29、43、54、65、77、91、104、116、130、139、149、161、174、190、200、214、229、247、260、266頁。

平姑

第32、47、58、70、83、95、108、119、133、143、153、165、178、194、205、219、234、252、261、268頁。

阿琴

第36、50、62、73、87、100、111、123、136、146、156、170、183、198、209、222、241、254、263、270頁。

釀小說98　PG2058

# 我們．一個女人

作　　者　顏敏如
責任編輯　洪仕翰
圖文排版　周妤靜
封面設計　楊廣榕

出版策劃　釀出版
製作發行　秀威資訊科技股份有限公司
114 台北市內湖區瑞光路76巷65號1樓
電話：+886-2-2796-3638　傳真：+886-2-2796-1377
服務信箱：service@showwe.com.tw
http://www.showwe.com.tw
郵政劃撥　19563868　戶名：秀威資訊科技股份有限公司
展售門市　國家書店【松江門市】
104 台北市中山區松江路209號1樓
電話：+886-2-2518-0207　傳真：+886-2-2518-0778
網路訂購　秀威網路書店：https://store.showwe.tw
國家網路書店：https://www.govbooks.com.tw
法律顧問　毛國樑　律師
總 經 銷　聯合發行股份有限公司
231新北市新店區寶橋路235巷6弄6號4F
電話：+886-2-2917-8022　傳真：+886-2-2915-6275

出版日期　2018年10月　BOD一版
定　　價　350元



**Printed in Taiwan**

國家圖書館出版品預行編目

我們.一個女人 / 顏敏如著. -- 一版. -- 臺北
市 : 釀出版, 2018.10
面； 公分
BOD版
ISBN 978-986-445-272-9(平裝)

857.7 107013160

# 讀者回函卡

感謝您購買本書，為提升服務品質，請填妥以下資料，將讀者回函卡直接寄回或傳真本公司，收到您的寶貴意見後，我們會收藏記錄及檢討，謝謝！如您需要了解本公司最新出版書目、購書優惠或企劃活動，歡迎您上網查詢或下載相關資料：http:// www.showwe.com.tw

您購買的書名：________________________________

出生日期：________年________月________日

學歷：□高中（含）以下　□大專　□研究所（含）以上

職業：□製造業　□金融業　□資訊業　□軍警　□傳播業　□自由業

□服務業　□公務員　□教職　□學生　□家管　□其它_____

購書地點：□網路書店　□實體書店　□書展　□郵購　□贈閱　□其他

您從何得知本書的消息？

□網路書店　□實體書店　□網路搜尋　□電子報　□書訊　□雜誌

□傳播媒體　□親友推薦　□網站推薦　□部落格　□其他___________

您對本書的評價：（請填代號　1.非常滿意　2.滿意　3.尚可　4.再改進）

封面設計____　版面編排____　內容____　文／譯筆____　價格____

讀完書後您覺得：

□很有收穫　□有收穫　□收穫不多　□沒收穫

對我們的建議：________________________________

________________________________

________________________________

________________________________

請貼
郵票

11466
台北市內湖區瑞光路 76 巷 65 號 1 樓
**秀威資訊科技股份有限公司** 收
BOD 數位出版事業部

（請沿線對折寄回，謝謝！）

姓　名：________________　年齡：________　性別：□女　□男

郵遞區號：□□□□□

地　址：________________________________

聯絡電話：(日) ________________ (夜) ________________

E-mail：________________________________